モネ・マーダーズ

ジョシュ・ラニヨン
冬斗亜紀〈訳〉

The Monet Murders
by Josh Lanyon
translated by Aki Fuyuto

Monochrome Romance

The Monet Murders

THE ART OF MURDER BOOK 2

モネ・マーダーズ

ジョシュ・ラニヨン

〈訳〉冬斗亜紀　〈絵〉門野葉一

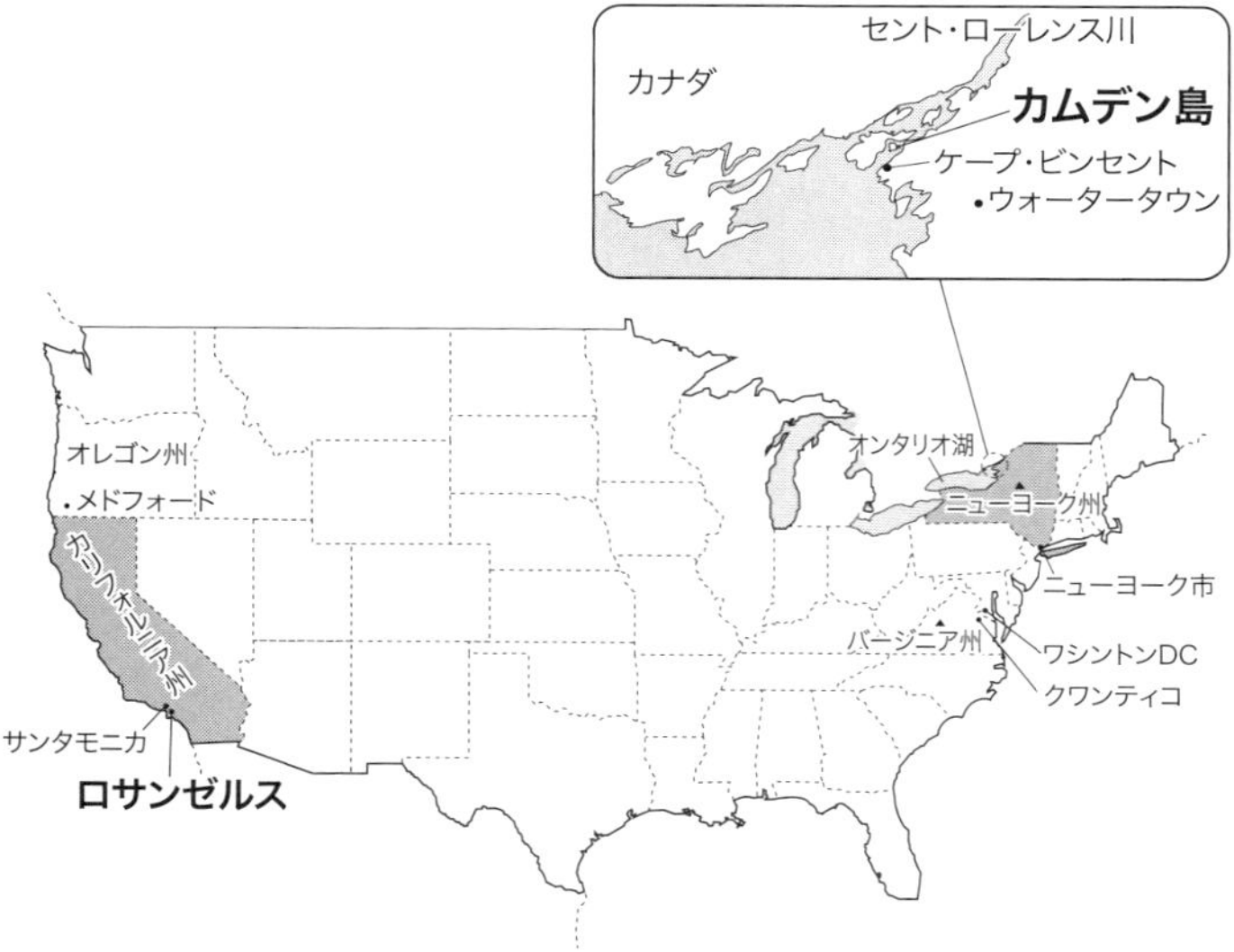
セント・ローレンス川
カナダ
カムデン島
ケープ・ビンセント
ウォータータウン
オレゴン州
メドフォード
カリフォルニア州
サンタモニカ
ロサンゼルス
オンタリオ湖
ニューヨーク州
ニューヨーク市
バージニア州
ワシントンDC
クワンティコ

1

「エマーソン・ハーレイはこの脅威におびやかされているのが、崇高な文化や芸術の結実を越えたものだとわかっていたのです。第二次世界大戦下、ファシストの軍隊は、文明そのものへの脅威であると」

スピーチが盛り上がってきたところで、携帯電話が振動を始めた。

遅れてきたジェイソンは、ビバリーヒルズにあるカリフォルニア歴史美術館の広々としたエントランスホールに集まったかなりの群衆の後ろに立っていたのだが、それでも、ホール前方にある少数の貴賓席から放たれる不快感を感じる——現在、ウエスト家が占めている席から。ジェイソンの家族。その家族がジェイソンがここに来ていることを、その上またも家族の期待にそむこうとしているのをどうやって勘付いたのかは謎だが、三十三年間のジェイソンの人生では毎度のことだ。

目立たぬよう携帯を取り出し、発信者の名を見て、心が期待にはねた。サムからだ。

行動分析課《BAU》の主任、サム・ケネディはジェイソンと——何というか、関係を持っている。きっとその言葉が一番近い。

ではあるのだが、電話に出るべきかためらった。ケネディと――いやサムと話すのが楽しみでないわけではない。近ごろでは稀少なチャンスなのだし。だが美術館のホールに祖父の名が冠される栄誉は優先されるべきだろう。それが礼儀というものだ。

何かの予感が、ジェイソンに〈通話〉を押させた。謝罪の笑みを浮かべ、フォーマルなネクタイやイブニングドレス姿の間を下がって、アメリカ史の、前コロンブス期の芸術や陶器が展示された部屋へ入った。

「どうも」

挨拶の声は低かったが、その一言はずらりと並ぶオルメックの石顔の列を囁きのように抜けていった。現代ではこんなコレクションの実現は困難どころか、まず不可能だろう。文化的な芸術品がとてつもない値で個人売買されているだけでなく、しばしばネイティブアメリカンの活動家が――当然かもしれないが――聖域への冒瀆《ぼうとく》だとして遺骸や美術品の発掘を妨害していた。

『ああ』サムが早口に言った。『今からお前は、犯罪現場に招集される。殺人の現場に』

「わかりました」

少し奇妙な話だ。クワンティコに戻っているはずのサムがどこからそれを知ったのか。そしてわざわざジェイソンに伝えてくるのか。

『話してる時間はない』サムはやはり無愛想に、人の耳を避けるように低く続けた。これも引っかかる。周囲の目を気にする性格ではないはずだ。『事前に知らせておきたかった。俺も現場にいる』

ジェイソンの心臓がまた、今度は動揺にドキリとした。ついに。この犯罪捜査界隈のすみっこでの再会。いつ以来だ？　マサチューセッツでの出会いは六月で、今は二月だから、八ヵ月経っている。ほぼ一年——体感としては。

「了解」

ジェイソンも感情抜きで返した。よくわかってもいた。今のサムは前とは立場が違うのだ。出会った時のサムは体面を失い、キャリアが危ういところまできていた。その名誉が回復した今、サムの地位は確固たるものとなった。一方のジェイソンは、美術犯罪班《ACT》所属のただの現場捜査官にすぎない。そして、ＦＢＩには職員同士の交際を禁じる規則こそ表向きないものの、慎みはＦＢＩのモットーのひとつだ。〝忠誠・勇気・誠実〟の公式モットーの裏で。

携帯が、別の通話が入ったと知らせた。

『あとでな』とサムが電話を切った。

ジェイソンは反射的に新しい通話に出た。

「ウエストです」

『ウエスト捜査官、支局長《ADC》のリッチーです』

きりりとした上品な女性の声が言った。

茫然とした一瞬の後、ジェイソンは「はい、支局長」と、まるで支局長からいつも電話が来ているかのように応じていた。

『あなたとご家族にとって特別な夜のところ、呼び出すのは申し訳ないが、その専門知識を借りたい状況が生じたので』

「勿論です」とジェイソンはぽかんとしながら答えた。

この手の呼び出しは――よくこんな電話を受けるわけではないが――普通は管理官のジョージ・ポッツから来る。人数と規模を誇るロサンゼルス支局の、ジェイソンの班の上司から。

『サンタモニカ・ピアで――桟橋《ピア》の下で、外国籍の人物の死体が発見されました。ベルリンのナハトギャラリーのバイヤーと見られる。ＬＡ市警のギル・ヒコックから、ＦＢＩへの協力要請がありました。加えて……』リッチー支局長の口調が何かをはらんだ。『行動分析課《BAU》のサム・ケネディが、あなたの助力が役立つと見ているようです』

意訳――つまり、支局長もジェイソン同様に当惑している。ＢＡＵが一体どうしてドイツ人の死の捜査に首をつっこむのか。地元の美術犯罪班《ACT》の現場捜査官を、名指しで呼びつけてまで？

ただし。ギル・ヒコック刑事は、ＬＡ市警の美術品盗難対策班の班長というだけではない。ヒコック刑事は、南カリフォルニア全域の美術品捜査をほぼ一手に統括しているのだ。この二十年もにわたって。たとえばサンタモニカ市警のような、小規模の警察に美術品専門の捜査官はいない。LA市警の手を借りることになる。LA市警にある二人体制の美術品盗難対策班は、市警レベルでは、アメリカで唯一の美術品専門の捜査班であった。

そのヒコックがジェイソンの協力を要請したのなら、理由がある。ドイツの名のあるアートギャラリーのバイヤー殺しにジェイソンが興味を持つだろう、という以上の理由が。

心はすっかり事件のほうに向き、今すぐ現場へ駆けつけたい。サムがそこにいることとはもちろん、関係なく。

リッチー支局長の話を最後まで聞きとどけ——大した追加情報はなかったが——ジェイソンは「すぐ向かいます」と告げた。

携帯を切って、アーチの入り口から一歩入り、群衆へ目を走らせた。全員の視線は新設されたばかりのホールの前、演説台に立つずんぐりした男に据えられている。スピーチの一言ずつに甲高く跳ね返るマイクの雑音に苦戦中だ。

「一九四五年三月、ハーレイは建造物・美術品・公文書部隊《MFAA》の副長に任命され、イギリス人のジェフリー・ウェブ中佐の下に着いた。ベルサイユ、そしてのちにフランクフルトに置かれた連合国遠征軍《SHAEF》最高司令部に配属され、ハーレイとウェブは前線のモニュメンツ・メン《MFAA》の作戦を指揮しながら、現地の報告を上げ、さらに部隊の将来計画を練った。ハーレイはあちこちとび回り、身の危険をかえりみずアメリカ占領地区を奔走して掠奪された美術品や文化財を追い求めた」

いや、訂正。すべての視線が美術館のキュレーター、エドワード・ハウイに向けられているわけではない。姉のソフィーの目はジェイソンをじっと見ていた。

背が高く、髪と目が黒いソフィーは、ヴェラ・ウォンの翡翠色のホルターネックドレスを優雅に着こなしている。夫である共和党の下院議員クラーク・ヴィンセントも参列者の中にいた。マスコミがいそうな場所なら何があろうと顔を出す夫だ。

ソフィーは中の姉だが、中間子コンプレックスのようなものがあるなら、行きすぎたくらいの自己実現と、自分の監督責任内と見なす相手への口出しだろう。ジェイソンより十七歳年上のこの姉は、ジェイソンのことを大事な育成対象として見ているのだ。

ジェイソンは携帯をかかげ、首を振ってみせた。どんな捜査官もこんな時のために体得しているだろう、申し訳なさそうな、だが妥協の余地のない表情を浮かべる。この手の状況はどうしてもついて回るのだ、ＦＢＩ捜査官という仕事には。

一家の仕切り役を自認するソフィーは、眉の動きで不快感を示してきた。大金を払って手入れさせているだけのことはある眉で、今、その眉は映画のハーレイ・クインのように見えた。

ジェイソンは無言の謝罪の中に、もっと心痛をこめようとした。いや実際、この開館セレモニーを抜けることは本当に申し訳なく思っている。だが誰より、当の祖父《グランパ》ハーレイならわかってくれるはずなのだ。ナチスから文化を救うため、家族のお祝いごとをいくつも不在にしてきた人だ。

ソフィーが不服そうに、がっかりと首を振った。だがそこににじんだあきらめを、ジェイソンは消えて良しという許可ととった。

ジェイソンはそそくさと消えた。


車を停める場所を見つけるのに、延々とかかった。

テレビドラマや映画では見せないシーンだ――犯罪現場から数キロのところに車を停めて歩いていく捜査官とか。だがそういうこともあるのだ。

特に、駆けつけた最後の一人ともなれば。

サンタモニカの日曜の夜は――二月であっても――にぎやかだ。サンタモニカ・ピア、百年もの歴史を持つ名物の桟橋の上は、物見遊山の人々や路上の物売り、大道芸人たちで騒がしく、釣竿を手にして頑と居座る釣り人の姿もちらほらとあった。コロラド通りの端まで来たジェイソンの目に、重く垂れこめた紫と銀灰の雲を背にした観覧車が、キラキラと色とりどりに光りながらゆっくり回っているのが見えた。ローラーコースターのきらめく黄色いループを小さな車両が突っ走っていく。

桟橋の上は人がぎっしりだった。白黒の車が桟橋の下にバリケードを作り、そのＬＥＤのライトが不気味な遊園地のように青と赤に明滅している。桟橋の南側に車を停めたジェイソンは、ほぼ無人の砂浜を引き返してくるしかなかった。他の車やぬっとそびえるヤシの木のシルエットを抜けて歩いていくと、黒々とした弧の桟橋の下で動き回る制服警官や鑑識の姿が見えた。桟橋の橋脚の間ではフラッシュライトの光線が蛍のように飛びまわっている。小さな野次馬の群れが、ややまばらに立ってその様子を眺めていた。

ジェイソンは犯罪現場の封鎖ラインまで来ると、バッジを示し、警官たちから驚きの目で見られた。予備の拳銃をつかんでタキシードの上着をＦＢＩのベストに替えるのがやっとだったから、そのフォーマルな格好に驚いているのだろう。現場にＦＢＩが来たことよりも。

「パーティー会場はこっちです」と制服警官が告げて、黒と黄のストライプのテープを持ち上げた。

「どんなメニューか楽しみだ」とぼそっと返して、ジェイソンはテープをくぐる。柔らかく淡い砂に、靴が溜息のような音を立てて沈んだ。

桟橋のネオンや、観覧車の上でぎらつくソーラーパネルの反射光が砂浜を照らしていた。頭上のアーケードからは叫び――歓声――や音楽、にぎやかな気配が流れてくる。時代物のメリーゴーラウンドの陽気なメロディとローラーコースターの乗客の悲鳴も。

その間ずっと、桟橋の下では鑑識のカメラが角度を変えながらカシャッカシャッと光っていた。

この時期は、深夜十一時半頃に満ち潮に変わる。鑑識班は急がねば。

近づきながら、次第にジェイソンは背の高い金髪の後ろ姿を意識する。青いウインドブレーカーの広い背に金のＦＢＩのロゴが入った人影。

そしてどうしてか、わかる――こっちを見ようとしないサムが、背を向けたまま、近づくジェイソンに気付いていると。

どういう仕組みだ。超・性的知覚？

まあ、そこに待ち受けるものから気をそらす助けにはなる。格別ジェイソンが神経質なわけではないが、殺人現場が好きな人間はいない。ジェイソンが好きなのはその後――謎解き、挑戦、続く犯行を食い止めるための犯人の追跡、その部分だ。

鑑識たちの作業を静かに見つめる少人数の輪に歩みよった。最初にジェイソンに反応したのはギル・ヒコック刑事だった。

「ウエストが来たぞ」と彼が言うと、サムが振り向いた。

夜の暗がりで、血肉の通った存在というよりほぼ影にすぎなくとも、サム・ケネディの存在感は圧倒的だった。その圧力は、長身や肩幅の広さだけのものではない。傲慢な、ハンサムというのとは少し違う顔立ちだけでもない。彼という人間の放つ力だ――態度のでかさも加えて。

そしてたっぷりのアフターシェーブローションと。

「ウエスト捜査官」

何ヵ月もの電話の後で、じかにサムの声を聞くのは奇妙だった。深い、かすかにワイオミング育ちの響きを含んだ声。チカチカ揺れる光でその表情は読めなかったが、サムは大体いつも表情を読ませない顔をしている。昼だろうと夜だろうと。

ジェイソンは挨拶がわりにうなずいた。まるで初対面かというような空気――いや違う、初対面の彼らは一目で互いを毛嫌いしていた。あれに比べれば、今回はなごやかと言っていい。

ヒコックがジェイソンの夜会用の格好とエナメルの靴を見て、当てこすった。

「めかしこんで来なくてもよかったんだぞ。ここの殺しは平服ＯＫだ」

ヒコック――友人にはヒックと呼ばれている――は五十代後半だ。恰幅よく、にこやかで、昔から白髪混じりだ。天気にかまわずいつも皺だらけのレインコートを着ていて、パイプ煙草の匂いを漂わせ、陳腐なジョークを聞くのが大好きで、取り調べの最中にそのジョークを楽しげに披露しては容疑者をまごつかせるのだった。

ここ数年で、ジェイソンはヒコックと何度か仕事をした。彼のことは好きだ。

「〝お洒落も教育もやりすぎということはない〟」とジェイソンはオスカー・ワイルドを引用する。

「お洒落で高学歴な男が言ってくれるよ」とヒコックは笑い、ジェイソンと握手を交わした。

サムは手をさし出してこなかった。ジェイソンと目が合ったが、その目の光を読むには暗すぎる。ジェイソンの表情も、彼と同じように何も見せてないといいのだが。これでもプロ根性

には自信があるが、仕事と恋愛をきっちり切り分けることほどその境界線を試されるものはない。

サムと、恋愛をしているわけではないが。彼らの間にあるものは名付けづらいもので——この瞬間にもどんどん不確かになっていく。

ヒコックが、担当の殺人課の刑事を指した。そのディアスとノーキスはすでに目撃者候補たちの群れから話を聞くのに忙しくしていて、やはりジェイソンは一人完全に出遅れていた。

「状況は？」

ジェイソンはたずねた。本当に聞きたいのは「俺に何の用なんだ？」ということなのだが、それはいずれわかることだ。視線が自然と被害者に吸い寄せられた。切り付けるような光と深い影が、倒れた人影の周りを明暗法《キアロスクーロ》のように際立たせていた。

死者は、四十歳前後の白人。大柄。肥満とまでは言えないが締まってもいない体つき。肌は白く柔らかそうだ。髪は金髪で顎くらいまでの長さ、青い瞳はすっかり曇っている。口元が、驚きにだらりと弛緩していた。劇的なライティングとその表情の組み合わせが、どこかゴヤの絵のようだ。ゴヤの絵の登場人物たちは時にこんな、悲劇に襲われた瞬間の仰天した表情をしている。

被害者はジーンズにスニーカー姿で、『Ｉ ♡ Ｓａｎｔａ Ｍｏｎｉｃａ』と書かれたスウェットを着ていた。

悲しいかな、その町への愛は一方通行だったようだ。被害者の後頭部下には天使の輪のように丸い影が黒くにじんでいる。だが大した量の血ではない。銃弾や刺傷、絞殺の痕はなし、打撲痕すら見当たらない。

しかしこれが単純な殺人なら、サム・ケネディが現場に来るわけがない。サムはＢＡＵの主任としては――いやヒラの捜査官であっても――異例なほど現場に顔を出すが、そんな彼でも、普通の殺人現場にのこのこやってくることはない。

「知っている男か？」とサムに聞かれた。

「俺が？」ジェイソンは視線を返す。「いいえ」

「仕事上でこの男と関わった事はないのか」

「仕事でもそれ以外でも、関わったことがない男です。何者なんですか」

それにはヒコックが答えた。

「ドナルド・カーク。パスポートによると国籍はドイツ。ベルリンにあるナハトギャラリーのバイヤーだ」

ナハトギャラリーはストリート・カルチャーの収集で知られている。最先端で人気の若いアーティストの絵画、前衛的な写真。特に光を使ったインスタレーションや、グラフィックデザインに特化したギャラリーだ。ジェイソンの専門分野ではない。

「被害者のパスポートが残されていたんですか？」

「財布も、中のホテルのルームキーも残ってたよ。どうやら強盗目的じゃないな。うるわしき我らが町へのミスター・カークの訪問は、首の付け根へのアイスピック一突きで終了だ」

それは痛そうだ。

「あまり観光の売りにはならなさそうですね」

ジェイソンはサムを見て、ＦＢＩが、それもＡＣＴがここに何の用なのか説明を待つ。

サムが何か言いかけたが、刑事のディアスとノーキスがやってきたのを見て口をとじた。

ノーキス刑事は黒いパンツスーツ姿の赤毛の女性で、端整な顔をしている。彼女の相棒、ディアス刑事は迫力のある体格で、左頬に縦に走る傷跡が目を引く。彼はジーンズと、肩まわりがそろそろきつそうなコーデュロイのブレザーを着ていた。

「こりゃありがたいわ、ＦＢＩが一人増えた」ノーキスがジェイソンを上から下までじろりと眺めた。「そんな栄誉にあずかれるなんて、どういう風向き?」

ディアス刑事のほうは「結婚式をすませてから来てくれてよかったんだぞ、捜査官」と来た。

ジェイソンは溜息をつく。ヒコックがくくっと笑った。

「ほらほら、じゃれるな。ＦＢＩを呼んだのは俺だよ」

「一体どうして」とノーキスが問いただした。「どう見たって我々の手に余るような事件じゃありませんよ」

「カーク殺しは、ＢＡＵが捜査中の事件と関連している可能性がある」とサムが言った。

「はあ？　ふざ――」

　ディアスは途中で悪態を呑みこんだ。ノーキスと目を見交わす。ノーキスのほうは反発をあまり隠そうともせず腕を組んでいた。大体の場合、ＦＢＩは地元警察からの要請がなければ捜査に加われない。だがそのルールにも例外はあり、今回はその一つのようだった。

「どういう関連です？」

　ジェイソンがたずねる。それに答えたのはヒコックだった。

「こいつだ、ウエスト。ちょっとお前の意見を聞きたいモノがある」

　その「モノ」は、６×８インチのカンバスに描かれた油彩画だった。

「こいつが死体の右側に立て掛けられてたのさ」とヒコックが説明する。

「美術館のネームプレートみたいに？」

「ああ、そうかもな」

　ジェイソンの示唆にヒコックは意表を突かれた様子だった。

　ジェイソンは手袋に手をのばそうとした。もちろん、持ち合わせているわけがない。今夜殺人現場に呼び出されるなんて考えてもいなかった。

「俺のを使え」とサムがラテックスの手袋を外し、ジェイソンへ手渡した。

　ジェイソンはまだ温かなラテックスを手にはめ――奇妙に生々しい行為に思える――ヒコックからそのカンバスボードを受け取った。ヒコックはフラッシュライトを着けて、カンバスの表面をしっかり照らしてくれた。

一目で、何を意図した絵かわかった。見逃しようがない。この独特な筆遣い。繊細、かつ力強く描かれた海と空の境の水平線——まさにこの画家の初期作に見受けられる特徴。海と海岸線はおそらくサン・タドレスのつもりなのだろうが、カリフォルニアの海岸だと言われても通る。どこのはずだろうと——そして右下に入った特徴的なサインがあっても——それはつたない真似で、下手な贋作だった。

そして、画面中央で波に浮いた不気味で不調和な死体とくれば、もはや論外。ぼんやりした、だが明らかに血まみれのその死体を見ると、ジェイソンの首筋がざわついた。描かれた景色はどこというわけでもないのかもしれない。だが絵の主題——殺人のシーン——は明確だった。

「これは絶対、モネじゃありえない」とジェイソンは言った。

「彼の画風《スタイル》でしょう」とノーキスが言う。

「モネが聞いたら憤慨するだろうね」

「初期の作品かも？」とディアスが示唆した。

「いや、贋作としても質が悪い。ろくな腕ではない。まったく稚拙と言うほかない」

ヒコックが笑って「ほら言ったろ？」とサムに言った。

「鑑定するまではっきりとは言えないでしょう？　私はそんなにひどい絵じゃないと思うよ」

ノーキスがやけに粘った。ガレージセールで絵をあさるのが趣味だとか？　殺人現場でモネの真作を発見したと、本気で信じたのだろうか。

　ジェイソンは答えた。

「そういうことにするなら、どうして被害者のカークは天文学的な値段の絵を持って海岸をうろついていたと思う？　そしてもしこれが強盗がこじれた結果なら、どうして犯人は高価きわまりない絵を持ち去らなかった？」

「強盗が目的ではなかったのかも。犯人は、これが高価な絵だとは気がつかなかったのかも」

「たとえそうでも、どうしてカークが貴重な絵画を軽々しく持ち歩いていたかの説明はつかない」

「それを言うなら、あと一時間で波に沈む場所なのに犯人がわざわざ絵を置いて演出したってほうが理屈に合わないでしょう」とノーキスが反論する。

　それは一理あった。ねっとりした黒い波がすでに杭の足元に絡みつきはじめている。空気には朽ちたにおいと潮風が濃く入り混じっていた。

「犯人はここの潮のことをよく知らなかったのかも――」

「もういい、その話は終わりだ」サムが苛々と割って入った。「この絵は、カークが購入したものだとは思ってないということだな？」とジェイソンに向けられた問いは、明らかに形だけだ。もう答えなどわかっている。

「ありえない」答えて、ジェイソンはちらりとヒコックを見た。

「ないね」ヒコックも答える。「どんな新米バイヤーだってそんなバカはしない。悪いな」謝罪の一言をノーキスとディアスへつけ加えた。「この絵がどう関係してるとしても、経験を積んだアートディーラーがこの出来の贋作に金を払うことはないね」

それも、ほんの数時間前の殺人をほのめかして――いや予言しているかのような贋作に。

さっき発言をさえぎられたジェイソンは、その考えは胸にとどめた。どうせサムがその程度のことを見逃すわけがない。

ノーキスとディアスが不満げに目を見交わした。

「ならこの絵は一体何？」とノーキスが問いただす。「ここにあるこれは？」

彼女に答えるサムの声は低く、重々しかった。

「見立てを知りたいか？　これは、連続殺人犯《シリアルキラー》の名刺だ」

2

カーサ・デル・マールホテルは、一九二〇年代に上流階級の金持ち向けの、贅沢で閉鎖的なビーチクラブとして誕生した。現在は万人に解放されている。とはいっても一泊五百ドルからときては、誰もが歓迎とは言えないか。被害者のドナルド・カークは仕事で相当稼いでいたに違いない。

それか単に、元から金持ちだったか。

もしくは、ビーチサイドに泊まるのがただ大好きだったか。

カークは海が見える豪華な部屋を予約していた。優雅な内装はクリーム色、青、金に統一され、波と砂浜の色を表現している。部屋には専用のパティオがあり、そこからプールサイドまでほんの何歩かで出られるようになっている。さらに四隅に高い支柱があるベッドにイタリア製の寝具、書斎スペース、イタリア産大理石のバスルームには保温力の高いバスタブが備え付けられ、その上ホテル所有のアウディQ7 SUVを自由に使う権利まで付属している。

カークはその車を使いはしなかった。彼はビーチまで歩いて行って、そこで刺された。海を眺めに行ったのか、それとも誰かと会いに？　それが問題だ。いくつもある問題のひとつだ。

「何を探すべきかヒントをもらえませんか？」とジェイソンはたずねた。

「見つければその時にわかる」

仕切り壁の向こうから、サムの声が返ってきた。

左様《さよう》で。まあ今のところジェイソンが見つけたものは、カークが見た目通りの人間だったという証ばかりだ——金に余裕があるビジネスマンで、仕事とちょっとばかり私的なお楽しみを両立させている。ビーチに残されていたあのカンバスに近いスタイルの絵はひとつもなかった。そもそも、絵が一枚も見当たらなかった。おかしな話ではない、この旅行でカークが購入した美術品は国に配送手配ずみなのだろう。

外の廊下から、携帯電話で話すヒコックの声が聞こえた。「シリアルキラー」という言葉を自然と耳が拾う。

ジェイソンは、まだサムから借りたラテックスの手袋をはめたままの手で大きな手塗りの洋服タンスを開け、吊るされたカークの服の中から空のスーツケースを引き出した。掛け金を外して蓋を開き、スーツケースのポケット、底や上側まであらためる。

何も入っていない。汚れた洗濯物すらなかった。実際、カークの下着はきれいに洗濯されて薄紙に包まれ、洒落たホテルのランドリー用のバスケットに入って、皺ひとつないベッドの上に置かれていた。

頭の中で手順を確認し、順序立てて洋服タンスの中のものを端からすべてあらためていく。高価なテーラードスーツ二着、赤や辛子色の派手な模様のドレスシャツ二枚。上等な靴。それだけだ。

見るからに、カークは長く滞在するつもりも、スーツとネクタイ以外の服でよく出歩く予定もなかったようだ。

服のポケット、裾、靴の裏、踵を確認した。おかしなものはない。ドラッグはなし、密売品の類も、武器も、爆発物も、偽札も、盗まれた美術品もなし。

　最後のハンガーを、木のバーの奥に滑らせた。これで終わりだ。カークの服には本人の匂いがかすかに残っていたが、ジェイソンはサムのアフターシェーブローションばかりを意識してしまう。サンダルウッドと麝香《じゃこう》。さっきの海岸でも、海風もあるのにその匂いをかぎとっていた。サムはちょっと行き過ぎたくらいのきれい好きで、ジェイソンはそれをおもしろがっていた。ある夜、いつもの深夜の電話の中でサムから、死臭が記憶にこびりついてなかなか消えないのだ、と聞くまでは。

　洋服タンスの扉を閉めた。ここで何を探せばいいのかもわからないし、そもそもカークのホテルの部屋にどうして自分がいるのかがわからない。たしかに合衆国法典18章６６８条によれば、美術館から文化的な遺産を盗んだり詐取することは連邦犯罪とされる。だが海岸で見たあの絵は、歴史的名作どころか美術館からの盗品などでもないと、すでに結論は出たはずだ。ヒコックと現場を去りながら、サムはどうして被害者の持ち物を見るのか理由は説明しなかった。どうしてサンタモニカ市警にまかせられないのかは。

　いかにもサム・ケネディらしい。現場に、口だけじゃなく手も出してくる。自分以外の誰かにまともな仕事ができるとは思わない。まともな、とは、サムがやるような、という意味で。

　ジェイソンは、サムが――自分の予備の手袋をして――ガサガサと動く音に耳をすませた。仕切り壁の向こう側で、小机の上にあったレシートの山をあさっているのだ。

まあ、サムのように仕事をこなし、伝説として語られる成果を上げるには、どうしてもこういう流儀になるのかもしれない。写真や報告書だけの情報ではとても足りないのかもしれない。被害者のいた空気を肌で感じることで、はじめて獲物と狩人の姿がつかめてくるのかもしれない。

そうであるなら、ジェイソンの流儀とは正反対だ。ジェイソンにとって、これほど被害者に近づくのは——被害者の姿を知るのは、気を散らすもとなのだ。邪魔になるとすら言えた。事件とは一定の距離を置きたい。一歩下がったほうがいい仕事ができる。

もっとも、殺人の被害者と関わることは滅多にない。普段のジェイソンが追うのは窃盗犯や贋作者、詐欺師の尻尾だ。それでも暴力的な状況に縁がないわけではないが。人間というやつは思いもかけない行動に出るものだ。それを思い、ジェイソンは傷のある右肩を無意識にさすった。

「バスルームを見てきましょうか？」

「助かる」とサムが半ば上の空で応じた。

ジェイソンはつやつやした大理石のバスルームへ足を踏み入れ、シンクの鏡に映った自分の姿に眉を上げた。なかなかの組み合わせだ——タキシードスーツにＦＢＩの防弾ベスト。海風でもつれた黒髪がまるで悪魔の角だ。片側の袖口が大きく開いていた。

「ああ、ヤバい」

「何かあったか？」

バスルームと寝室を区切る開いた窓からサムが顔を出した。頭上の強い光を受けた瞳が鮮烈に青い。この青さを、ジェイソンは今まで忘れていた。

「いえ。ただ、俺のカフリンクスをどこかに落としたらしくて」

サムの金の眉が上がった。返事をする気もないのだろうが、あのカフリンクスはジェイソンが十六歳になった祝いにハーレイの側の祖父から贈られたものなのだ。ティファニーで、貴重なものだという以上に、ジェイソンにとっては思い出の品。あの祖父こそ、彼のヒーローだった。

サムが窓辺を去ると、ジェイソンは自分の順路を逆にたどってみた。不要な証拠品を現場に落とすのは、すでにある証拠を駄目にするのと同じほど許されないことだし、カフリンクスを落とすなんて実に間抜けな失態だ。

部屋の中を静かに移動しながら、ジェイソンはついこれがどれだけ奇妙な——そしてよそよそしい——再会なのかと、考えこんでしまう。サムの腕に飛びこむ場面を期待していたわけではないが、この九分間、何ヵ月かぶりに二人きりになれたというのに、サムは何もジェイソンにかける言葉がないらしい。同じ部屋にジェイソンがいることすら気付いてないかのようだ。

せいぜい「久しぶりだな、ジェイソン！」くらいの言葉をかけたって仕事にさしさわりはないんじゃないか？

とりわけ、何ヵ月もの電話のやりとりの後なら。

真夜中の長距離電話。サムが、きっと少し酔っ払ったり、ジェイソンが半分うとうとしている時の。いつか再会できたら何をするかの、挑発的な言葉遊び。

いざ、こうして再会したわけだが。

ジェイソンはサムのがっしりした背へ視線を投げた。実際にはサムはジェイソンの存在を意識していないのではなく、あえて心からしめ出しているようだ。それがプロとして理想の正しい姿勢かもしれない。

ジェイソンが自分の足取りをたどって部屋をぐるりと戻っていく間も、サムは彼を無視していた。カフリンクスはどこにも見つからない。砂浜で落としたのだろうか。それが一番ましだろう。サンタモニカ市警がここを調べてカフリンクスが出てきたら、どれほど嫌味を聞かされることか。

バスルームに戻って、捜索を再開し、トイレのタンクの下を調べた。意外なほど上等なロスコ様式に塗られたタイルは別として、特に目を引くものはなかった。シンクとバスタブの排水口、ヒーターの送風口もたしかめる。

何もない。何ひとつ。かけらも。

ドアの裏に濡れたタオルがかけられていた。シンクのカウンターに飛んだ水もまだ乾いていない。カークは、死に至る散歩に出る前にシャワーを浴びたのだろう。誰かと会う約束があったのか、単にきれい好きで身だしなみを整えるのが好きな男だったのか。実際、いくつもの手入れ用品を旅に持参しているあたり、カークはきれい好きで身だしなみのいい男だったには違いない。

「カークが殺されたと、どこから聞いたんです？」

ジェイソンはそう聞きながら、数々の歯磨き粉のチューブやヘアジェルを手に取って、中身が本当に歯磨き粉やジェルなのかたしかめていった。

間があって、それからサムの声が開いた窓から流れてきた。

「サンタモニカ市警から、ＬＡ市警の美術品盗難対策班まで連絡が入った。死んだのが海外国籍の人物だとわかったところで、ヒコックがＦＢＩのＬＡ支局に知らせた」

「それはわかります。ただ――」

鏡に映る自分を、ジェイソンは見つめた。眉が寄っている。緑の瞳が考えこむように細められている。不安そうな顔だった。実際、心が騒いでいた。

何故なら――サムはどうやってこんなにすぐ駆けつけられた？　ＦＢＩだからってプライベートジェットであちこち飛び回れるなんてことはないのに。ＢＡＵの捜査官であっても。

ジェイソンの心を読んだように、サムが言った。

「俺は、はじめからロサンゼルスにいた」

ジェイソンは、鏡のはまった窓の開口部と、その向こうの部屋を見つめた。理解できるまで一瞬かかった。

「……それは知りませんでした」

互いにわかりきったことを言う。

その角度から、サムの鏡像が見えた。ほんのわずかに。それだけでも、サムがじっと静止していると——すべての動きを止めてジェイソンの言葉に意識を向けているとわかった。口調は何気なさを装いながら、サムの言葉は慎重に選ばれたものだ。そしてジェイソンの心臓は、焦りのような、何か嫌な感情でドキドキと鼓動を鳴らしはじめていた。

一体、何が起きている？

サムがてきぱきした口調で説明を足した。

「俺はこっちの、ロードサイド切裂き魔《リッパー》の特捜班を監督している」

「ああ。そうなんですね」

ジェイソンは自動的に、サムの誘導に合わせて相槌を打った。だが当然、そんな簡単に片付く話じゃないはずだ。この八ヵ月、ジェイソンとサムはずっと……ずっと、何をしてきた？

誘惑？　焦らし合い？　言葉による前戯のような。前戯って。それともただの後戯だった？

たしかに、お互い何の約束もなかった。何の……保証も。形としては。暗黙の了解があったとすれば、もしいつかどこかで同じ町にいたら会おう、というそれだけだろう。

ジェイソンは、たしかめたくはなかった。問えば、本当はどれほど気になって仕方ないのか知らせてしまうようで。だが逆に、大したことでないなら普通に質問するだろう。心を引き締めて、何気ないふりで聞いた。

「こっちにはいつ？」

「今朝だ」

そうか。まだ望みはある。今日はジェイソンはほとんど支局に戻っていないし、サムには電話してくるような暇がなかったのかもしれない。

「よくこっちに来るんですか？　特捜班の監督で？」

サムの鏡像が動き、手帳のようなものをつかみ上げた。ページをめくりながら、彼の口調は曖昧だった。

「一、二回は」

聞くな。知らなくていいことだ。それ以上踏みこむな。

だがもちろん、ジェイソンはたしかめずにはいられなかった。知らないままではいられない。

今回、さり気ない口調を装ったのはジェイソンのほうだった。

「キングスフィールドの後にも？」

目をとじ、長い溜息をつくサムを、ジェイソンは愕然と見つめた。その……重い、無言の仕種が、ジェイソンの知りたいことを全て明かしていた。ただ、サム当人は見られていることを知らない。ジェイソンがまだ返事を待っていると思っている。サムは目を開けると手帳を見下ろし、抑揚を殺して言った。

「ああ」

ジェイソンは沈黙した。今は何を言っても、サムが露骨に避けたがっているそのとおりに聞こえてしまうだろう。仕事の場での公私混同、感情的で非理性的とか、とにかくそんなような。

恐ろしいほど、そして情けないほどに心が痛んでいた。あまりの自分の馬鹿さに。それが一番つらい。サムが二人の間にあった何かを——何だかはともかく——続ける気など最初からなかったのだと、冷水を浴びせられるように思い知ったことよりも。

いや、でも。そんなわけがない。マサチューセッツでジェイソンを追って踏みこんできたのは、サムの方だったのだ。あの時ジェイソンは、サムの拒絶を受け入れていたのだから。その先の二人の可能性について、サムがわざわざ何か言う必要などなかった。ジェイソンをもう一度ベッドにつれこむ理由も、約束する理由もなかった——まあそう大した約束ではなかったが。

一回分のデート。

実現したなら、そこから何かが始まったかもしれない、始まらなかったかもしれない、デート。

その日が来る前に、サムはどこかで心変わりしたのだ。

責めるわけにはいかないだろう。

そう。別に。ジェイソンだって心変わりはよくする——あれこれと。人間相手にも……いや、人間相手にはないかもしれない。実のところ人を見る目には自信があった。それでも、誰かとつき合うということになれば――そう、心変わりして諦めた関係は幾度かあった。だから、サムが心変わりをしないとも、してはいけないとも、とても言えない。

もっと前にわかっていればよかったとは思うが。あの、きわどい電話を幾度も交わし合う間に。最近は、そうきわどくもなかったか。電話の数も減っていた。

そうか。これで終わりなのだ。始まりもしないうちから。わかってよかった。

だから仕事仲間と関係を持つのは避けるべきなのだ。職場のルールがどうあれ。

誰かが入り口のドアをドンドンと叩いて、はっと我に返ったジェイソンはとび上がると、ヒコックのために重いドアを開けにいった。

「まったく、やけに静かじゃねえか。あきらめて帰っちまったのかと思ったよ」とヒコックがじっとジェイソンを見た。「何か見つかったか？」とまだサムが捜索中の部屋のほうも見る。

「今のところ何も」

ジェイソンは、カフリンクスが外れたほうの袖をまくりあげた。指が震えていなかったのでほっとする。心臓は、からくも一撃を避けたばかりのバッタみたいに胸の中でとびはねているのに。

「何も？」とヒコックがたしかめた。

「今のところは。夜間マネージャーが部屋の金庫を開けに来るのを待ってるんですが」

その金庫の中にも、手持ちの現金かトラベラーズチェック以上のものが入っているとは思えないが。しかし今夜は驚きだらけの夜だ。

サムが角から姿を見せた。手にカークの茶革の手帳がある。

「これによれば、カークは今週ベルガモット・ステーション、バウス・ウィザー&キンメル、ストライプス、フレッチャー＝デュランド画廊、3030アートギャラリー、ラウンジを回っている」

読み上げて、彼はジェイソンとヒコックに問いかける目を投げた。

ヒコックが口笛を鳴らす。

「全部有名どころのギャラリーだな」と顔をジェイソンへ向けた。「お前さんはたしか、フレッチャー＝デュランド画廊の捜査中じゃなかったか？」

ジェイソンはうなずいた。サムに見つめられて、説明する。

「顧客から、詐欺と窃盗の訴えがあって。といってもまだ捜査の初期段階ですし、相手は由緒ある、今でもカリフォルニアで重鎮と言っていいギャラリーなんで」

「興味深い話だが」とサムが答えた。「だが今回の殺人が詐欺や窃盗の絡みとは思えんな。カークの回った美術館の中に、モネを扱ったり専門にしているところはあるか？」

「ギャラリーです」とジェイソンは訂正した。「ありません」

サムが少しの間彼を見つめ、訂正を了承するようにひとつうなずいた。

「なんだって今回の殺しが連続殺人だと？　何かまだ俺たちに隠してんじゃないのか？」とヒコックが聞いた。

「ほとんどすべて」とジェイソンが口をはさむ。

思った以上に棘のある言い方になって、サムからお得意の、含みのある視線を向けられた。

それからサムが答える。

「これが三件目の殺人だ。美術業界に関わる人間が殺され、犯人が現場にモネの——モネ風の」ジェイソンを気にしてかわざわざ言い直し、「絵を残していった。殺人を予告したような絵をな」

「あの油絵は表面だけでなく、油絵の具全体が固化していた」ヒコックが言った。「何日も前に描かれたもんだ。まずは一週間以上」

ジェイソンの頭皮が嫌な感じにざわついた。たずねる。

「ほかの被害者の名前は？」

だがサムの返事は耳に入ってこなかった。

部屋から専用のパティオに続く両開きのフレンチドアの向こうで何かが動き、ジェイソンの意識が吸い寄せられる。風が観賞用の植木を揺らしたのか？　日よけのパラソルを見えない手が持ち上げた？　さらに目を凝らしたが、その影が人間の形だと理解するまで一、二秒、ほとんど愕然と見つめていた。人のシルエットだ。ガラス扉の向こうに誰かが立って、こちらを覗きこんでいる。

「はあ？」

ジェイソンはサムの横をすり抜けた。フレンチドアに駆け寄って鍵を開け、一気に開いた時、その人影がくるりと背を向けて鉄製のゲートを体当たり気味に抜けていった。ゲートがガチャンと騒々しく閉まる。

ジェイソンは銃を抜いた。「ＦＢＩだ、止まれ！」と叫ぶ。

黒ずくめの影は止まらなかった。閉まったゲートが反動で跳ねてまた開く。

ジェイソンは人影を追い、勢いよくゲートを抜けた。ゲートがまたやかましい音を立てた。

人影はテラスを猛スピードで駆け抜け、まばゆく照らされた青の楕円形のプールを過ぎ、中庭奥の高いフェンスへ突っ込んでいく。

そこから逃げられるとでも？　このプールが一階にあるわけではないことを忘れたか。

ジェイソンは、やはり銃を抜いたサムとヒコックへ向けて怒鳴った。

「奴はエレベーターへ向かう。挟み打ちを！」

答えを待ちはしなかった。議論している暇はない。とにかく追った。実のところ、体を動かすのは気分が良かった。即時の、そしてすべての意識を一点に注ぎこむのは。そして——サムから距離を取るのは。

アドレナリンの勢いを借りて煉瓦のテラスを疾走していくジェイソンの前で、黒ずくめの人影が自分の判断ミスに気付いた。

振り向き、ラウンジチェアと鉢植えのヤシの木を盾にしながら、煉瓦のプールデッキを渡ってエレベータの方へ向かおうとした。

その男の——間違いなく男の体型だ——背丈はジェイソンくらい、がっしりしている。黒いジーンズ、黒いパーカー、それにバックパック。プールサイドのランプヒーターの琥珀色の光がちらりと照らした肌は白人のものだった。

「そこで止まれ！」

ジェイソンはそう命じ、相手に合わせて動きながら銃の狙いをつける。だが残念ながら覗き見していただけでは、あるいは逃げようとしているからといって、撃てはしない。あるいは恋人未満の相手に振られた場面に無神経に割りこまれたからといって。それに大体、最後の手段でない限り、ジェイソンは人を撃ちたくはなかった。

撃たれたくもないが。すでに一度痛い目にあった。この男は武装しているようには見えない——とにかく銃を振り回してはいない。だからといって銃を持っていないとは言い切れないし、いきなり最悪の行動に出ないとも限らない。

油断するな。命が惜しければ。昔の訓練ビデオがいかにも言いそうなセリフ。鼓動は激しく、ジェイソンの肩甲骨の間を汗がつたい落ちた。相手の手の動きをじっと凝視する。

周囲の客室に明かりが着きはじめた。カーテンが開けられ、ブラインドから光がこぼれ、ガラス扉が開く。

まずい。

中にいろ、全員。そしてたのむから、ネットに動画を投稿してくれるな。

視界の隅で、サムがすでにエレベーターまでの道を塞いだのが見えた。ヒコックは逆側から回りこみ、挟み打ちの形が完成しようとしている。勝負は決した。向こうがまだそれを理解してないだけだ。

「逃げられないぞ」とジェイソンは叫んだ。「バッグを下に落とせ」

男はエレベーターを見て、それからヒコックを見た。

ジェイソンがくり返す。

「バッグを下ろせ。床に伏せろ！」

男はためらった。ただの馬鹿か？　それも指折りの？　武器を持っているのか？　ジェイソンの手がグロックの銃把を握りしめる。髪の生え際に汗がにじむ。

「さっさと伏せろ。顔を付けて、伏せろ！」

「わかった、わかったって！」男は両手を上げた。ひらめく白い肌。手袋なし。銃もなし。

「僕はマスコミの人間だよ！」

「いいから伏せろ！　すぐに！」

男は言われたとおり膝をついたが、まだ文句を言っていた。

「だから記者だって。クリス・シプカだ。あんたは知ってるだろ？」

そうかもしれないし、違うかもしれない。だがジェイソンの緊張がほんのわずかゆるんだ。目の前の男からは、不当な怒りに抗議する一般人にありがちな憤りと不安感が感じられた。

「両手を体から離して広げろ。手のひらをこちらに向けて」

「とっとと伏せて口を閉じてろ」ヒコックが男の後ろにやってきて、バックパックに足をのせ、相手をうつ伏せに倒した。「腕をのばせ」

「カメラが入ってるんだぞ！」

「指一本動かすなクソ野郎」

ヒコックから乱暴に、手際よく身体検査をされながら、シプカは文句を言いつづけていた。

ジェイソンはシプカにまっすぐ銃口を向けたままでいた。まだ鼓動がひどく速い。とはいっても八ヵ月前と比べれば、この程度。銃を抜くだけで不安の発作に襲われていたあの頃より格段にいい。

「武器はなし」ヒコックがジェイソンに知らせた。ぐいとシプカのバックパックを開け、毒づく。「こいつは別としてな」と片手にニコンのカメラを、もう片手に望遠レンズをかかげてみせた。

「大事に扱えよ！　まったく」とシプカが抗う。「お前らナチ連中は〝報道の自由〟って聞いたことないのか？」

まずい。これはとても風向きが悪い。ネット動画。

ジェイソンはゆっくりと銃を下げた。サムも、銃をホルスターに収めながらやってくる。ヒコックがかかげているカメラを受け取ってうなった。

「じつにめでたいな。IDは？」

ヒコックが財布を引っぱり出し、中身をあらためて、ぶすっとして言った。

「クリストファー・シプカ、三十五歳、ヴァンナイズ居住」ジェイソンとサムのほうへ顔を上げた。「記者証も持ってる。ヴァレー・ボイス紙の記者だ」

「だから言ったろ」シプカの声は怒りに満ちていた。「もう起きていいか？」

「いいや、そんなわけねえだろ」とヒコックがはねつける。

「ホテルの部屋のそばで一体何をしてたんだ」

ジェイソンはたずねた。シプカが頭を起こしてジェイソンを見上げた。

「あんたについてきたんだよ。美術館からずっと」

「俺に？」ジェイソンの全身を不安が包んだ。「一体何の話だ？　俺についてきたって——尾けてたのか？」

サムとヒコックの視線を感じる。

「僕は、あんたの記事を書いてるあの記者だよ」

シプカがそう宣言した。少しきまり悪そうでもあり、挑戦的でもあった。

「参ったね。こいつはお前のファンクラブの会長だ」とヒコックが言った。

ジェイソンはヒコックを見つめ、それからまたシプカの青ざめた顔を見た。シプカの顔はどこか……見覚えがあるとまでは言いきれない。だが、まるで知らないという感じでもなかった。ありふれた、目立たない顔だ。美形ではない。魅力のない顔でもない。いくらでもいそうな、大勢の中にまぎれそうな。

困惑が顔に出ていたのだろう、シプカがジェイソンに訴えた。

「あんたの記事を、この二年ずっと書いてきたんだぞ。まったく気がついてないとは言わないだろ。あんたのでかい手柄は全部記事にした」

「俺の手柄……」

サムが何か悪態をついた。低いが凶暴な言葉で、ジェイソンはそれがシプカより自分に向けられているように感じる。

たしかに、地元の新聞に時おり載っている好意的な記事に、ジェイソンも気がつかなかったわけではない。盗まれた絵画が発見されて無事持ち主の元に戻るような話は、交通事故や家宅侵入といったいつもの記事の中で新鮮な読み物だし、加えてジェイソンの家族は政界とのつながりが深い。だから、たしかに。ジェイソン自身——そして彼の上司も——彼が時々、ＬＡ支局にとってもありがたい注目を集めているのは承知していた。

記事の署名に注意を払ったことはない。記事の切り抜きも集めていない。喝采や名声のために仕事をしているわけではないのだ。だが、出会ってすぐにサムから浴びせられた言葉がまた耳に響いた。

（その褒美に、お前にはカメラの前に立つ役をくれてやる）

ジェイソンの生まれが、理想が、多少なりともサムとの関係を壊したと見るのは、勝手な見方だろうか？　まるでわからない。今、何を言えばいいのかも。サムの方を見ることさえできずにいた。どうしてか、こんなことになった責任は感じてしまうが、ジェイソンが好きで招いたことでもない。彼は自分の仕事をしていただけだ。このテラスにいる全員と同じように。

ヒコックが口の中で何かぼやき、よっこらせと立った。シプカが体を起こす。期待するような目をジェイソンへ向けた。当のジェイソンは、シプカに返す言葉も見つからなかった。

だがサムは何を言うべきか知っていた。いつでも心得ているのだ、彼は。

「よかろう、ミスター・シプカ」とサムがゆっくりと言った。「もう立っていい。話を聞こうか。いい話を聞かせることだ」

3

翌朝、六時にアラームが鳴っても、ジェイソンは動かなかった。三時間前から起きている。その三時間ずっと、天井の太い梁のぼんやりした影をただ眺めていた。

別にかまわない。キャロル・カナルの彼のバンガローからウィルシャー大通りの連邦ビルまでは車で二十分だ。平日の渋滞を考えれば、倍かかるかもしれないが。普段はジェイソンは早くに出勤するようにしている。早い出勤、遅い退勤。出世への意欲からだけではない。自分の仕事が好きだ。

いつもは。今日は……そんな気分ではいられない。

夜もよく眠れなかったし──夜中の一時にやっと家に帰ってきた──この何時間かは寝返りを打ってすごした。おかげでまるで休めた気がしない。

ただ……心が麻痺したようだった。

二十四時間前には、自分の人生に満足していたのに。幸せですらあった。

今は？

サムとのことは──理解もできないし考えたくもないが心ばかり痛む（結局考えてる）──別にして、今やジェイソンには専属記者がいるらしい。気恥ずかしい、とかで片付く話ではない。もっと深刻な問題だ。新聞に毎度顔が載るような身で潜入捜査などできないし、ジェイソンの仕事はいくらかの潜入捜査を要する。それがなくとも、記者につきまとわれて何の捜査中かと紙面で勘ぐられれば──きっと今朝のヴァレー・ボイス紙でされているように──大打撃だ。

　サムもそう思っている。マスコミからの望まぬ注目を集めたことのある身として、彼は、誰よりよくわかっているはずだ。

　そういうことだ。そしてもうひとつ、サムの態度の変化については、ジェイソンはまだ受けとめることができなかった。

　いい面を見るなら、銃を抜いた時にもパニックを感じなかった。たしかに、銃撃にさらされるような場面ではなかったが。それでも。ひとつ勝利の証として刻んでおこう。ごく短い戦勝記念塔に。

　まだジェイソンは、カークの殺人事件の捜査の担当なのだろうか？　それもわからない。昨夜はそこが曖昧なまま終わった。サムがシプカを事情聴取し、シプカがひどく渋々と認めたところによれば、ジェイソンが美術館の新ホールに祖父の名を冠する記念パーティーから呼び出しを受けたと手持ちの警察無線で知り、これはきっとロサンゼルスの美術界に関わる重要人物の殺人事件に違いないと推測したのだった。

　完全な正解ではない。だが気がかりなくらいには近い。

　唯一ありがたいのは、シプカがサム・ケネディが何者か気付かなかったことだ。サムがＢＡＵの主任のひとりであるとは知らない。知っていれば、今朝の紙面にその見出しが躍っていただろう。ロサンゼルスに連続殺人犯の影、と。

やってられない。

今や、サムがジェイソンの出自をどこまでわかっているのか、それを悩む必要はなくなった。サムはその場に立って、身じろぎもせず、シプカがべらべらとしゃべる話を聞いていた。ジェイソンの、ハーレイの側の祖父が元祖のモニュメンツ・メン――第二次世界大戦下でナチスから財宝を奪還していた部隊――のひとりであること、ウエスト家側の曾祖父の祖父があのトーマス・ウエストであること。昔のカリフォルニア州知事だ。そしてジェイソンの姉の夫が下院議員のクラーク・ヴィンセントであること、ついでに――誰も聞いちゃいないが――そのヴィンセントの政治的な主義がジェイソンのそれとは正反対であること。

要するに、今やサムにはすべて知られた。ジェイソンの存在が捜査にどう役に立ってどんなお荷物になりかねないか。シプカにとってジェイソンの存在が記事のネタとなることまで。

基本的に、ジェイソンの血統も家族も、サムが鼻でせせら笑う類《たぐい》のものだ。だからってもうどうでもいいが。もう彼らは――二人の関係がなんだったにせよ、もうその関係は終わった。二人の関係だと、ジェイソンが二十四時間前に考えていたものは。

どうせ、ジェイソンだって恋愛やら恋人やらがほしかったわけじゃない。サムとの――いや、ケネディとの――関係は予期しないものだったし、ありがたくもなかった。それどころか何よりも要らないものだ。そう考えれば、今回の変化は必然だったし、望ましい結果だった。

ならどうしてこんな……虚しい気持ちになる？　うつろな。打ちしおたれた。少し古臭いが、世界が沈没した気分を表すのに良い言葉だ。

「どうでもいい」とジェイソンは呟き、白い上掛けを一気にはねのけた。

淡い色の床板は冷たかった。ガラス張りの両開き扉の前を横切り――その向こうには庭と、青緑色の運河の風景――見晴らしのいい窓、壁に立て掛けられた凝った額の飾り鏡、さらなる窓と、その下の猫脚付きバスタブの前を通りすぎた。メインの寝室とバスルームはひとつの長い続き部屋になっていて、一人暮らしの男には充分だが、誰かをいずれ招くことがあればプライバシーが面倒そうだ。

そんな日が来そうな気がしないが。今は特に。

歯を磨き、透明なガラス壁が囲む白い琺瑯のサブウェイタイルの広々としたシャワーブースに入ると、一気に水を出した。叩きつける冷水に思わず声を上げたが、おかげで目は覚めた。石鹸に手をのばす。

五ヵ月前に、この家に越してきたのだ。初めてのまともな家。板張り風サイディングの青い壁、変形間取りに勾配天井の、むやみと並ぶ窓から運河の最高の眺望が臨める、一九二四年建築の小ぶりで素敵なこの家を買うまで、ジェイソンはいつも面倒のない集合住宅に住んできた。小さいが長年の手入れで作られた庭付きの、一軒家の落ちつきとプライバシーが今でもまだひどく贅沢に思える。

この家の話も、サムに幾度もした。いつか家を案内して回る日を楽しみにしていた。

いい加減本当に、真剣に、ケネディのことを考えるのはやめにしないと——。

シャワーで少し気分が持ち直す。熱々のブラックコーヒーでさらにまた少し。

サンタモニカのハイウェイに合流する車の流れにうまく割りこんだ頃には、ジェイソンはどうにか客観的な視点を少しは取り戻していた。

現実的に言って、彼とケネディとの仲など、いつこんなふうに終わってもおかしくなかったのだ。なら何を騒ぐ？　ケネディは、そしてジェイソンも、プロフェッショナルなのに。

とにかく、今頃ケネディはクワンティコへの帰路についているかもしれないのだし。そうじゃなくても、どうでもいい。今回の捜査に、これ以上のジェイソンの協力は不要だとしても、だから何だ？　ジェイソンだってまたシリアルキラーの捜査に巻きこまれるのなど心底まっぴらだ。

お気持ちだけで結構。遠慮する。

西海岸にいるたった二人の美術犯罪班《ACT》捜査官の一人として、とても暇とは言えない身だし。特に北カリフォルニアにいるもう片割れ、シェイン・ドノヴァンがバカンス中で、ベトナム沿岸での宝探しに出かけているときては。

捜査班が組まれるとは限らないし。組まれたとしても、どうせケネディはロードサイド切裂《リッ》き魔《パー》の捜査のように、遠距離から指揮を取るだけだろう。

とは言ってもジェイソンから見たところ、地元で死んだドイツ人観光客の事件をＦＢＩにゆずるまでもなく、サンタモニカ市警で充分対処できそうだったが。

気の滅入るニュースが淡々と続くラジオの報道コーナーから、グラント・リー・フィリップスの歌に切り替えようとしていた時――どうせフィリップスの曲はサムを思い出させるので選択ミスだが――ニュースキャスターがどうかと思うほど陽気に告げた。

『地元紙によれば、ＦＢＩがロサンゼルスの捜査機関と協力して、カリフォルニアの富裕な芸術愛好家を狙った連続殺人事件を捜査している模様です』

「まさか」ジェイソンは呻いた。「冗談だろ、お前……」

目の前に迫る赤いブレーキライトの壁に目を据えたまま、ラジオのボリュームに手をのばした。

『ヴァレー・ボイス紙のクリストファー・シプカ記者によると、ロサンゼルス支局のＦＢＩ捜査官と、クワンティコ派遣の超一流プロファイラーが、ドイツのアートディーラー、ドナルド・カーク殺害についてＬＡ市警と合同捜査を行っています』

ジェイソンは悪態をついた。まったく、これ以上事態がひどく悪化しようはないと思っていた時に。とは言えサムについての――いやケネディについての――クワンティコ派遣の超一流プロファイラー、という言い回しは少し愉快だ。シプカは内情を知るまいに。

いや、もう知っているのか？　知らないとしても、もうじき。昨夜身柄を解放されてからシプカは随分せっせと働いたようだ。

アナウンサーは凶報を、祝日家電セールのキャッチコピーのように朗らかに読みつづけた。

『ドナルド・カークの死体は昨夜、サンタモニカ・ピアの下で発見されました。検死局はまだ死因を公式発表していませんが、ＬＡ市警の関係者によれば、カーク氏はここ数ヵ月にわたる連続殺人事件の新たな被害者と見られています』

「ここ数ヵ月って、どこでだ」ジェイソンはうんざりぼやいた。「関係者って誰だ」

だがアナウンサーは、すでにカリフォルニアでの次の死と災難のニュースへ移っていた。


ウィルシャーの連邦ビルは——レイトモダニズム建築の高層ビルはそもそもジェイソンの趣味ではない——一九六〇年代の建築として、市内随一の醜さを誇る。要塞じみた四角い建物は白いコンクリート、反射ガラス、金属からなる巨大な四角柱の塊で、時代によって様々な組織が間借りしてきた。歳入庁《ＩＲＳ》からＮＡＳＡの会計部門、アメリカ気象局——そしてもちろんＦＢＩまで。政治は奇妙なベッドメイトを生む、とはよく言ったものだ。

ジェイソンはまだがら空きの職員駐車場に車を停め、スタッフ用の出入口を通って、十七階の職場まで高速エレベーターに乗った。回数表示が次々と切り替わる中、また自分に言い聞かせる。どうせケネディはもうクワンティコへの帰り道だと——ありがたいことに、と。

最良の結果のはずだ。誰にとってもベストのシナリオ。おかしなほど気落ちしていても。

エレベーターのドアが静かに開くと、目の前に青いカーペットと白い壁、そして――ジェイソンの心が沈む――BAUの主任、サム・ケネディの姿が現れた。

ありえない一瞬、ジェイソンは何の言葉も出せなかった。

ケネディが彼を見つめ返した。黒いスーツに真っ白なシャツ、灰色のシルクのネクタイをしている。FBIの伝統的ユニフォームと言うべき上等なスーツとネクタイ姿のケネディをジェイソンが見たのはこれが初めてで、その威力は圧倒的だった。荒削りの魅力と高級なテーラードスーツの取り合わせほど、決意を粉々に打ち砕くものはない。

さらに破壊的だったのは、ジェイソンを認めた瞬間、心が浮き立ったかのようにケネディの目が帯びた光だ。すぐいつもの鉄仮面に戻ったが。

（こうしてるといい気分だ。明日、お前を見るたびにこの感触を思い出すだろうよ……）

駄目だ。そんなことを思い出すな。

ジェイソンは固くうなずいた。どう呼びかければいいのか困惑する。丁寧な呼びかけは喉に詰まるし、サム、というのは過去の、遠い世界の呼び名になってしまった気がした。

「丁度会いたかった相手だ」とケネディが言った。無愛想な態度で、今の目の光はジェイソンの錯覚だったのだろう。

「そうなんですか？」

ジェイソンは礼儀正しく返した。熱意のなさが声にもそのまま出ていたが、ケネディは気がついた様子もなかった。

「コーヒーを取ってこい、お前のオフィスで話がある。いくらか説明しておきたい」

これはまた。ジェイソンの直属の上司のジョージ・ポッツやロバート・ウィート部長、ダニエル・リッチー支局長に同じ調子で命じられたなら——いや正直言ってどの上官からこの高飛車な言い方をされても、ジェイソンは特に何とも思わなかっただろう。それどころか、八ヵ月前にケネディがこの調子で上から言い放っても（実際よくあった）きっと何も感じなかった。

それが今、ひどく癇にさわった。

非論理的だし感情的だ。この反発は単にプライドを傷つけられたせいであって、ジェイソンはそんな自分自身に強い苛立ちを覚える。

だから、また固くうなずいて、ほしくもないコーヒーを取りに向かった。

自分のオフィスにつくと、ケネディが本棚から勝手に取った『モネ—あるいは印象派の成功』を手にして中を眺めていた。入ってきたジェイソンに顔を上げた。

「なかなかだ」

そうなずいてほめたのは、本よりもジェイソンのオフィスのことだろう。ジェイソンは一般的な捜査官には珍しいくらいの数の絵を壁にかけている。机の向こうには特別気に入りの絵——ルキウス・ラックスが描いたウィリアム・ウェンドの複製画——が掛かっている。この絵は、ラックスが罪に問われるのを防いでやったジェイソンへの、ラックスからの感謝の品だった。ジェイソンにとってもいい判断だった、この数年でラックスは得がたい情報源になってくれたからだ。

もっとも、ジェイソンが捜査中のフレッチャー＝デュランド画廊については、ラックスは不自然なくらい無反応だったが。

「どうも」

ケネディが居心地が悪そうな様子など、これまで一度しか見たことがない。キングスフィールドで別れを言いにきた時のことだ——さよならを言うはずが、何かに続くことになった夜。もっとリアルな何かに。

今、ケネディは落ちつかないというほどではないが、自然体でもない。じっとジェイソンを見つめている。無視しようとしても、ジェイソンは視線を意識せずにはいられない。

ケネディは本を戻し、ジェイソンの本棚にある写真立てを眺めて、言った。

「これが昨夜、美術館の新ホールに名が付けられたお前の祖父か？」

第二次世界大戦の海軍予備役の軍服から、その見当をつけるのは難しくない。

「そうです」

ジェイソンはコーヒーに口をつけた。デスクの遠い側に、椅子ではなく天板に腰をのせて座る。ケネディに見下ろされて座りたくはない。馬鹿げた心理だが。何も敵同士というわけではないのだ。だがそれでもジェイソンはガードを固めてしまう。

「つまり、その祖父の影響で美術品を守ろうと思ったのか？」とケネディが聞いた。

いやいや。旧交を温めているつもりだかなんだか知らないが、社交の努力は買うが、もうジェイソンは限界だった。

「俺は捜査本部から外されたってことですよね？」

ケネディの眉が寄った。

「カークの殺人のことなら、捜査本部はない」

「そうですか」

そうは言ったが、まだよくわからない。

ケネディはプラスチックの椅子を引き出してジェイソンの机の前に座り、向き合った。

「だがひとつ、意見を聞かせてもらいたい」

彼は紙のファイルを開くと、机ごしに写真をすべらせてきた。

ジェイソンはコーヒーカップを置いてその写真を手にした。じっくり眺める。

女性。アフリカ系アメリカ人、五十代の半ばから後半、そして——写真の中の服装と大きすぎるアクセサリーを見るに——金持ちでアート系の美意識の持ち主。

ケネディへ、問いかける目を向けた。

「ジェミニ・アーンスト。美術評論家だ」

「ああ。そうですか。名前は知ってます。会ったことはない」

「ならチャンスを逃したな。三ヵ月前、彼女の死体がスタイヴェサントの公園の噴水に浮いていた。誰かが凶器を、おそらくはアイスピックを用いて、彼女の頭蓋つけ根を突いた」

「いてて」

ジェイソンは反射的に呟いた。どうしてアイスピックと聞くと普通のナイフよりぞっとするのかはわからないが、背すじが冷たくなる。

「その現場にモネの贋作があったんですか？」

ケネディの目に、感嘆の色がともった。

「いいや。少なくとも、初動では見つからなかった。絵は、三日後に出てきた。べたついた絵だった」

「べたついた……」

ケネディの存在にどれほど心乱されているものか、一瞬ジェイソンはべたついた色合いだったのかと考え、それから油絵の具が乾いていなかったという意味だと気付いた。

ケネディはジェイソンの発言を待っているようだ。ジェイソンはたずねた。

「なら犯人は、犯行の後に現場を演出しようとしたということですか？」

「そうなる」

「ということは……」ケネディが待つ間、ジェイソンは考えをめぐらせる。「カーク殺しと違って、アーンストの殺人は事前に計画されたものではなかった？」

「その点は、そうだな。おろらく。アーンスト殺しは突発的犯行だったのかもしれない。もしくは犯人は発展途上で、自分の手法を模索中なのかもしれない。アーンストはその最初の犠牲者だった可能性がある。確信はまだないが」

　この手のことに誰より精通しているのはケネディだ。ほぼ十八年間ずっと、彼は怪物を狩ってきた。殺人者についての本も書いている。

「昨夜、あれが三件目の殺人だと言ってましたね」

　それを聞いた三十秒後には、ジェイソンはクリス・シプカを追いかけ回していたのだった。シプカからの連想で、今朝の通勤中に聞いたラジオニュースのことを思い出していた。あまりケネディと話したい話題ではない。

「知る限りこれが二人目の被害者だ」とケネディが別の写真を押し出した。

　ジェイソンは写真を取り、じっと見つめた。四十そこそこの男性。人種が混ざった顔立ちで、赤銅色のドレッドヘアとじつに淡い青の瞳で、はっとするほどいい男だった。

　ジェイソンは首を振った。

「知らない男です」

　一見したところ、カークを含めた三人の被害者たちにあまり共通項はなさそうだ。性別も、人種も、年齢も、その上国籍までバラバラだ。

「ウィルソン・ラファムだ」

「聞いたことのない名前です」

「ラファム財団という名は？」

ジェイソンは少し考えこんだ。

「……いいえ」

「ラファム夫妻、ジョンとベッティーナは富裕なアートコレクターだ。写真のウィルソンは、夫妻の長男だった。美術教師で、週末には道楽の絵を描いてもいた。美術絡みの共通点は今のところそれしか見つかっていない」

道楽、という言葉をケネディの口から聞くのは奇妙な感じだった。どんなジャンルであれ、道楽の余地などほとんど許さない男。

「美術教師、美術評論家、美術品バイヤー？」

「そういうことだ」

「三人の被害者につながりは？」

「我々の調べた限りではまだ不明だ」

ジェイソンはうなずいた。今のケネディの発言に気付く。

「我々って言うと？」

「この件を担当させている捜査官は、お前の知り合いだ。ジョニー・グールド」

ジョニー。たしかに、彼女のことは知っている。同僚の捜査官と結婚してＦＢＩを退職したのだが、クリスがクワンティコに異動になった後、ケネディから断れないほど魅力的な条件でスカウトされたようだ。ＦＢＩを辞めようと、心はいつでも捜査官というわけだ。

ジェイソンは、ウィルソン・ラファムの写真を見下ろした。

「彼の両親が美術品のコレクターだと言いましたね？　ラファム財団というのはどのくらいの規模なんです？」

「アメリカ全土の規模でどうかは知らんが、ニューイングランドあたりじゃかなり名のある財団だ。ラファムの死体は六週間前、コネチカットにある両親の別荘で、人工池に浮かんでいた。同じ手口だ。アイスピックか、その手のものが頭蓋のつけ根に突き込まれ、脳を貫いた。殺人現場を示していると見られる絵が、池のそばで見つかった」

ケネディがまた別の写真を二枚よこした。一枚は犯罪現場、もう一枚はその現場を表した絵のようだ。ジェイソンは両方の写真を熟視し、特に殺人を模した絵のほうに目を凝らした。偽の署名と似せた筆遣いがあっても、それはモネの絵ではない。そして、どこにでもある池でもなかった。ラファム家の池を実際に飾る、アオサギ四羽が長い嘴から水を吹き出す噴水が、その絵の中にも描かれていた。

ケネディがつけ足した。

「この事件では、絵は完全に乾いていた」

ジェイソンはじっくり考えこむ。

「計画的ですね。明白に。そして下調べもしている。犯人はこの被害者の行動、周囲の環境の両方を把握している」

「そのとおり。上出来だ」

お世辞は結構、とジェイソンは苦々しく思った。顔を上げて目を合わせるのをケネディが待っているのを感じる。ジェイソンは、写真に目を据えたままでいた。ＦＢＩで学ぶことのひとつだ。いかに感情を隠すか。

一拍置いて、ケネディが言った。

「俺が聞きたいのはだ、何故モネなんだ？」

俺も聞きたい。どうしてわざわざ俺に？

ほかの美術犯罪班《ACT》の捜査官が近くにいなかったわけがない。本部はワシントンＤＣなのだし、どう見たってジェイソンと同様に——もしくはもっと——芸術や美術絡みの犯罪に詳しい捜査官に、ケネディはいくらでも話を聞けたはずだ。

「印象派全般についての詳解が聞きたいですか、それともクロード・モネに限って？」とジェイソンは聞いた。

「詳解か」ケネディが感慨深げに言った。「その言葉は辞書で調べないとならんかもな」

そんなわけはないだろう。南部訛りで時々カウボーイ風の態度を見せるケネディだが、犯罪心理学の修士号を持っているのだ。

「ラファム家はモネを収集してましたか？　アーンストはモネについて詳しかった？　カークのいたナハトギャラリーは十九世紀の絵には興味がない。モネの絵は一枚も所有してないはずだ。あのギャラリーは、ストリートカルチャーとアバンギャルド専門です」

「続けてくれ」

「続ける？」ジェイソンは短い、苛立ちのにじむ笑いをこぼした。「ただのあてずっぽうだ。モネになりたい絵描きが犯人かも。もしくはネオ・ラオホや新ライプツィヒ派のような具象絵画を敵視しているのかもしれない。あるいはラファム家から絵を馬鹿にされたことがあるのかもしれない。アーンストから、最近の個展を批評でこき下ろされたのかもしれない」

「それは少し、陳腐なテレビドラマのようだな」

ケネディはテレビを見るのか？　これまでジェイソンは気付いたことがなかったが。

「ドラマというならX－ファイルのほうが近いかも。俺が言おうとしているのは、この捜査でモネが重要だとはとても思えないってことです」

「あの絵は、展示会などに並ぶレベルのものか？」

「ありえない。ひどい絵だ。お話にならないくらいにひどい」

うっかり、ジェイソンはケネディを見上げていた。ケネディはまだ彼を見つめていて、二人の視線がぶつかり合い、絡み合って、固まった。青く容赦のないまなざしの強烈さをほとんど物理的に感じる。その一瞬にジェイソンの心がきしんだ。

そして怒りがこみ上げる——どう見てもケネディは何も感じていないというのに、どうしてジェイソンばかりこんな思いを持て余す？　ケネディのほうは、何かあったことすら忘れたような顔をしているのに。

「そういえば」とジェイソンは言った。「クリス・シプカのヴァレー・ボイス紙が伝えてましたよ、クワンティコからよこされた超一流プロファイラーが、南カリフォルニアの美術畑の人間を狙った連続殺人事件でＬＡ市警と合同捜査をしているって」

「勘弁してくれ」ケネディはほとんど軽蔑の声だった。「昨夜、あの馬鹿をテラスから落としてやればよかった」

「前もやったやつですね」とジェイソンは呟いた。

意外なことに、ケネディが笑い声を立てた。写真を集めてファイルにしまう。

「前といえば、カークが先週回っていたギャラリーに行くから、お前にもついてきてもらいたい」

「え？　待ってくれ。一体何故？」

今回はジェイソンも唖然とした顔を隠さなかった。一、二日間町を車で走り回り、その間ずっと車内でサム・ケネディと——同じ空気を吸う？　お断りだ。

ケネディがひややかに答えた。

「それが役に立つと思うからだ、ウエスト捜査官」

ジェイソンは立ち上がった。ケネディも立ち上がる。追いつめられたジェイソンの気持ちをなだめる動きではない。

「俺はそんな――とても――今、山ほどの案件を抱えている。今、西海岸にいるＡＣＴ捜査官は俺一人だし、すでにフレッチャー＝デュランド事件の捜査の指揮も執《と》っている。大掛かりな事件なんです。起訴に持ちこめるかもしれない。これは……でかい話なんです」

「それは理解している」ケネディがよどみなく言った。「だが連続殺人犯を止めるのも同じく重要な話だと、お前もわかってくれるだろう」

「それは俺の――」仕事じゃない、と言いかかってこらえた。「――専門分野じゃありません」

「能力については把握している」ケネディが癇にさわるほどおだやかな口調のまま、冷静に続けた。「その知識と美術界での人脈こそ、今必要なものだ。それにお互い承知しているように、お前は充分な訓練と経験を積んだ捜査官で、必要とあればいかなる現場にも対応できる」

ケネディはわざわざ指摘はしなかった――多少は気を使ってのことか。ＡＣＴが、ＦＢＩ内では末端の存在、あるいは不要だからその人員をほかに使うべきと思われている存在だということを。ＡＣＴの人員は、必要とあらば好きに別の部署で使われる存在なのだと。いきなり、それも一方的に。

だから、もう意地だけで――それと多分虚勢で――ジェイソンは言い返した。

「断る。ありえない」

ほんの一瞬、ケネディは呆気に取られたように見えた。それから目を細め、表情を固くする。

「何だと？」

ぎりぎりで、ジェイソンにも本音をぶつけないだけの理性は残っていた。あんたとなんか仕事はしたくない、とは。

「俺の捜査は今、大事な段階なんです。あなたが自分の事件を優先させたいからって、こっちの捜査を台無しにするつもりはない」

少なくともこれはなじみのある安全な話題で、幾度も深夜の電話でケネディと語り合ったものだった。

――もし多くの人間か、歴史的絵画のどちらかを救えるとしたら、お前はどっちを選ぶ？

その問いに、ジェイソンは毎回「どの名画？　どんな人々？」と返した。ケネディはその答えをおもしろがっていたが、結局は頑《がん》として「人と絵のどっちを選ぶか」という話になった。

――じゃあ彫刻だったら？

ジェイソンはそう混ぜっ返したものだ。あの議論や類する論争は、あくまでのどかな哲学談義だった。だが今回はまるで宣戦布告。

ケネディの金の眉が上がる――そしてその薄い冷笑は、まさしく過去の再現。ほとんど優しいくらいの口調で、彼が言った。

「ノーか？　なら管理官のジョージ・ポッツとよく話し合うことだ」

「言われなくてもそうします」

ケネディは返事をしなかった。ジェイソンのオフィスのドアを開け、廊下へ歩み出た彼は静かに、最終通告のようにそのドアを閉めた。

4

「どうしたんだ、ジェイソン。どうしてお互いこんな面倒なことをするんだ？」

上司のジョージ・ポッツはサム・ケネディと同年代だったが、違う種の生物と言ってもいいくらいだった。あるいはまるで違う地形――高嶺で登頂困難、目まぐるしく天候が変化するモンブランがケネディだとするなら、ジョージはまるで……初心者向けのゲレンデ《バニー・スロープ》だ。色の薄い肌と目、そして色も量も薄い髪というところも、何となくウサギ《バニー》っぽい。

ジョージ・ポッツは現場の捜査官としては二流だったが、管理職としては敏腕だった。ジェイソンも彼がとても好きだ。ジョージは骨身を惜しまぬ、公正な男で、細かなことまで目が行き届く。実際、時には――今のように――もっと大雑把な上司だったら楽なのにと思うこともあるくらいだ。

「そんなつもりはないです」とジェイソンは反論した。「俺はただ、ケネディが必要なものはギル・ヒコックで充分だと指摘しただけですよ」

「BAUの主任に、人手はLA市警にたよれと言うのか？　どうしてだね。FBIだけですむ時に？」

　まさに理にかなった疑問。

「それは、フレッチャー＝デュランド画廊への俺の捜査が今……重要な局面にあるからです。ケネディをつれてまったく別の用件でギャラリーに押しかけるのは、事態をややこしくするだけです。俺の捜査方針の邪魔になりかねない」

「本気で言ってるのか？」

　ジョージはうんざりした声だった。ジェイソンはこの上司のお気に入りではあるが、しかし……。

　ジェイソンは真剣に、身をのり出した。

「本気です。すでにバーナビー・デュランドと連絡が取りづらくなっているんです。もしそこにケネディをつれていって、連続殺人だのモネの贋作だのと言い出されたら――」

「いいか、たかだか一日か二日の話だろう。たしかにフレッチャー＝デュランド画廊に行くのは少々気まずいかもしれないが、ケネディが梃子でもギャラリー回りをするつもりでいる以上、案内役はきみが適任なんだ、わかるだろう」

「ヒコック刑事のほうが経験が――」

突然ジョージの忍耐力が切れた。

「その話はもうたくさんだ。きみがあの男と仕事をしたくないのはわかるが――」

「そんな事は言っていません」とジェイソンは背をのばした。

ジョージが天井を仰ぐ。

「言われなくてもわかるとも。理解もできる。彼の評判は有名だ。四分間一緒にいただけで、私ももうたくさんだ。だが前の事件の時はそうひどいことにはならなかったんだろう？　キングスフィールドの事件で、ケネディはきみが表彰されるべきだと口添えしたくらいだ」

不思議そうに、そして申し訳なさそうにジョージは続けた。

「彼はきみを、ある意味で気に入っているんだと思う。彼なりの、非社交的な形でな」

笑いたいくらいだ。そんな気分にはなれなかったが。

「ジョージ」

「いや、ジェイソン」上司は気乗りはしていなかったが、譲る気もなかった。「議論の余地はない。それとも、きみは本気でＢＡＵの主任に向かって、人手は市警にたのめと私が言えると思うのか？　腹をくれ」

探しに行くと、ケネディはロバート・ウィート部長のオフィスにいた。

ウィートは五十三歳で、昔のテレビドラマに出てくる医者のような厳粛な美男子だった。賢く優しそうで、アザミの葉飾りが掘られた飾り柱付きの見事なマホガニーのデスクの後ろに座っていると、貴族的な雰囲気すらあった。机には写真立てがいくつも並び、数々の政治家や著名人とウィートが一緒にポーズを取って写っている。ウィートの背後の壁にはFBI初代長官、J・エドガー・フーヴァーの写真が大きな金縁の額で飾られ、似合わぬ穏やかな顔を見せていた。

ひそかな噂によれば、ウィートはリッチーの後釜として支局長の椅子を狙っていて、次の十二月にはそこに納まるつもりでいるらしい。どうなるにせよ、ジェイソンは権力争いには大して興味がなかった。職場の駆け引きには関わらないようにしている。そもそも、私生活で権力争いや駆け引きは飽きるほど見てきた。

二脚あるどっしりした革椅子の片方に、ケネディはデスクに向いて座っていた。体の線はリラックスしている。表情は、ウィートの話に真面目に聞き入っている顔だった。ケネディが個人的にウィートのような男をどう見ているか知るジェイソンは、一瞬皮肉な気分を味わう。

ケネディがさっとジェイソンへ目を向けた。そしてまたジェイソンは、そのまなざしに何かがひそんでいるのを感じる——影のような読みとれない感情。今回に限っては、話の腰を折ってくれたことへの安堵かもしれない。

「これはウエスト捜査官」ウィート部長はじつにうれしそうだった。「入ってくれ。どうか」

この部長はジェイソンがお気に入りで、それを隠そうともしていなかった。より正確には、彼が勝手に解釈した〝ジェイソン〟の姿が好きなのだ。由緒ある名家の出身で、利用しがいのある政治的なコネ。

「きみ、また新聞記事にされてたな」

言われて顔をしかめたジェイソンに、ウィートはくくっと笑った。ケネディに対して「この若きウエスト君は我らが期待の星でね」と言う。

「知っている」

ケネディが答えた。表情も口調もなごやかなものだ。いつの間にか、中身のない世間話をマスターしたとでもいうように。だがそんなはずはないと、ジェイソンは真実を知っている。ケネディは仕事の、こうした面を忌み嫌っているのだ。

「幸運にもマサチューセッツで、ウエスト捜査官と組んだことがあるので」

「そうだった」ウィートがうなずいた。「いや、あれは忘れがたいね」

「いつ出発しますか？」

ジェイソンも、ケネディに負けず劣らずなごやかにたずねた。何と言っても、社交的な愛想の良さなら板についたものだ。

「いつでも、そちらの都合の良い時で。ウエスト捜査官」

そつのない口調は、ジェイソンには小馬鹿にされたように響く。だがウィート部長はそうは取らなかった様子で、お気に入りの二人の捜査官が肩を並べて犯罪に挑む姿ほど素晴らしいものはないとばかりに満面の笑みで見ていた。

「なら、今から」

ジェイソンの言葉にケネディがうなずき、立ち上がった。ウィートも立ち上がる。二人で握手を交わしていた。ケネディはジェイソンについて青いカーペットの廊下を歩き、エレベーターに乗った。

エレベーターのドアが閉まると、ジェイソンは嫌味がとんでくるだろうと身構えたが、一階ロビーへの降下の間ケネディはずっと携帯のメールをチェックしており、ジェイソンの車を停めた駐車場に向かう頃には留守電の相手に電話を掛けていた。

ジェイソンに用などないらしい。それはなんとも――いや、認めろ――いささか肩透かしだった。

ケネディは品性のない真似をするつもりはないのだ。ジェイソンを完璧にやりこめはしたが、それを得意がる様子はない。キングスフィールドでもそうだった、とジェイソンは思い出した。ケネディはプロらしく折り目正しくもできればプロらしからぬ無礼な態度も取れるが、陰険なことはしない。

今のケネディは、プロらしく礼儀正しいモードで、おかげで面倒がなくてよかった。

よかった、はずだ。

シートベルトを締め、ジェイソンはたずねた。

「どのギャラリーから回ります？」

ケネディがチラッと目を上げる。

「まかせる」

それはジェイソンの〝専門分野〟への遠慮か、それとも本当にどうでもいいのか？　ジェイソンは覆面車の二〇一四年型のダッジ・チャージャーのエンジンをかけ――ＦＢＩがイケてる車を乗り回すのはテレビドラマの中だけだ――ケネディへ視線をとばした。

ケネディが電話をかけていた相手が出た。無表情な声で、頭ごなしに言う。

「ラッセル捜査官か？　サム・ケネディだ。俺がオフィスに帰るまで待てないほどの重要な情報というのはなんだ？」

おっと。これもまた、ケネディが好きになれない仕事の要素。人間。だが人の管理は、今や彼の職務のひとつだ。かなり大きな割合の。

ジェイソンは車を駐車場から出した。不運なラッセル捜査官を、ケネディがズタズタに切り刻んでいく通話を耳から締め出そうとしながら。

ベルガモット・ステーションのアナ・ローデルが話すところによると、殺されたドナルド・カークはいい人だったが、扱いづらい客だった。

二〇〇三年冬に立ち上げられたベルガモット・ステーションは、自らを〈ビジュアルにおけるシンクタンク、創造性がふつふつとたぎる最先端の最も先鋭〉と名乗っていた。なんとも抽象的だ。毎月五人の地元アーティストを特集する彼らは、専用ギャラリーを二つ所有し、二十五人のフルタイムの〝創作者〟たちを雇っていて、人気の大きなグッズショップのために品物を作らせている。このギャラリーは、ロサンゼルスのダウンタウンで毎月開かれるアートウォークでは最古参のひとつで、アート業界の中核でもあった。

「あの人は、何がほしいか自分でもわかってなかったようで」ローデルは、ジェイソンから来訪の目的を聞くと、カークについてそう語った。「うちに来るドイツの顧客の中では珍しいタイプですね」

彼女は二十代で、かなり痩せて肌は青白く、銀灰色に漂白した髪が激しくはね動く。瞳も灰色で——生まれつきかコンタクトか——銀の爪も含めて、全体的にきらびやかな幽霊のように見えた。

「彼は、いつここに？」

「水曜に」とローデルが答える。

「何か購入していきましたか？」

「いいえ」

ジェイソンは、てっきりここから事情聴取をリードするだろうとケネディを見たが、彼は黒い天井から吊るされた金属とガラスの雲のモビールを眺めていた。星、ミツバチ、小さな太陽と人工衛星、ペガサス、ゴーストたちが、長い部屋の上空でキラキラと光っている。

ジェイソンはまたローデルへ向き直った。

「カークはどんな様子でした？　気が散っていたとか、不安そうだったり落ちつかない感じはありましたか？」

「どうかしら。初めて会った人だから。でも私の印象では元気でしたよ。楽しそうで、活力に満ちてた。とてもいい時間がすごせてるみたいな。あの人のギャラリーやアーティストについて、少し話をしたんです。いつかコラボレーションしたいとか、そういう話も。うちのギャラリーオープニングの時の話に興味があったようで。それに、うちのギフトショップには誰もが感心しますから」

「人の名前は言ってませんでしたか？　興味のあるアーティストや作品について？」

「いいえ。あの人はただ……ぶらぶら見て回っていただけ。さっきも言いましたけど、何がほしいのかわかってなかったんだと思う。それか彼、すべてを求めていたのかも。同時に何も求めていなかった。個別の作品ではなくて全体のイメージとか？　私たちは……かなり挑戦的ですから、ほら。なんというか、あの人の考える前衛と私たちにとっての前衛が同じではないような」

「そうだったんですか？」

「そうね」ローデルがいかにもという調子で言った。「だって、歳のいってる人でしたから。四十歳は過ぎてて」

「ああ……なるほど」

ジェイソンはケネディの方を見ないようにした。

ローデルが肩をすくめた。

「うちのギャラリーのことは、気に入ってくれてました。でも何かを買うつもりはなかった。ここの波動を楽しんでたんだと思います。ほんとにひどい話……殺されるような感じの人じゃなかったですよ」

「ここにはどれくらいの時間いましたか？」

「一時間くらいだったかしら。３０３０３のポール・ファレルと約束をしてたはずよ」


「それか彼、すべてを求めていたのかも。同時に何も求めていなかった」

車内に戻ると、ケネディがそう呟いた。皮肉っぽい口調だった。

ジェイソンの唇が上がった。

「ですね。でも俺は彼女の言いたいこともわかりますよ。なんとなく」

「だろうとも、ウエスト。だからこうしてたよりにしてるんだ」

ケネディに笑いかけられた。

ジェイソンをからかっているのだ。だが気さくなからかいだった。

ジェイソンはつき合いで微笑み返したが、心はこもっていなかった。ケネディからわざわざ友好的に接されるのも、はっきり距離を置かれるのと同じくらい面食らう。

「重要なことかどうかわかりませんが、モネの絵は──特に代表作の『睡蓮』は──もっとも世間に露出し、商業化されてきた作品です。チョコレートの箱や入浴剤、ジグソーパズル、買い物バッグ、スカーフ、Tシャツ、ポスター、ノートの表紙。テーブルクロスやバスマットまで見たことがあるくらいです。それも何か関連があると思いますか？」

「まだ何が関連しているか、重要度を見極めるには早すぎる段階だ」ケネディが答えた。「だからお前の意見や洞察が大事なんだ」

ジェイソンの心が沈んだ。ほぼ垂直落下した。ケネディに気を使われるとは……正直、いささか胸が悪くなるくらいだ。

何も言わずにいると、次の目的地までの十分間、ケネディはまた電話を折り返す作業に戻った。

３０３０３アートギャラリー＆ラウンジのポール・ファレルは、二人を丁重に──そして興味津々に――歓迎してくれたが、情報という面では空振りだった。

それどころか、ファレルによると、カークと会う約束をキャンセルされた――正確には延期されたという。

「いつにしたんですか？」とジェイソンは聞いた。

「今日に」とファレルが答えた。「この午後にね。それが、あの人が週末に殺されてたなんて、今朝聞いて信じられないよ」

ファレルは、大きな体と野性味のある見た目にそぐわない、高くてふわっとした声をしていた。黒い顎ひげは粗野でボサボサし、着古した格子縞のフランネルのシャツとジーンズのおかげで、名のあるアートギャラリーのオーナーというより樵《きこり》のようだ。

「どこから聞いたんですか？」ケネディがいきなり興味を見せて聞いた。

「ああ？　あれはそう、ストライプスのジェイムズから、もう知ってるかって電話があって」

「カークはキャンセルの理由を何か言ってましたか？」とジェイソンはたずねた。

「言ってなかったと思うなあ。いや実のところ、丁度売り主との議論に熱が入ってたところだったんで、カークとの話は短く切り上げたし。会ったこともないし、今朝ネットで調べるまで彼のギャラリーのこともろくに知らなかった」

ジェイソンが見たところ、ここには何の糸口もなさそうだ。ケネディへ、目で問いかける。

ファレルがいきなり言った。

「そうだ、何か言ってたな、そういえば」

「何て言ってましたか?」とジェイソンが聞く。

「昔の友人が町にいると言ってた。いや、町にいる間に昔の友人とばったり会ったんだっけな。とにかく、約束をキャンセルした理由はそれだ。その相手とランチに行くからって」

ファレルは、自分の記憶力を発揮できたことに気を良くして、ニコニコしていた。

「金曜のことですね?」

「そうだよ」

「その旧友が男性か女性か、カークは話の中で口にしてましたか?」とケネディがたしかめた。

ファレルは答えようとして、そこで眉をよせた。

「うーん、俺は女性だと思ったんだよ。でも今考えると、カークが女性だと言ったかどうかは覚えてない。でもカークの声はそんなふうに聞こえた」

「どんなふうに?」とケネディが聞く。

ファレルがニヤッとした。

「一発ヤレるって、そう期待してる男みたいにさ」

「どこまで当てになる話かわかりませんね」とジェイソンは路上に停めた車へ歩きながら言っ

た。

「そうだな。はっきりしていることは、カークが旧友とのランチのためにファレルとの約束を取り消したことだけだ。そのランチデートは、カークのスケジュール帳には書かれていなかった」

「突発的な成り行き?」

「そう見えるな」

ジェイソンはケネディへ視線をとばした。

「あなたは、この事件の犯人がアメリカ内をあちこち飛び回りながらアート業界の人間を消して回ってると考えてるんですか?」

どこか懐疑的な声になるのを止められなかった。

「俺はまだ何の仮説も立てていない」

そんなわけがない。

「はあ。犯人が、女性である可能性だってないとは言えないですよね。アイスピックを扱うのに腕力はそれほど必要ない。あとは基礎的な人体への知識と、警戒されずに被害者に近づく手段があればすむ」

「そのとおりだ」

だが?

しかしジェイソンは追及しなかった。彼の捜査ではないのだし、ケネディがこれ以上あれこれ話したくないというなら——こちらはそれで結構。

二人は車に戻り、ジェイソンがエンジンをかける間、ケネディはジョニーに電話をしていた。3030３ギャラリーからストライプスまでの三十分の移動時間を、彼女との電話に費やす。四十八時間前の状況であったなら、ジェイソンは「ジョニーによろしく伝えて下さい」とケネディにたのんだだろう。今では、そんな気安い言葉がひどく遠いものに思えた。

それでもケネディの仕事ぶりは評価せざるを得ない。管理職の仕事を実にてきぱきとこなしていた。ただの現場捜査官だったのが信じられないくらいに。もちろん、彼はもう何年も単なる一介の現場捜査官などではなかったが。現場で捜査に当たっていた時でさえ、ケネディは伝説的存在であり、ルールそのものだった。そして今や。同時進行の捜査をいくつもかかえ、すべてに細かく目を配っているようだ。

別の言い方をすれば、いちいち細かい口出しをしているとも言える。ケネディはそう見られるのは心外だろうが、干渉しすぎにも見えた。ジョニーのように経験豊富な捜査官はきっとそう感じているだろう。

ストライプスへ着くと、意外にも、ギャラリーは閉まっていた。

ドアの〈ＣＬＯＳＥＤ〉の札を眺めて、ケネディはジェイソンへ聞いた。

「ギャラリーの営業時間はどのくらい自由なものだ？」

「そんなに自由と言うわけでは。ストライプスのようなギャラリーとなると、特に。そこそこの人数のスタッフがいますし、誰かが病欠しても誰かが代わりに出られるはずです」

考えこみながらケネディはうなずいた。

「このギャラリーは、ファレルにカークの死を伝える電話をしてきた男、ジェイムズのいるところだな？」

「そうです。ジェイムズ・T・スターリング。身内には〈ストライプス〉と呼ばれてます。アート業界のCNNみたいな存在で、どんなニュースでもまずジェイムズの耳に入る。ゴシップに関しちゃ一番たよりになります」

ケネディの口元がピクッと上がった。

「なるほど。なら、是が非でも〈ストライプス〉の話は聞かないとな」

二人は、すでに人の流れが多い朝の歩道に立って通行の邪魔をしていた。買い物袋を引きずった歩行者の列、スマートフォンをのぞく人々、コーヒーやスムージーをずるずる飲む人々、小さくやかましい犬を引っ張っていく人々などが二人の前で分かれて先を急ぐ。ジェイソンは腕時計に目をやり、もう十一時半になっているのを見て驚いた。この数時間はどこに消えた？

カークのリストにあったギャラリーはあと二つ残っている。ジェイソンができるだけ後回しにしているフレッチャー＝デュランド画廊も含めて。

「バウス・ウィザー＆キンメルまではここから一時間かかります。向かいますか？」と聞き、ジェイソンは気乗りしないままつけ加えた。「それともどこかで昼食にします？」

ケネディとランチなど食べたくなかった。考えるだけで喉が詰まりそうになる。おかかえ運転手役だけで限界だ。

ケネディが自分の時計を見て、首を振った。

「いいや。もう戻らないと。リッチー支局長と会う約束がある」

「わかりました」

ほっとしたのを隠しようがなかった。

ケネディが斜めの視線を向けた。ふうっと息をつく。予想外の、重々しい溜息だった。

「どうやら俺はすぐ北に発つことになるようだ。もしよければ、ギャラリーの事情聴取を済ませておいてもらえないか」

ジェイソンは呆気にとられた視線をとばした。もしよければ？　ケネディなりの嫌味か？

いいや。ケネディはどこまでも真摯に見えた。

「かまいません」とジェイソンは答えた。

「報告書はジョニーに送っておいてくれ。ＣＣで俺にも」

「わかりました」

二人がまた車内に戻り、ウィルシャーの連邦ビルへの帰路についてから、やっとジェイソンはためらいがちにたずねた。

「じゃあ――あなたはこの後――北に行った後、また戻ってくるんですか？」

ケネディはまた自分の携帯のメッセージを確認する作業に戻っていた。顔を上げる。青い目がジェイソンと合い、まるでその瞬間に胸を貫かれたようだった。ケネディのまなざしを心臓にまで感じる。

勘違いではないのだ。まだ、二人の間にはつながりが存在する。濃密なエネルギーのような、まばゆく熱いものがはじけた。ただの性的な引力かもしれないが。それでも、存在する。リアルに。

ケネディのほうがその糸を切った。顔をそむけ、窓の外を見る。

「いいや」その声は……遠く、どこかうつろだった。「そうする理由もないだろう。お前ならうまくやれる」

ほめ言葉としては言われてないようだ。

いや、そうでもないのか。ケネディの本音なんか誰にわかる？

「わかりました」とジェイソンは答えた。「その……ありがとうございます」

それからしばらく、ジェイソンはバスや運送トラック、タクシーが詰まった道で、どうにか先へ抜けるタイミングをつかむのに専念した。だが結局はどうしても、助手席に座る男のことへと心が戻っていく。

ケネディの捜査に引きずりこまれてあれだけ激昂していたというのに、今、ケネディがもう戻らないかもしれないと聞いてどこか落胆しているなんて、おかしな話だ。だが、気持ちが混乱していても不思議はないだろう。この状況はただ……とにかく奇妙だ。この数ヵ月。ついに二人が直接会って……。

何もなし。

いや、ないより悪い。出会ってすらいないかのようだ。愛し合ったことも――違うそうじゃない、セックスしたことも、なかったかのようだ。そう、セックス。

ジェイソンの怒りが薄れ、重く、沈んだ痛みばかりが残った。一体、手のひらを返すような何があったというのだ？　とにかくわけがわからない。ただ途方に暮れていた。

そう。完全に。

車列が突然、一斉に停まった。ジェイソンの携帯が震える。無視した。周囲では苛ついた運転手がクラクションを鳴らしていたが、一瞬ずつがそのまま過ぎていく。車の横手では、あらゆる体格と色とシルエットの歩行者が、混み合った工事用のコーンや削岩機で舗装を引っぺがす作業員のホースや作業台をよけていく。圧搾空気を使ったドリルの音よりも、ジェイソンとケネディの間にある沈黙のほうが強く耳に轟いていた。

信じがたいことに、沈黙を破る自分の――おずおずと、少し張りつめた――声がジェイソンの耳に届いた。

「その。俺が……何かしましたか？」

「いいや」

ケネディは即座に答えた。少なくとも、それにはほっとする。聞かれた意味が理解できないふりはしなかった、せめてものケネディの誠意に。むしろケネディも、ジェイソンと同じことを考えながらずっとそこに座っていたかのようだった。

「お前のせいじゃない。お前が何かしたとか、しなかったとか、そういうこととは無関係だ」

それだけ言ったが、具体的なことは何も言わない。なのでジェイソンは——すでに薄氷に立っている気分なのに——もう一歩踏みこむしかなかった。

「だって、どういうことかわからないんです」

口に出すのが、とにかくつらい。ジェイソンの顔は熱く、心臓は危険地帯にいるかのように激しく打っていた。慣れてないのだ。こんなふうに……感情移入することに。これまで、拒絶されたり、それこそ捨てられたことがないわけじゃない。毎回傷ついたが、こうまで苦しいなんてことはなかった。本当には。こんな痛みは知らない。

ケネディはすぐには答えず、ジェイソンはこれ以上の沈黙に耐えられなかった。

「昇進したからですか？　俺があなたの地位につけこむと？　それとも、ほかの人間がそういう目で見るかもしれないから？」

「いや」ケネディは、またきっぱりと答えた。「そんなことは思っていない。それに、他人がどう考えるかは俺にはどうでもいい」

なら一体何なのだ？　何しろジェイソンの勘違いや、勝手な思いこみではなかった。ケネディは今、二人の関係は終わったとはっきり裏付けた。だが理由は言ってくれないし、その理由をジェイソンはどうしても聞きたかった。二週間前に電話でケネディと話したが、その時は何の気配もなかったのだ。すべてがもう……。

もう、何だ？　平常、順調、普通……どれも元から違う。彼らの間にあった関係は、長距離ごしの、なかなかつかまらない電話の綱引きのようなものだった。ありていに言えば、二人の間には何もなかった。

それに気付いて終わらせようとしたケネディに、拍手だ。

終わらせるというよりは、消滅待ちという感じではあったが。それでも。終わり。終結。ここまで。

（忘れろ、ウエスト。これ以上しつこくしても恥をかくだけだ……）

責めさいなむような長い数秒がすぎていく。その間、ジェイソンは話題を変える言葉を、不確かな足元を立て直す言葉を、必死で探した。どんな話題でもいいから。カブスの調子はどう？　とか。

前の車がじりじりと進み、ジェイソンはブレーキをゆるめて、ダッジを少しずつ進めた。

（何故なら、お前のことが好きだからだ、ジェイソン。自分でも信じられないくらいにな）

目の前がにじんだ。

いや。本気か。ここで泣く――いや、感情的になる気か？　ありえない。ケネディが隣にいるというのに。冗談じゃない。

ケネディが、不意に言った。

「俺は……お前が好きだ。それは何も変わってない」

変わってない？　すべてが変わった。

ジェイソンは喉の奥で音を――何であれそんな響きにするつもりではなかった音を、立てた。

自分に腹が立ち、その怒りの力で険しい言葉を吐き出す。

「そうか」

「だからと言ってこれは――現実的な関係では……」ケネディは、ガラスの破片を素手でかき集めるように集中して言葉を選んでいた。「続けるに足るものではない」

……ほほう。

記憶違いかもしれないが、三発撃たれた時もこんなに痛くはなかった。それに大体、どういう意味なのだ。ジェイソンは何か形のあるものを求めたことなどない。サムの条件を受け入れていた。サムが、はっきり条件を示したわけでもないが。

何か、キングスフィールドで言ったようなのと同じことを言ってやりたかった。どうでもいい、単なるデートの話だ、と。

だがもちろん、ただのデートなんかじゃない。いつのまにか違っていた。二人はどうやってか、存在しなかったデートを越えてそれ以上の関係になっていた。もっと深い何か。デート以上にあやふやな、脆いものに。

お互いをろくに知りもしない二人。なのに今、ジェイソンは心が砕けそうな思いでここに座っている。おかしいだろう。馬鹿馬鹿しい。滑稽だ。

「もういいです」とジェイソンはぼそっと呟いた。「そのとおりだ」

ケネディの視線を感じたが、前を見つめたままでいた。肩をすくめる。

「俺は、もっと早くお前に言うべきだった。俺の立ち位置を知らせるべきだった」ケネディでなければ、その声には罪悪感――後悔？――があるように聞こえただろう。「だが、お前と話すのが好きだったんだ」

「そうですか。はい」

自分の声が落ちついていたのでほっとした。内心は入り乱れた感情で焼けただれるようだ。そのほとんどが痛みだった。

「俺も、あなたと話すのが好きでした」

その後は彼らのどちらも何も言わず、グシャッ、ガチャッ、と近くのセメントが砕ける音が二人の間の距離を満たした。

例のごとく、バーナビー・デュランドはジェイソンの電話に出ようとしなかった。

5

この午前中をすごした後ではジェイソンの気分はもう寛容にはほど遠く、彼は昼食を終えると——というか古いプロテインバーの残りを、ヴァンナイズの強制捜査で発見されたネイティブアメリカンの遺物のリストを文化人類学の教授や南カリフォルニア大学の研究室に送るべく打ちこみながら飲み下すと——画廊のあるダウニーへ車を走らせた。

州間道105号線は車の流れもまあまあで、四十分かからず着くと、ピンクと白の擬帝政様式の建物の裏手にある小さな駐車場へ車を入れた。

一九〇三年から常に表舞台にいたフレッチャー＝デュランド画廊は、ロサンゼルス最古のアートギャラリーと言っていい。一九三八年に系列ギャラリーをニューヨークに開いていたが、戸外制作やカリフォルニア・モダン派への早期からの評価と支援が、このギャラリーの地位を確立した。現在の画廊は、十九世紀及び二十世紀の欧米の〝質が高く有望な〟絵画を専門として扱っている。

ではあるのだが、その建物は名高いアートギャラリーというより、セキュリティが厳重なヘアサロンに見えた。ジェイソンはニューヨークのほうのギャラリーに一、二度行ったことがあるが、あっちの建物のほうがはるかに印象深い。だがこの平凡な、安っぽいとすら言える見た目と裏腹に、このロサンゼルスの建物こそビジネスの中核であるとジェイソンは確信してきた。

車を降り、ひび割れて剝がれたアスファルトの駐車場を横切る。大きな青いゴミ収集コンテナと赤いトヨタの小型車以外、何も停まっていない。建物の正面へ回りこんだ。

「FBI特別捜査官のジェイソン・ウエストです。ミズ・キーティングにお会いしたい」

そうインターホンに告げ、ゲートの後ろの正面ドア上部にあるセキュリティーカメラへバッジを掲げてみせる。

返事はなかったが、そう長く待たないうちに、背の高い、三十歳そこそこの赤毛の女性がやってきてドアを開けた。

「ウエスト捜査官、今朝申し上げましたよね、ミスター・デュランドは今日はオフィスにいらっしゃらないと」

そう文句を言いながら、彼女はセキュリティゲートを横へ引いた。

「ええ聞きました、ミズ・キーティング」

「なら……でも……本当に私にはどうしようもないんですよ、ウエスト捜査官」

言いつつも彼女は一歩引いて、ジェイソンが中へ入るのを許した。法を守る善良な市民にとって、ＦＢＩ捜査官にノーと言うのは難しいことなのだ。特にその当の捜査官が、困り顔で微笑みつつ、当然のように中へ招かれるつもりでいる時は。

キーティングはジェイソンと同じほど背丈があり、ドミニク・アングルの代表作グランド・オダリスクのモデルができそうな姿だ。クリーム色の肌、バンビのような目、なまめかしい曲線美。いつも上品な白いブラウスに黒っぽいタイトスカートを合わせ、どうしてかその服装の清楚さが抑えた色気を増幅させていた。ジェイソンは、彼女が一九五〇年代のオフィスロマンス映画の見すぎなんじゃないかと勘ぐっていた。内気で生真面目な秘書が、眼鏡を外すととんでもない美女だとわかり、ボスがたちまち彼女にのぼせて、いくつかの愉快なすれ違いの末にプロポーズされる類の。

「では、ミスター・デュランドは本日はどちらに？」とジェイソンはたずねた。

「私としてはてっきり――その、ミスター・デュランドは今朝、東海岸行きの飛行機に乗らなくてはならなくて」

ジェイソンは軽い口調で言った。

「これで彼に約束をキャンセルされるのは三度目ですよ。何か隠しているのかと思いたくもなる」

そんな言いがかりを、自分の崇拝するボスに向けられてキーティングが黙っていられるわけがなかった。反論にかかる。

「これは別に――捜査とは無関係のことです。個人的な事情で。ご家族のことです。お母上の調子がよろしくなくて」

「それはお気の毒に」

そしてそのミセス・デュランドは、息子が第一級及び第二級重窃盗罪で起訴されれば、もっと気分が悪くなるだろう――罪状はまだほかにもあるのだ。

二ヵ月前、ハンク・オンタリオとロズリン・オンタリオ夫妻が、バーナビー・デュランドを告発した。夫婦の所有するピカソ三枚、モネとセザンヌ各一枚を、管理を委託されていたはずのデュランドがひそかに売りとばし、その利益を着服したと。その後も、似たような告発がひとつあった。

ジェイソンは、被害者はもっといると見ていた。そしてそれらの消えた絵画たちはどこかに隠されて、最終的にはロサンゼルスのこのギャラリーを通して売られていると。だがデュランド相手に罪状を――水も漏らさぬたしかな罪状を――固めるのは、簡単なことではなかった。デュランドの顧客の全員がきっちりした記録をつけているわけではないのだ。さらにオンタリオ夫妻の案件では、デュランドがそれらの絵を保管していたことまでは証明できても、その絵がどこに消えたのかまでは追えない。アート業界ではいまだ多くのビジネスが、握手やら紙ナプキンへの走り書きによって行われている。

フレッチャー＝デュランド画廊がＦＢＩより古く由緒正しいという点も悩ましい。そして彼らが美術界で一目置かれる存在である（今のところは）ということも。

近代美術業界の問題点は、市場の大きさに絵の数が追いつかないということだ。在庫不足は、商売にはいいことではない。そして商売がうまくいかない時、人間には魔が差すものだ。ジェイソンの直感は、フレッチャー＝デュランド画廊が持ち主に絵の売却金を渡し忘れる以上の悪事に手を染めていると告げていたが、今のところ、何の証拠もつかめていない。

ジェイソンはずっとキーティングをなんとか揺さぶろうとしてきた。いざ裁判にまで事態が至れば、今のままではギャラリーの転落に彼女も巻きこまれると匂わせて。だがキーティングには自分の足元の危うさが見えていないか、デュランドへの忠誠心が危機感に勝っているようだった。

裁判などにはならないと踏んでいるのかもしれない。たしかに。ジェイソンも、デュランドがオンタリオ夫妻と示談でカタをつける可能性はあると見ていた。だが、ここまでは夫妻が持ちこたえてくれている。

「シェパード・デュランドのほうは？　彼はいますか？」

シェパードはバーナビー・デュランドの弟で、この画廊の副経営者（存在感がないにもほどがある）だった。

「シェパード？」キーティングが警戒して答える。「いいえ。あの人、月曜は来ませんから」

ジェイソンが調べた限り、どの曜日にも来ていないようだが。

「ならあなたが最後の希望ということになるな、ミズ・キーティング」と彼は言った。

必要とあらばジェイソンは充分に魅力的に振舞えるのだが、キーティングの守りは堅い。背をぐいとのばした。

「ウエスト捜査官、申し訳ありませんけれど、立ち合いなしで何も話してはならないと弁護士に命じられておりますので」

残念。ついに弁護士を立てたか。今日のジェイソンにはツキがないようだ。私生活でも仕事でも。

「いいアドバイスだ。しかし今お聞きしたいのは、ドナルド・カークが先週この画廊を訪問したかということです」

「来てません」と彼女は間髪入れずに答えた。

「確認などしたほうが――」

「いいえ、来ていません」ときっぱり繰り返す。

「ああ。そうですか。なるほど」

「もしほかに何もなければ――」

その言葉を大きなブザーがさえぎり、警戒と苛立ち混じりの色が彼女の顔をよぎった。

ジェイソンは肩越しに正面ドアを見やったが、ガラスの向こうに人影はない。

「もしお話がすんだなら、」

キーティングが切羽詰まった様子で言った。ドアのほうへしっしと追い払うような手つきまでする。ジェイソンは彼女へニッコリ微笑んだ。

どうやら、バーナビー・デュランドはジェイソンに匂わせたよりも遅い飛行機の出発だったか、そもそも出かける予定など最初からなかったか。

だが角を曲がり、ジェイソンとミズ・キーティングの姿を見てぎょっと足を止めた男は、バーナビー・デュランドではなかった。

バーナビーより背が低くがっしりして、若く、美男子だ。もっとも顔にははっきりと血縁の相似があって、これが弟に違いない。滅多に人前に顔を出さないシェパード・デュランド。

「おっと！」とシェパードが言った。黒い眉を上げて立ち止まっている。四十代半ばというところか、だがよく鍛えて引き締まった体をしている。爪と顔の手入れで定期的にサロンに通っていそうな雰囲気だ。そのあたりのことは、やはりお手入れに余念がない下院議員の義兄がいるので、ジェイソンも少しは詳しい。

「こちらＦＢＩです」

キーティングがあわてたようにそう言った。シェパード・デュランドが何か有罪を決める言葉でも吐くのを恐れるように。

「組織そのものじゃないですが」とジェイソンは言った。「歯車のひとつです。ウエスト特別捜査官」

シェパード・デュランドはくくっと笑って、握手をしに前へ出た。

「裏に停めてあるダッジが、警察の覆面車両っぽいと思ってたんだよ」その手は力強く、声は軽くて耳になじむ。「きみらは、哀れなバーナビーをついに追いこんだのかな？」

「ミスター・デュランド！」とキーティングが声を上げる。焦った目をジェイソンへ投げた。

デュランドはわけ知り顔でジェイソンの品定めをしていたが、目が合った瞬間、ジェイソンはふと、この男はゲイかもしれないと感じた。具体的な根拠はないが、一瞬の知覚があった。

「全然ですよ」ジェイソンは軽く言った。「それにですね、今日はまったく違う用件で来たんです」

「ほう、きみが気になってきたよ」デュランドが含みあり気に言った。彼のセクシュアリティに疑問符が残っていたとしても、いたずらっぽく唇をすぼめた笑みがすべて吹きとばした。

「オフィスに来ないか？」

キーティングが「ですが――」と言いかかる。

デュランドは彼女を無視し、ジェイソンは彼について細く白い、ウサギの穴蔵のように入り組んだ廊下を抜けて、建物の奥にある小さなオフィスへ入った。

一目でわかったのは、このシェパード・デュランドは本格的に仕事をしていて、ジェイソンが疑っていたようなお飾りの経営パートナーではないということだ。デスクの上にはＭａｃのパソコン。美術の本やカタログが棚いっぱいに詰めこまれていた。デスク上の〈処理中〉のトレイは空で〈完了〉のトレイにはきっちりプリントされサインの入った書類が積まれていた。

何よりジェイソンの目を引いたのは、デスクの後ろにかかった大きな木枠の油絵の風景画だった。セージと砂色の抑えたトーン、どことなくシャガールやクリムトを想起させる画風。だが描かれているのは……。

「ルーヴェン・ルービンですか?」とジェイソンはたずねた。

デュランドの笑みには驚きがにじんでいた。

「よくわかったね。そう、ルービンだ。『ガリラヤの丘』。美しいだろう」

「ええ。とても」

「北カリフォルニアの景色に似ているから、この絵に恋をしたんだと思うんだ。きみは……絵のコレクターなのか?」

「とても手が届くような給料じゃないんで。俺は、美術犯罪班の者です」

「ああ。そうか」デュランドの笑みが消えた。茶色の目に力がこもる。「オンタリオ家とバーナビーのごたごたは、無茶苦茶だ。僕らは全員、もううんざりしてるんだよ。これはわかってもらいたいんだが、弁護士たちがバーナビーに何も話すなと言っているんだ。バーナビーが何か隠そうとしてるわけじゃない。我々には、あの虚偽の告発に対して法廷で争う覚悟はもうある――もし事態がそこまで行けばね。だが弁護士は我々に何も話すなと言ってるし、そのアドバイスのために結構な金を払っているものでね」

「弁護士はいつもそのアドバイスをするんですよ。ですがひとつ、俺から言えることは、初期段階で捜査に協力的な姿勢を見せておけば、いざという時に状況を助けることもありますよ」

「いざというようなことにはならんさ」デュランドは意外なほど険しい顔をしていた。「この状況がどれほどつらいかわからんだろうな。ロズとハンクは親しい友だったんだ。まさしく家族同然だった。その彼らが、バーナビーにこんな真似をするなんて……信じられないよ」

「あなたの側からの話も聞きたいですね。もし明快な説明があるなら――」

「真実はだ、あれらの絵画を売ってくれと、ロズとハンクが我々に言ったんだ。そして代金を分割払いにすることも了承した」早口につけ足した。「聞かれる前に言っとくと、ノーだ。書面での記録はない。コレクション売却指示の契約書はない――あのコレクションを最初に預かった時の契約書も存在しないようにね。彼らとは友人だったから。あの時は。いつか書面の記録が必要になる時がくるなんて思っていなかったよ」

ジェイソンは空気に合わせて気の毒そうな表情を作ろうとした。

「そして、初回の支払いはオンタリオ夫妻に渡ったんですね?」

「そうだよ」デュランドの顔をふっと、当惑の色がよぎった。「僕の知る限りでは、そうだね。でもそういうことはバーナビーに聞いたほうがいい。そのあたりは全部兄の……領分だから」

「是非そうしたいです」ジェイソンは困ったような笑みを浮かべた。「彼は本当にニューヨークに戻ったんですか?」

「ああ。本当さ。今朝ね。母の調子が良くなくて。バーナビーは母の一番のお気に入りだから、帰るのは大体は彼の役なのさ。僕はおふざけがすぎるきらいがあるようでね。もちろん、兄は逃げ隠れしてるわけじゃないよ。こっちに戻ってきたらきみとも会うさ。弁護士つきだけど、でも会える」

「わかりました。楽しみにしています」

ジェイソンは立ち上がった。デュランドも一緒に立つ。

「ほかに何か僕で力になれることがあれば——失礼、捜査官、お名前を忘れてしまった。情けない記憶力だ」

「ウエストです」ジェイソンは、差し出されたデュランドの手を握った。「実のところ、あります。先週、ドナルド・カークがこちらのギャラリーを訪問しませんでしたか？」

ジェイソンの手を握るシェパード・デュランドの手に反射的な力がこもった。

「ああ、あんなことになるなんて信じられないよ。そう。いやいや。仕事で来たんじゃないんだ。金曜の夜、カークと一緒にディナーに出かけたんだ。カークは友人で……友人だった。何時間か前に彼のことを聞いたばかりだよ」とデュランドが首を振った。

「お気の毒です」とジェイソンは言う。「では、カークはこのギャラリーには来なかったんですか？」

「いいや、来たよ。ギャラリーにも来ていた。だがあれは……水曜だったな、たしか。火曜か？　いや、やっぱり水曜だ」

「何が目的の訪問でした？」

デュランドが眉を上げた。

「そりゃあ……無論、我々は画廊で、ドンは絵のバイヤーだったからねえ」

「カークは何か買っていきましたか？」

「いいや」自分で取引を匂わせたくせに、デュランドはその質問を愉快に思ったようだった。

「我々は、ドンから見るとあまりにも前世紀的なのさ。彼は主に、ここに顔を出しに来たようなものだった。その後、皆でランチに行って」

「皆？」

「僕、バーナビー、ドンの三人。昔はとても仲が良かったのさ。バーナビーは——とにかく、そうだったんだ」

ジェイソンは問いかけるように眉を上げたが、デュランドは首を振った。バーナビーとドン——ドナルド・カークの間にどんな力学があったのか、今は保留だ。

「カークのことを、あなたはよく知っていましたか？」

聞くと、デュランドが溜息をついた。

「言ったように、昔は、そうだね。でも人は変わる。僕らは——僕は、もう十年近く彼と会ってなかった。十年は長いよ」

「そうですね。カークはどう変わってましたか？」

またデュランドが溜息をついた。

「彼は、昔より大成したから――してたから、ね。別に人を見下してたとかそんなことはなかったけど、僕が知っていたシャイで口数少ない子じゃなくなってたよね」

十年前のカークは三十代だったから、ジェイソンに言わせればどんな〝子〟でもなかったはずである。

デュランドが続けた。

「それに、彼は九ヵ月前にパートナーを亡くしてる。きっとクラウスが恋しくて、なつかしい思い出に浸りたい気分だったんだろう」

となると……孤独で、依存的？　ベルガモット・ステーションのアナ・ローデルによれば、その日の朝にはカークは楽しそうで活力に満ち、「波動を楽しんでた」様子だったが。ベルガモット・ステーションからこのフレッチャー＝デュランド画廊に来るまでに何かが起きたのか？

「パートナーと言いましたね」ジェイソンはたずねた。「カークはゲイでしたか？」

「バイセクシュアルだった。正確には」

デュランドが思わせぶりにジェイソンへ微笑みかけた。

そうか。なるほど。そうなるとポール・ファレルの、カークが「一発ヤレる」と期待してた様子だという言葉が、いささか興味深くなってくる。

「ディナーに行った金曜ですが、カークは誰とランチをしたか言ってませんでしたか？」

「さっぱり」とデュランドが首を振る。

「カークが、明日ロサンゼルス国際空港からの便で帰る予定だったことはわかっています。彼が週末に何をしてすごすつもりだったのか、何か聞いていませんか？　ほかの旧友と会うとか」

「いや。何もわからないよ。金曜に会った彼は前向きだった。滞在中の予定は何も聞かなかった。僕らはアートの話をしていたし。想像つくだろ？」

たしかにジェイソンにも想像はできる。その上で、カークが旅の予定を何ひとつ話さなかったというのは奇妙で、信憑性が低いとも思っていた。シェパード・デュランドは息をするように情報をチラつかせたり隠したりする男だとも。

「わかりますよ。ご協力ありがとうございました。ほかに何か思い出したら、ここに連絡を下さい」とジェイソンは名刺を手渡した。

「何があるかわからないものだからねえ」

デュランドがウインクしてきた。ジェイソンもウインクはたまにするが、デュランドが片目のまたたきにこめた露骨な誘いには面食らった。

「ええ、まあ。わからないものですから」

まだニコニコしながら、シェパード・デュランドはジェイソンの名刺をシャツのポケットにしまうと、大事にすると言いたげに、上からポンと叩いた。

6

「歩くトラブルが来たぞ」

その午後、オフィスにつかつか入ってきたジェイソンを見た上司のジョージが、あきらめまじりにそう言った。

ジェイソンは、ジョージのデスクの前にある座り心地が悪いプラスチックの椅子にドサッと腰をかけ、片方の足首を逆の膝にのせた。

「認めましょうよジョージ、間接的にスリルを味わえて楽しいって」

ジョージがあきれ顔をしてみせた。

「ああ、認めよう。私はきみのようなワーカホリックで毎晩アートの本を読みながら冷凍食品《TVディナー》をひとりで食べる暮らしにひそかに憧れてるんだよ」

「もうTVディナーって言葉は時代遅れですよ、言っとくと。俺も時々は豪勢にファストフードを買ってますし。それでですね、今夜、ニューヨークに飛行機で向かいたいんです。デュランド家のお屋敷でバーナビー・デュランドをつかまえようと思って」

ジョージが背もたれによりかかり、疑り深い顔をした。

「ケネディと組まされるのが嫌で逃げ出そうとしているのか？」

「まさか、違いますよ。大体、ケネディはもういません」

「そうなのか？　知らなかった」

「何かあったみたいです、もう北へ向かってますよ。俺に、事情聴取の残りをやって報告書を送ってくれと言ってました」

「な、思ったほど悪くはなかっただろう？」とジョージが親のような口調で言い聞かせた。

「そうですね」

往生際の悪いジェイソンの言い方に、ジョージはニヤッとした。

「よかろう。出張申請を書いて、私のデスクに置いといてくれ。朝一番でサインしておく。どれくらい向こうにいるつもりだ？」

「移動時間を含めて三日間あれば充分かと」

「誰もつれていかなくていいのか？」

国内のすべての現場捜査官同様、ここも人員のやりくりは厳しい。特に美術犯罪班《ACT》の捜査は、状況がいい時ですら優先順位が低い。

「必要ないでしょう。デュランドと話ができるか、できないかだけですから」

「話ができると見る根拠は？」

ジェイソンは、シェパード・デュランドから聞いた話をひととおり報告した。

ジョージはじっと耳を傾けていた。

「ふむ、どう思う？　今回の件はすべて、ただの行き違いと誤解だと？」

「まさか」ジェイソンは首を振った。「ありえない。シェパードの話はよくできてますが、本当だとは思えない。オンタリオ家は非常に信頼できる証人ですしね。シェパードには、アーシュラ・マーティンが訴える構えでいる話はしませんでした」

「地検が起訴を固めるにはまだ足りないがな」とジョージが念を押した。

「わかってます。足りない材料を取ってきますよ」

「そうか」ジョージが、ジェイソンの背後の時計へちらっと目をやった。「無事な旅を」

自分のオフィスに戻ったジェイソンは、アート業界の知り合いにいくつか電話をかけ、ニューヨーク行きの夜中の飛行機便を予約し、その後で犯罪捜査部の窃盗課主任カラン・キャプスーカヴィッチに電話を入れた。カランは、ワシントンDCのオフィスから美術犯罪班の捜査官たちを監督している。

東海岸ではもう仕事上がりは数時間前だろうに、カランは電話に出た。

ジェイソンは、フレッチャー＝デュランド画廊についての捜査状況を報告し、バーナビー・

デュランドに会いにニューヨークへ向かうという強硬手段のことも伝えた。

『危ない橋だね』カランが感想を述べた。『そこに今時間を割いて、先の見通しはある？　画廊が示談で片付けようとしてる今？』

「見通しはありますよ。俺の勘では、まだ裏があります。今わかってる分は氷山の一角でしょう。シェパード・デュランドのオフィスにはルーヴェン・ルービンの絵が掛かってましたが、俺の知る限り、あれはニューヨーク近代美術館《MoMA》に展示されてるはずです」

『高価な絵画の模写を買うのも仕事場に飾るのも、違法じゃない』

「わかってます。しかし画廊が模写を飾るのは珍しい。それに、デュランドが模写だと言わなかったのも引っかかります」

『少し飛躍気味な気もするけど』

カランはそう言ったが、声には笑みがあった。ジェイソンは彼女の愛弟子の一人で、お互い、ジェイソンのすることなら彼女が多少大目に見るとわかっている。

『しかしもっと調べるべきという直感があるなら、やってみるといい』

「ありがとう、カラン」本心から礼を言った。「進捗があればすぐ連絡します」

『それで充分。じゃあ、いい夜を』

カランの意識はすでに、もっと大きく重要な案件へと移っていた。

電話を切って、ジェイソンはシェパード・デュランドとの会話メモを報告書に打ちこみ直す。

ジョニーへのメールを書いて――ＣＣにあるケネディの名を意識して不自然に堅苦しい文章で――その報告書を添付し、送信した。

任務完了。

時計へ目をやった。五時をすぎ、建物の中にはあの静かな、ミシッという音――高層ビルでさえ一日の終わりに空になっていく頃に吐き出す音が漂い出していた。

ダイヤモンド・バーまで車で行って、イーベイで買った絵を引き取る予定がある。グランヴィル・レドモンドの印象派の絵、カタリナ海岸に雨が降りしきるその絵は、自分への誕生日プレゼントだった。前の持ち主は七時半まで帰宅しないということだったので、あと三十分ほど仕事を片付けることにした。

サムとジェイソンの、また別の共通点――グランヴィル・レドモンドの絵への愛着。そういう共鳴は、この相手とならいい関係が築けるという勝手な錯覚を生んでしまう。それで出来上がるのは？　一年中出張でとび回っている、初期カリフォルニア印象派が好きなワーカホリック二人組。完全無欠の取り合わせ。

――とは行かなかったわけだが。

ジェイソンは溜息をつき、バウス・ウィザー＆キンメルギャラリーに電話をかけてみることにした。サビーヌ・バウスがまだいるかたしかめに。カリフォルニア大学ロサンゼルス校《UCLA》で美術史を取っていた頃からの親友だ。

ツキがあった。サビーヌは、木曜、カークがギャラリーに来ていたと教えてくれた。三枚の絵を買い、この上なく機嫌が良かったと。

「その前に、カークと会ったことはなかったか？」

『その前って？』

「木曜にカークと会う前だ」

『うん。ドイツに最後に行った時、会ったよ。あそこのギャラリー最高なの。ドンはほんとおもしろい奴で。髪をおかっぱカットにしてさ、声が高くてふにゃっとしてて。そりゃあ下らないギャグとか言うのよ。いい奴だった。あんたもきっと彼を気に入ったわね。あんな目に遭うなんて、ひどい話』

「ああ。犯人の野郎は捕まえる」

『そりゃ女性差別、女かもしれないのに』

「はいはい、野郎か女を」

『そうだ、聞きたいことがあったの。フレッチャー＝デュランド画廊が訴訟を示談で片付けたって話は本当？』

「俺の耳には入ってないね」

サビーヌは鼻で笑った。

『なんてＦＢＩっぽい答え方、ウエスト。聞いた噂じゃ、もう示談で解決するってよ』

「初耳だ。どこから聞いた？」

『決まってる。ストライプスから』

「決まってるな」とジェイソンは考えこみながら答えた。

『じゃ、一体いつまたディナーをおごってくれるの？』

「次はきみがおごってくれる番だろ、男性差別だぞ」

サビーヌが笑った。

『そうね。来週は？　木曜あたり』

「その日は俺の誕生日だよ。多分お屋敷行きだ」

『じゃあ金曜？』

「金曜。デートだな」

『七時に拾うね。おめかししてきてよ』

ジェイソンは鼻で笑って、電話を切った。楽しい気分は、オフィスの戸口に立っているサム・ケネディの、予期せぬ、そしてありがたくない姿を見て砕けた。

「コン、コン」とケネディがノックの口真似をする。

「〝だあれ？〟と聞いたほうがいいですか」

ジェイソンはそう返した。まだ微笑んではいるが、唇が笑みの形になっているだけだ。いきなりケネディがやってきた、それだけで鼓動がとんだり跳ねたりする自分が嫌だった。

そして不思議なことに、ケネディが返す笑みも同じように醒めていた。

「知りたければな」

ジェイソンの心臓がまた嫌な感じに跳ね、神経がざわついた。一体それはどういう意味だ。

口を開けて聞こうとしたが、ケネディが先に淡々と言ってきた。

「遅くまで残っているな」

「そっちこそ。てっきり、もう北に出発したかと」

「がっかりか？」

ケネディの笑みは嘲るようだった。

答えもせず、ジェイソンはノートパソコンを閉じた。

ケネディは急ぐ気配などひとつも見せなかった。腕を組み、ドアのフレームに背を預けてジェイソンを眺めている。

じっくりとした品定めに、ジェイソンはいたたまれなくなっていたが、理由はわからなかった。手近な話題を選ぶ。

「フレッチャー＝デュランド画廊についての報告書を送っておきました」

「ああ、見た。ご苦労。J・J・ラッセルについて何を知っている？」

思いもよらない話題転換。「ラッセル？」と驚いて聞き返しながら、ジェイソンは車内でケネディが〝ラッセル〟に電話をしていたのを思い出していた。あれはあのラッセルだったのか？　ロサンゼルス支局の現場捜査官ラッセル。

　無難に答えた。

「有能。野心的。新人くささが抜けきらない」

「うまく言ったな。だがここだけの話だ、人の耳は気にしなくていい」

　ケネディのその、あまり温かいとは言えない笑みは、ジェイソンの記憶にもあった。すでにラッセルへの評価は彼の中で定まっているのかもしれない。

「そうですか。じゃあ、いいでしょう。ラッセルは同性愛嫌悪《ホモフォビア》で嫌な奴だと思いますよ。俺は、自分の背中を預ける気にはなれない。というか、背中を見せたらズブリとされそうで信用ならない」

　ケネディが考えこんだ。

「では、アダム・ダーリング捜査官については？」

　つい、ジェイソンは小さくニヤッとしていた。

「ＦＢＩ捜査官には最高の名前でしょう」

　ケネディの唇もちらっと上がったが、重々しく言った。

「名前以外で」

「ジョニーに聞いたらどうです。彼と一年間くらいパートナーを組んでいたはずですよ」

「お前から聞きたい」

「彼のことはよく知らない。一人でいるタイプです。周囲と距離を置いている。仕事にのめりこんでて——俺の知る誰かさんみたいに。去年彼にあったことは本当に災難で」

「何があったんだ？」

ジェイソンはアダム・ダーリング捜査官に起きた出来事を——有能な捜査官が不当な目に遭った顛末を——説明し、ケネディは口をはさまずに聞いていた。

「なるほど」と、ジェイソンの長話が終わると漠然と言った。「参考になった」

ジェイソンはうなずいた。ノートパソコンをパソコンバッグにつっこみ、キーを取って立ち上がる。

ケネディがゆっくりと言った。

「じゃあ、金曜はお前の誕生日なのか？」

知りたいとでも？

ケネディは本気で気にかけているのかもしれない。まだジェイソンのことが好きだと言った言葉を、ジェイソンは信じていた。というより、真実だとわかっていた。ケネディがまだ彼に惹かれていると。ケネディの存在をジェイソンがひしひしと意識してしまうように、ケネディもジェイソンを意識している。そもそも嫌いな人間相手に深夜に何時間もおしゃべりはしないだろう。

それがわかっていて、どうしてケネディの質問にこれほどの怒りを覚えるのかは謎だ。

「次の次の木曜です」ジェイソンは時計に目をやった。「それだけですか？　行かなきゃならないところがあって」

ケネディの眉が上がった。

「ああ、それだけだ」

ジェイソンが出口へ向かうと、ケネディが体を起こして廊下に出た。ジェイソンがオフィスのドアを閉めるのを静かに待っている。

何をそこで待っている？　ジェイソンは礼儀正しく、ひややかに問う目を向けた。

「じゃあな」とケネディが言った。

ジェイソンは背を向けた。たやすいことではなかった。二人きりで話す、これが最後のチャンスかもしれない時に。そして間違いなく、同僚以上の存在として交わす言葉はこれが最後だ。こらえきれず振り返っていた――そしてはっとした。その瞬間、思いもかけずにケネディの顔に見た、荒涼とした表情に。

ほぼ一瞬で、それは消えた。今回、ひややかに問いかける目を向けてきたのはケネディだった。

「体に気をつけて、サム」

そう言ったジェイソンの声は、いつもどおりだった。

多少かすれてはいたかもしれないが。ただ、少しの間、サム・ケネディは彼にとって大きな存在だったのだ。とても。今でもそうだ、悩ましいほどに。

また、そこに見えた。一瞬ひらめいた何か——息が詰まるほど苦痛に似た何か。だが、ケネディの声はきっぱりしたものだった。

「お前もな、ジェイソン」

ジェイソンは背を向け、歩き去った。エレベーターへつくまで振り返らなかった。ボタンを押し、やっと視線をとばす。廊下は無人だった。

エレベーターのドアが開いた。中へ歩み入った。エレベーターのドアが閉まった。ジェイソンは壁にもたれかかって、階数表示がとぶように減っていくのをただ見つめていた。

7

『お母さんもお父さんもこれから先若くなることはないのよ。あと何回、みんな揃って誕生日を祝えると思うの？』

「いやいや、ソフィー」

ジェイソンは携帯を耳元から落とさないようにしながら、ぎこちなく手のパソコンバッグとかさばる絵をごそごそ動かした。なんとかキーを家の正面——実際には横にあるが——ドアに差しこむ。この家には、厳密には正面ドアがなく、木のゲートを抜けるサイドドアがある。ほかの出入り口は裏庭へ出る両開きの、運河に面したドアだけだ。

「そんな話、やめてくれよ」

ドアが静かに開くと、長姉のシャーロットのインテリアデザインのひとつのような、古めかしく居心地のいい雰囲気のキッチンが現れた。実際、姉の手がけたインテリアだ。

『現実的な話をしてるだけでしょう』とソフィーが言った。『お父さんは八五歳。母さんは八〇歳なんだから』

「知ってるって」

ジェイソンは、郵便差入口から投入されて散乱している手紙をまたいだ。居間に向かい、ブリーフケースを下ろし、絵を壁に立てかけた。

「ただ俺は——今年は、あまりお祝い気分じゃないんだ」

ごくごく控えめに言っても。

『そんなわけないでしょ』

別にソフィーは無神経からそう言っているのではなく——多少あるかもしれないが——主には、落ちこむ他人を前にした時の無力感が嫌だからだ。ソフィーは生まれながらの世話焼きなのだ、自分に解決できない問題には耐えられない。

『それに本当にそうなら、なおさらお祝いするべきでしょ？』

ジェイソンはぐっとこらえた。長年の経験から、口でソフィーに勝てないことはわかっている。

「いや別に、みんなで夕食に集まるくらいはかまわないんだよ。家族だけで。でも、店に行きたくはないんだ。メリースにもスパゴにも。自分の誕生日を撮影会にはしたくない」

クラークのための撮影会には、と本音では言いたいところだが、それは寸前で呑みこんだ。

ソフィーが笑った。

『あなたがそれを言うわけ？　すっかり有名人のくせして！　サンタモニカ・ピアでのあなたの写真ったら――あんな売り出し方はいくら積んだってできないわよ』

「顔を売りたいわけじゃないんだ。できれば避けたい」

『顔が売れれば出世できるでしょ』

「それか、撃たれるか」

さすがに一瞬、ソフィーが返す言葉を失った。ただし一瞬だけ。

『だからこそ出世しなきゃ、二度と撃たれずにすむくらいにね。とにかく、カポに行って身内でこじんまりと食事するだけよ。どうせご近所でしょ？　家族と、何人かの親しい人しか呼ばないから』

ジェイソンは黙り、目をとじて、十まで数えた。やっと何とか、そこそこ平和な口調で返す。

いてくれ」

「いつワシントンに戻るんだっけ？」

『来週よ。あなたの誕生日パーティーの後で』

「そうか。まあ、でもその日は俺は遅くまで仕事かもしれないから、そのことは勘定に入れと

ソフィーはチチッと舌で音を鳴らしてから、また連絡すると念を押してきた。

ジェイソンは電話を切った。疲れて、空腹で、気落ちはしていたが、今日は誰にも撃たれていない。カメラのレンズにすら狙われていない。いい面を見るとしよう。

メインの寝室へ、階段を折れて上がっていった。フランス窓の向こうの庭が闇に包まれていく時間で、部屋は涼しく、緑の影に沈んでいた。ヒップホルスターを外してベッドサイドの引き出しに銃とホルスターをしまった。ラルフ・ローレンのネイビーの二つボタンのジャケットを脱ぎ、ネクタイを外し、飾り枠の鏡に映る自分をちらりと見た。ひどく険しい顔つきにぎょっとした。

目が沈み、口元がこわばっている。勘弁してくれ。なにも、それほどのことじゃ……。

……ないだろう？

また悪態を、ごく低くこぼすと、シャツとスラックス姿から、ダメージジーンズとＭｏＭＡの銀ロゴ入りの黒いＴシャツへ着替えた。

一杯の酒、まともな夕食、そして一晩の深い眠りさえあれば元気になれる。まともな夕食や

快眠がとれる予定はないが。今夜十一時までに空港に行って東海岸行きの便に乗らねば。かまわない。機内で寝ればいい。

とにかく、色々といい話だってある。ヴァレー・ボイス紙の記事について何か言ってきたのはソフィーだけだ。これは素晴らしい。明日こそ、何があろうとバーナビー・デュランドと話してやる。石にかじりついてでも。うまくいくはずだ。それに、何ヵ月もせっせと節約して、ついに自分への最高の誕生日プレゼントを買ったのだ。

だから——イェェエイ！と、十四歳の姪っ子のノーラなら言うところだ。最高にイカしてる、だろう？

サム・ケネディやあの男のややこしい態度など知るか。電話だの何だの、全部。はじめからやめておくべきだったのだ。ジェイソンもそのことはずっとわかっていた。だから今回のこともいいニュースなはずだ、きちんとそう受けとめられたなら。

オークのキャビネットがある赤いタイル床のキッチンへ向かい、ジェイソンはカナディアンクラブを一杯注いだ。サムが前ぽつりと、カナディアンクラブで作ったウイスキーサワーが好きだと言ったから、手元にそろえたものだ。

ぐいとあおって、身震いした。マジか、サム？　こんな酒が好きとか——だがほとんど即座に気分が上がっていた。少なくとも体温が。

自分への誕生日祝いを眺めにいく。梱包の紐と茶色い紙を切り、緩衝材を慎重にはがし、海の景色の絵を取り出した。木枠はへこんでささくれていたが、カンバス本体の状態は素晴らしい。この色。溜息が出る。揺らめくようなターコイズに強烈なウルトラマリン。波音とカモメの声が響いて潮風の味が感じられるようだ。顔に射す陽光までも。

暖炉の上に掛けられていた絵を下ろした。バラと牡丹が活けられたバスケットの素描で、シャーロットの店からの借り物だ。その場所にレドモンドの絵を掛け、下がって、じっくり眺めた。

よし。じつに美しい絵だし、この家にもぴったりだ。ジェイソンの好みにも。心が軽くなっていた。少なくとも、人生のこの部分は順調だ。

上の姉、シャーロットがこの家のインテリアを手がけてくれたのだ。主には自分の店ル・コタージュ・ブルーの在庫品を使って。なにしろこの家を買って、ジェイソンは財政的な余裕を使い果たしていたからだ。

シャーロットの趣味は上品かつ使いこんだアンティーク風のシャビーシックだったが、一応ジェイソンの好みにも配慮はしてくれている——まともに座れる椅子がないとかあふれかえるフラワーアレンジメントに対してジェイソンから文句が出てからは、とりあえず。それでも、姉の助力はありがたかった。たとえ金があっても、家の内装にかける時間などない。実のところジェイソンもケネディと同じくらい出張だらけの生活なのだ。

細長いグラスに水を注ぎ、床の手紙を拾い集め、コーヒーテーブルがわりになっているエイジング加工の書斎机の横に置かれたソファに腰を下ろした。手紙を選り分ける。請求書、ダイレクトメール――大体がアートの目録――、それに誕生日カードらしき大きな封筒が一通。

封筒を破ると、予想通り、手描きのカードが入っていた。一瞬、姪からかと思った。一家のアーティストと言えばノーラだ。だがインクと水彩の仕上がりは、ノーラにしてはいささか洗練されすぎている。ジェイソンは細かな青と緑の流れを凝視した。これは何だろう？　人魚と水と魚と……蔦と葉。それとも海藻？

上手だし、美しいとすら言える出来なのに、どうしてか気が騒ぐ絵だ。カードを開くと、固い紙の中央に詰めて書かれた小さな文字が見えて、ジェイソンの胸騒ぎが増した。

目を下げて署名を見る。やはり、その名があった。

ドクター・ジェレミー・カイザーからの接触は、キングスフィールドの事件以来、これで二回目になる。

ジェイソンは考えこみながら、ゆっくりと水を飲んだ。

警戒に足るとは思えない。そこまでの必要は。だが気分がいいとは言えなかった。

一つ目のメッセージは――ハロウィンのカードだった――ＦＢＩの支局に届いたのだ。それが今回、カイザーにここの住所まで知られているというのが気障りだ。カイザーがわざわざ連絡してくること自体、ありがたくはない。

客観的に言えば、去年の夏の殺人事件にカイザーは無関係だったわけだし、現在何かの容疑がかかっているわけでもない。それどころかカイザーはいっぱしの精神科医であり、異常心理をテーマに数冊の本を著してもいる。

同時に、とても変わった人物だ。ジェイソンの目には。だから、カイザーからお祝いのカードなど送り付けられたくはない。

親愛なるウエスト捜査官へ
きみが水瓶座の生まれだと知り、喜びの一方、驚きはない。初対面の時から、きみには風の星座の肉体的特徴がはっきり出ていたからね。見た目が良く、美しい瞳、鋭い顔立ち、細身の体。

ジェイソンの胸騒ぎがさらに大きくなる。

これを恐れていたのだ。まあ、この中身を予想してたわけではないが。だがハロウィンにもらったカードには、カイザーからのごく私的で不穏な好意がにじんでいる感じだった。この展開についてジェイソンはケネディに相談するつもりだったのだが、二人の連絡が途切れがちになり——それにカイザーからの接触も一度きりで——いつしか忘れてしまっていたのだった。

きみも知るだろうが、水瓶座は黄道十二星座の中で天性の探偵だ。もっとも、自らの秘密を詮索されるのは好かないが。きみにどんな秘密があるのか、私も興味がある。初対面の時、自然な相性の良さを感じたよ。私自身の星座は獅子座だ。火の星座。きみの星座と相性がいい。風は火をより激しく燃やすから。我々の星座は対角の位置にある。きみと同じく、私も理想郷を築くために努力している。どのように互いの力を合わせられるか、近いうちに話したい。

賛美と情愛をこめて。

ジェレミー・カイザー

ジェイソンはカードを閉じ、もう一度、表紙に描かれた混沌を見つめた。そのカードをテーブルに放り出してソファにもたれ、レドモンドの絵を眺める。

過剰反応はしたくない。

この文面からなんだか不吉な予感を抱くか？　イエス。カイザーがわざわざ住所を調べて送ってきた点が気にかかるか？　それもイエス。この勿体ぶった、ところどころ意味不明のメッセージが不安か？　それもイエス。

とは言っても。ただのバースデーカードだし、ほぼ一年近くでたった二度目の接触だ。はっきりとした害意はない――そんなほのめかしすらない。むしろ、カイザーの文面は好意的で礼儀正しい。

ジェイソンをファーストネームで呼ぶことすらしていないので、なれなれしすぎるという非難もできない。

ジェイソンは身をのり出し、封筒を取り上げた。リターンアドレスはなし。消印はバージニア州。つまりカイザーは今ごろ国の反対側にいて、とびかかる隙をそこのパティオでうかがったりしているわけではない。ついジェイソンの目が窓と、その向こうの、蔦に覆われたパーゴラに動いて——そんな自分に苛立つ。

こんなあやふやなものを心配して騒ぎ立てたら、FBI捜査官としての面目丸つぶれだ。ケネディに相談できればいいのだが、もう論外だ。ケネディから、自力で何もできない奴だと思われるなんて絶対に御免だった。いやもっと最悪なことに、つまらない口実を作って連絡してきたと思われるか。

腹が立つ。サムめ。

車内での会話を思い出して、ジェイソンの心が——むしろ胸全体がきしんだ。

あれで？　あんなもので、終わりなのか？

どうしてだ？　ジェイソンが何をした。

何も。ケネディの言葉どおりなら。

（お前のせいじゃない。お前が何かしたとか、しなかったとか、そういうこととは無関係だ）

何の救いにもならない。

気持ちが楽になるには何があればいい？　怒りだ。怒りをぶつけられたなら。だが、心変わりされたからといって、相手に一方的な怒りをぶつけられるものだろうか。たしかに激昂する人々はいる――殺し合うことさえある。だがまともな人間は別だ。理性的な大人はそんな真似はしない。

どうしてこんなに心が痛むのか、納得いかない。それほどのものではなかったのに。まるで昨夜、とてつもない重石が上から降ってきて、今日一日ただ頭を上げて必死で耐える間にも、その重みがさらにずっしりと、どんどん増しているかのようだ。

だが、今日はのりきった。明日ものりきる。その明日も、その先も。そしてやがて、ＢＡＵのサム・ケネディの名を世間話で聞いても、心臓が跳ねたり人の話に聞き耳を立てたりしなくてすむ日が来るはずだ。

水の最後の数口を飲み干し、空きっ腹に二杯目のウイスキーはまずい考えかどうか決めかねている時、サイドドアを誰かがノックした。

つい期待が――愚かしいとわかっていても――こみ上げ、ジェイソンはドア横の窓から外をのぞいて、そこに立つ……。

待て。

どういうことだ？　そこにいるのは――いやそんな、まさか――。

ぐいとドアを開くと、そこにはクリス・シプカが、パーカーとカメラは抜きの姿で、不安げにこちらを見つめ返していた。

ジェイソンににらみつけられて、シプカが口ごもる。

「その……どうも、ウエスト特別捜査官」

「ノーコメント」

ドアを閉めようとした。

シプカが、記者や押し売り特有の慣れた動きで、ドアの隙間に足先をつっこんだ。

「いや、待って下さい、たのむから」と懇願する。「インタビューに来たわけじゃないんだ」

ジェイソンは冷たく言い返した。

「ほう。ならヴァレー・ボイス紙の購読売り込みか。どうやって俺の家を見つけた？」

「はい？　人がどこに住んでるかもつきとめられないで記者をやってられると思います？」

シプカの表情には謝罪と自尊心がにじんでいた。

ごもっとも。ほかの面はともかく、記者としてのシプカは勤勉だ。

「わかった」とジェイソンは答えた。「これで俺の家は見つけただろう。だからもう消えろ。個人の敷地だし、これは不法侵入だ」

気が小さいつもりはないが、カイザーからのカードに続いてのシプカの訪問は、いささか気味が悪い。

シプカは足を引かず、赤いドアを片手でがっちりつかんだままだ。笑みを浮かべていたが、その表情を保つのに苦労していた。

「待って下さいよ。そう冷たくしなくても、ウエスト。これはそんな——僕はそういう——あなたに情報があるんだ」

「……どんな情報だ」

ジェイソンの躊躇を嗅ぎつけて、シプカが早口にたたみかけた。

「フレッチャー＝デュランド画廊の捜査に必要な情報」

「なら明日、署に来て告発を行ってくれ——というか、俺が帰ってくる金曜に。何日か出かけてるから」

シプカの目が細くなった。

「冗談じゃない。告発なんかするもんか。表立って訴えるとか。できるわけない」

「どうしてだ？」とジェイソンは聞いた。

シプカがぐっと顔をしかめる。その目ははしばみ色だった。茶よりも緑色がかっている。鋭さはないが、魅力がない顔立ちというわけではない。顎に小さなくぼみがあり、唇にかすかな傷跡があった。髪は茶色い巻毛。いい顔だ。ハンサムとまではいかない——ニュースのメインキャスターになれるタイプの顔ではないが、人好きのする顔だ。

「どうしてかって、ひとつには、僕が捜査機関に協力していると見られたら記者としての信用はどうなる？　僕が情報源を明かしていると周りから思われてしまう」

ジェイソンの心には何も響かなかった。

「情報源を明かす気があるということか？」

「もちろん違うさ、でも誰が信じてくれる？　あなたの捜査のことを報道するのが僕の役目なんだ。捜査に加わるんじゃなくて」

「なら、どうしてここでうちのドアを足で止めて話を聞けと騒いでいる？」

シプカがキッとして言い返した。

「そりゃ、奴らが危険な連中だからだよ！」

その顔は……真摯に見えた。少なくとも、その発言は。

ジェイソンは問いただした。

「誰のことだ。デュランド兄弟か」

「そう。まあ、そういうことだよ」不意にシプカが背後をチラッと振り向いた。「なあウエスト、中に入れてくれるのか、くれないのか？」

ジェイソンはためらった。ルール違反のやり方だし、いい気分はしていない。カイザーのカードを見た後では特に。ストーカーは一日一人で充分。

その一方で、シプカからは特に……おかしな感じは受けなかった。捜査官として働いていれば、相手が誠実かどうか見抜く目は育つ。シプカはほとんど必死なほど真摯に見えた。それにもし彼が本当に情報を持っていたら？　ニューヨーク出張からジェイソンが帰る日まで待たせれば、その間に心変わりしてしまうかもしれない。

ジェイソンがドアを大きく開いて一歩下がると、シプカが家の中へ入り、あからさまな好奇の目で古材の床板とヴィンテージ調の電化製品を見回した。

「うわ、これはまた……インテリア雑誌みたいな」

ジェイソンは小さなリビングへとシプカを案内していった。

「ここに取材に来たわけじゃないんだろ、メモなんか取ってくれるなよ」

「取ってないですよ。でも、お洒落だ。あなたがシャンデリアやサイドボードを飾るタイプだとは意外だっただけで」

二人の目が、傷だらけのテーブルにのった、パステル色の造花があふれるアンティークのコーヒー沸かし器に向いた。

ジェイソンは渋々と認めた。

「姉がインテリアデザイナーなんだ」

「そうですね。シャーロット・ボールドウィン。ル・コタージュ・ブルーのオーナーだ」とシプカが微笑みかけてきた。

シプカの、無関係な――首をつっこむべきでもない――事柄へのなれなれしさが、ジェイソンの警戒をふたたび呼び覚ます。

冷たく言った。

「それで情報があるのかないのか、どっちだ？」

シプカの顔から笑みが消える。

「そんな、ウエスト、せめて座らせてくれてもいいんじゃないか。僕たちは同じ側に立ってるんだから」

どうだか。だが、まあいい。たしかにそうかもしれない。ジェイソンは少しばかり過剰反応だったかも。無理もないか、あるいはそうでもないか。どちらにせよ……。

溜息をついて、ジェイソンはどっしりした白いソファを示した。

「座れ」

シプカが笑った。気を悪くした様子はない。

「そうさせてもらいます。今日一日、手がかりを追ってずっと立ちっ放しだったし」

「そんな話は聞きたくもない」

シプカがまた笑う。それがなんとも……正直なところ、ジェイソンの無愛想さをあっさりいなすシプカの気楽さには、意外な魅力があった。陰気と厳格さだけで塗りつぶされたような誰かとは違う、予想外の魅力。

シプカがソファに座った。ソファがミシッときしまなかったことにか、クッションの山に全身呑み込まれなかったことにか、ほっとした顔になる。ジーンズに、ベイビーブルーと白のチェックのなかなか上品なスポーツシャツを着ていた。

ジェイソンは仕方なくたずねた。

「何か飲むか？」

シプカが顔を輝かせる。「ありがとう」と言って、ジェイソンのタンブラーへ目をやった。

「ビールで。あれば」

ジェイソンは自分にカナディアンクラブをもう一杯注ぎ、冷蔵庫からマス・ライオットのＩＰＡビールを、冷凍庫からマグを取った。結露で曇ったマグにビールを注ぎ、リビングへ持っていく。

シプカと指がふれ合った瞬間、パチッと静電気がはじけた。シプカがまた気安い笑い声を立てる。顔を上げてジェイソンの目をのぞきこんだ。

やはりこの瞳は、茶色より緑が強いヘイゼル。

ジェイソンは顔をしかめた。シプカに好意を持ちたくもないし、目の色なんか意識したくないのだ。対になった向かいのソファに座ると、無愛想に言った。

「で？」

シプカがマグを下ろしかけて止まり、きょろきょろとコースターを探した。

意に反して、ジェイソンの警戒が解けていた。ほんの少しシプカを眺めてから、言う。

「気にしないでいいよ、じかに置いてくれ。どうせそのテーブルはわざわざガラクタに見えるように作られてるんだ」

シプカがニコッとして、ちりばめられた造花の花びらの上にマグを置いた。

「じゃあ、まず。ウエスト、今から僕は手持ちのカードをさらすけど、かわりに事件が進展したらちゃんとこっちに便宜を図ると約束してほしい」

「約束はしない」と答えたが、真面目な性格のジェイソンはつけ足した。「少なくともそっちの情報を聞くまでは」

シプカはその提案について考えこんだ。肩をすくめる。

「わかった。歩み寄りってことで。今、そっちはフレッチャー＝デュランド画廊を詐欺と重窃盗で追ってるでしょう？」

ジェイソンの興味がかき立てられた。きっぱりと言う。

「ノーコメント」

「捜査してるのは知ってますよ」

「なら俺の返事は関係ないだろ」

「あの件は見た目より大きな話ですよ。一人や二人の顧客の話じゃない。それも、あの画廊が顧客のために――という名目で――売った絵の代金を払い渋ってる、ってだけの話でもない。バーナビーのところで大事に保管されてるはずの絵がごっそり消えてるんだ。自分のコレクションが全部なくなってることに、まだ気付いてもいない客がいる」

何だと？　シプカは本当に重要な情報を握っているのか。

　ジェイソンは驚きと興味を押し殺した。眉を上げて、何も言わない。

「黙ってるってことは、捜査はしてると取っていい？　怪しいのはバーナビー・デュランドだけじゃないのはわかってます？」

　ジェイソンはシプカを見つめたままでいた。

　シプカが熱をこめて続ける。

「ああ、わかってますよ。とにかくバーナビーのもうひとつ向こうまで見たほうがいい。シェパードを調べるべきだ」

「記者から捜査方針への助言がいただけるとは、じつにありがたいね」

　証拠は？　根拠はあるのか？　たのむから適当なでまかせじゃないだろうな。

「そう嫌味を言わなくても。もうそこに目を付けてくれてないと、ここから先の話をする意味がない」

「先の話？」

「パリス・ヘイブマイヤーという、モデル兼美術学生の失踪の話です」

「モデルの失踪？」ジェイソンの警戒が戻ってきた。「何の話だ。どういう意味だ？」

「文字どおり」シプカは声に力をこめた。「二十年前にヘイブマイヤーは失踪し、今も見つかっていない」

「それがどう俺の捜査と関係するんだ？」

「どうって、殺人を見逃す気はないでしょう?」

「だから、それがどう俺の捜査に関係するんだ」とジェイソンはくり返した。

「そこまではまだ。でも関係はある。カークが殺されたのがその証拠だ」

「はじめから説明してくれないか、何の話かさっぱりだ」

「僕にわかってるのは、バーナビーかシェパードが行方不明のヘイブマイヤーを殺したことだけだ。僕は、シェパードのしたことだと思ってる」

「どう殺した。いつ、どこで? 何か証拠は?」

「あったとしたってどうせ状況証拠だし。まともな証拠をつかむのはそっちの仕事でしょう」

ジェイソンはあきれた笑いをこぼした。首を振り、酒を飲み干し、テーブルにグラスを置く。

「そうか。そうだな。なあ、わざわざ来てくれたことには感謝する、ミスター・シプ――」

立ち上がろうとした時、シプカがあわてて言った。

「わかった! たしかに、ヘイブマイヤーのことは美術界の伝説じみたもんでしかないけど、僕はあの話が事実だと信じてるんだよ」

「信じる根拠は?」

「情報源《ネタもと》」

そろそろ苛立ってきていたが、ジェイソンはなかなかの――と自分では思う――自制心を発揮した口調でたずねた。

「きみが明かそうとしないネタもとか」

「だから――」シプカは言葉を切った。迷っているようだ。「あなたはゲイでしょう？」

突然、この状況をおもしろがる気分などふっとんでいた。

「それが一体どう関係する？」

「やっぱり。僕もゲイなんです」

シプカが意味深な、ちょっと期待すらこもった目でジェイソンを見つめた。

「だから何だ？」

「だから、シェパード・デュランドもゲイなんです。それも、パパたちがあの男には近づいちゃ駄目だって僕らに警告するタイプの」

パパ、という言葉はシプカやジェイソンの父親という意味ではない。それはよくわかった。

ジェイソンは口を開いたが、シプカが先を急いだ。

「ヘイブマイヤーは、あの頃ニューヨークのアート業界あたりでは知られた顔だった。常連のひとり。フレッチャー＝デュランド画廊が業界イチの名前だった時代にね。そして、ドナルド・カークもそこにいたんだ」

ドナルド・カーク。そこに何かのつながりが？

自覚以上に表情に出てしまっていたのか、シプカがたたみかけてきた。

「そりゃたしかに、あなたの時代よりずっと昔のことだってわかってます。僕にとってもそうだ。この話が何だかとても古い――」

「おとぎ話とは言うなよ」

「じゃなくて。あのさ、ウエスト。どう考えているかはわかる。たしかにこれは、ほとんど噂と推測の域を出ない話だ。そう、それは認める。でも僕はこの手の事には鼻が利くんだよ、あなたが自分の専門分野で目が利くように。でも信じてないんでしょう？　いいですよ、僕はこのまま自分の説を追いかける。あなたみたいな情報収集能力はないけどね。嫌がる相手と話をすることもできないし」

いいや、それは同じく、とジェイソンは思ったが、黙っていた。

「推測じゃないのは、フレッチャー＝デュランド画廊が、買取り資金にするために絵の所有権を切り売りしてるってこと」

「それは違法じゃない」ジェイソンは苛々と言った。「フレッチャー＝デュランド画廊のようなところでは普通のやり方だ。十九、二十世紀の名画を買うには途方もない大金が必要だから、出資者を募って資金を集め、そして絵が売れたら――理想としては――全員が相応の利益を得る」

「筋書き上ではね」とシプカもうなずいた。「でも、デュランドが、存在する以上の絵のシェアを売ってるとしたら？」

「つまり？」

「つまり、今売り出されてる何枚かの絵について、あいつは二百パーセント以上のシェアを人に売りつけてるって話」

「あいつというのは……」

「バーナビー。だと思う」

「思う、か」ジェイソンは眉をひそめて考えこんだ。「どの絵のことだ？　それはわかっているのか？」

シプカがニヤッとした。

「そいつについては力になれる。ポール・セザール・エリューの『白い傘の女』。フランス語でどう言うか知らないけど。モネみたいな感じのやつかな？　それと、トワイヤンの一九五〇年の『翼でもなく石でもなく』の連作のひとつ。どっちの絵も、出資者の保有シェアの合計が二百パーセント以上になってる」

「出資者の名前を教えてもらえるか？」

シプカがビールを飲み干してマグを下ろした。

「僕の情報源の身が危険になるから」

「本気で言ってるか？」

ジェイソンは聞き返した。内輪のジョークでは、アート市場は銃器やドラッグの密輸より規制がゆるい、と笑われている。この世界での唯一の法は、悪目立ちしないことだけだと。

シプカが立った。

「ああ、本気だよ。僕の疑いが正しけりゃ、相手はとてもヤバい連中だ。あんたは、あの頃のバーナビーの噂を聞いたことがないかもしれないけど——シェパードのことも——でも僕は違う。だから、僕を陰謀論者とかちょっとネジゆるめのヤツって一蹴する前に、少し調べてみたほうがいいと思うよ」

ジェイソンも立ち上がった。

「一蹴したか？」

「いいや。はっきりとは。でも、ヘイブマイヤーの話は信じてないだろ」

「何を信じろと？　自分で言っただろう、その件は——どんな仮説にせよ——噂と推測にすぎないって」

「殺人だよ」シプカが言い切った。「冷血な人殺し」

ジェイソンは黙っていた。シプカに正確な事実が見えているかは別として、彼が自分の発言を信じているのはたしかだ。ＢＡＵのプロファイラーでなくともそのくらいは見ればわかる。そして、大金が絡むところには危険な連中が絡んでくるものだ。ジェイソンの肩の傷がありがたくない筋肉の記憶に引きつった。

「俺は明日、バーナビー・デュランドに事情を聞きにいく」

ある種の返礼として、ジェイソンはシプカにそう教えた。

シプカが疑い深く眉を上げる。

「そりゃ、がんばらないと。あいつは今ニューヨークですよ」

「知っている。今夜の飛行機で向こうに発つ」

「はあ。へえ。やる気出してきた？」とシプカが呟いた。

「とっとと失せろ」とジェイソンもごく低く返した。

シプカが、気を害した様子もなく笑って、キッチンのドアへと向かった。ジェイソンもそれを追い、外のライトを点けてやる。夜の空気はスモッグと、家の裏の運河から漂うじめついた匂いがした。

黄色っぽいライトの輪へ歩み出ながら、シプカが言った。

「もうひとつ。これは、まあお知らせです。あの頃、アートぶった業界人のパーティーの常連にいたのが誰か知ってます？　ＬＡ市警のギル・ヒコック刑事さんだよ」

8

ほんのちょっとした事実を、ジェイソンは計算に入れ損ねていた。

つまり、ニューヨーク北部にあるデュランドの家というのは、思っていたよりも本当に北部だということだ。要は、最北のジェファーソン郡。

さらに正確に言うなら、セント・ローレンス川に浮かぶカムデン島。そして——その島に行くには船しかない。

船というのも、個人でチャーターしたモーターボートということだ。フェリーなどの定期便はない。以前はその島へ向かうフェリーもあったのだが、それもやたらと昔の話だし、島にもはや個人の家と数軒の別荘しかない今、フェリー便が誰の役に立つ？　あの島に住めるような人間なら自分のモーターボートが買えるのに。

この季節には、少なくとも表向きは、水上タクシーのサービスもなかった。だがジェイソンがＦＢＩの身分証を見せると——「大文字の威光《ビッグ・イニシャル》」とギル・ヒコックは前に笑ったものだ——シーポート・スループスのオーナーが、シーズンオフでも馬鹿高いコテージのレンタル料金に無料サービスのボート送迎をおまけしてくれた。

ジェイソンには値引き交渉の気力もなかった。ロサンゼルス国際空港《LAX》からウォータータウン国際空港《ART》までは八時間のフライトだったし、機内ではまるで一睡すらできなかった——前夜の不眠に続いて。レンタカーを借りる手配をつけるのにウォータータウンからケープ・ビンセントまでのドライブ自体と同じくらい時間を取られたし、西海岸から東海岸までの移動の時差で三時間を失っている。

レンタルボートの会社にたどりついた時には疲れきり、微妙に時差ぼけしていて、その上――まだ昼食時なので――今から丸一日の仕事が待っている。

日用品を扱う店は、というか何の店も、島にはない。シーポート・スループスのオーナー夫人の親切な助言に従って、ジェイソンは昼食と夕食、そして念のために朝食の分までそこで食料を買いこんだ。小袋入りの挽き立てのコーヒーの粉、牛乳、缶入りスープがいくつか、やや怪しげな〝ブルーベリー〟の小さいマフィン、夕食用の冷凍ビーフストロガノフ。

「ＦＢＩですって！」

オーナー夫人がニコニコしながらジェイソンの買い物をレジに打ちこんでいく。中肉中背でちりちりの茶色の癖毛、そしておとぎ話の中国人のように長くカーブした爪をしていた。

「何をしに島に行くのかは言えないんでしょ？」

「ちょっとした確認をしに行くだけですよ」

「あら、何についての確認？」と彼女は笑った。

悪びれない好奇心に笑みを誘われたが、ジェイソンは首を振った。夫人は、そんなことではひるみもしない。

「税金ね、でしょう。ああいう人たちにはつきものだもの」

「ああいう人たち？」

「島に住む人たちよ」ジェイソンの買い物を袋に詰め終わる。「お金持ち。あなた、船酔いは大丈夫？　今日は水が荒れてて。お天気はいいんだけど」

ジェイソンは窓の外の、小雨の降る寒々しい天気を見やった。

「そうですか？」

「そう。気温も上がって。先週は雪だったんだから。酔い止めも買っとく？」

「船酔いはしないんで」

それは本当だったし、どちらにせよ島への船旅は、凍えて雨に濡れつつも短いものだった。

シーポート・スループスのオーナーは――ブラムと呼ぶようジェイソンに言ったが――背が高く、力強く締まった体で、話好きだった。灰色の瞳をしている。髪も、年齢のわりには早い灰色になっていた。ブラムは聞かれもしないのに、五キロ長ほどの島とその住民についてざっと説明してくれた。むしろ彼を黙らせるほうが難しそうだ。

「この霧で林向こうの家もろくに見えないが、左手向こうの煙突はハーヴィ家のもんさ。一番昔からの住人だ。人の知る限り昔からずっと、あそこはハーヴィのもんだった。今はキャロライン・ハーヴィだけになっちまったけどな。キャロライン・デュランド、って呼ばなきゃ駄目か。一九八〇年代に旦那と別れてからずっとここに住んでるよ」

「彼女は島に一人で住んでるんですか」

「そうさ」ブラムの口調はひややかだった。「ひとりっきりでさ。コックと使用人と、庭師兼運転手と、あと二人のメイドは別にして」

「年配の女性ひとりにしちゃ、随分と使用人が多いね」とジェイソンは、使用人など見たこともないというような調子で聞いた。

「なあ。まあそりゃ、息子たちもよく来てたしな。夏には特に。それに、ずーっと昔にはハーヴィ家はパーティーやら何やらよくやったから。信じるかは知らんけど、金持ちセレブがぞろぞろこの島にたむろしてた頃があったのさ。わざわざこんなところまで、釣りとゴルフに」

物好きな金持ち連中を愉快がってか、ブラムはニヤッとした。

ジェイソンは木々が深く生い茂る緑の海岸線を、細かな霧雨ごしに見つめた。

「無人島のように見えますね」

「それに近いね。定住してるのは十三人。静かな生活が好きならいいよ。普通の人間にはちょっと淋しすぎるけど」ブラムはさらにつけ加えた。「島の向こう側に、昔の砦の廃墟があるんだ。イギリスが海軍基地に使ってた。ここで船を建造して、陸を攻めたのさ」

「小さな島にしちゃ随分と歴史がある」

「そうなんだよ。あちこち見て回ったらおもしろい遺物だの色々見つかると思うよ」ジェイソンを見て、ブラムは早口に続けた。「いやもちろん、持ち出しは違法だよ。そいつはわかってる」

「公有地なら違法だ。だがこの島は私有地だから」

せっせと溜め込んでいる矢尻だか空き缶だかなんだかをジェイソンとお上から没収されない

とわかって、ブラムは肩の力を抜いた。

「ガキの頃はしょっちゅう島に来ちゃ皆で探検してたもんだよ。砦の近くに墓地がいくつかあってさ」

その言葉がジェイソンの注意を引く。

「墓地？」

「そうさ。砦の北の壁外に、二十五基の軍人の墓がある。民間人の墓は砦より少し東だ。それと、島の逆側の開けたところにインディアンの埋葬地がある」ブラムはニヤッとした。「近ごろじゃ、カムデン島の住人は生きた人間より死人のが多いね」

ジェイソンはうなずいて、聞いた。

「デュランド家の息子たちはもうあまり来ないんですか？」

「時々は母親に会いに来てるよ。今は息子たちはカリフォルニアに住んでるし。父親の出身地があっちでさ。ちょっと北の、そのあたり。ワインと牧場の州の。バーナビーのほうがシェフよりよく来るね、今も来てるらしいって聞いたよ。俺からはわからないんだ、あっちは今じゃトルデルのマリーナに船を泊めてるから」

「弟のほうは？」

「シェフ？　何年も見てないねえ。ま、ここの家はバーナビーが継ぐんだろうし、バーナビーばっかり様子を見に来るのもわかるよ」

ボートが岩の岬を回り込む。揺れ動く黒い水面からは骸骨の足のような白い岩が突き出ていた。遠くに、男の——少なくともぼんやりした誰かの——人影が見える。斧のようなものを持っているようだ。その男は葉の落ちた冬の森へ向かって歩いていて、朽ちかけた大きな屋敷から遠ざかっていくところだった。

屋敷というか、城と呼ぶべきか。四階建ての、遠目には重々しい石積みのように見える建物。サルバドール・ダリが思い描くような城。まさしく丈高の草の中に、上向きで落ちた巨大な灰色と青の円盤に至るまで。時計の文字盤のように見えるが、本当にか？

「あの建物は？」とジェイソンはブラムにたずねた。

ブラムが気のない目で、霧にかすむシルエットをちらっと見やる。

「カムデン城だよ。とにかくこの辺の連中はそう呼んでる」

斧を手にした人影は深い森の奥へ消えていた。ジェイソンは建物の観察に戻る。城は、おとぎ話とハリー・ポッターの中間くらいの雰囲気の建物だった。

「あれは時計塔？」

「の、名残りさ。よく見たら、庭に落っこってる時計が見えるよ。何年か前に塔に雷が落ちてね、時計の重みで屋根が崩れる前にってことで時計を外したんだよ。ありえないことじゃない、建物全体がもうつぶれかけだ」

高い煙突のひとつからは淡い煙が上がり、どんよりした雲を背景にクエスチョンマークじみた形を描いている。

「しかし誰かまだ住んでるようですね」

「そうだよ。エリック・グリーンリーフだ。一族の最後の一人。ま、今は。町の女の子に子供生ませてんだ。メラニー・フォスターって女の子。男のほうじゃ女にだまされたって言ってるがね。養育費は払ってるけど自分の子として認知はしてない。これからまだ結婚して子供を作ることだってありえなかないが、こんなところで一緒に住みたがる娘がいるかどうか」

ブラムが悪気なくゴシップと隣人の悪評を並べ立てる間、ジェイソンは行儀よくうなずいていた。

「島にいつも住んでるのは何人でしたっけ?」と口をはさめる隙を見つけてたずねる。

ブラムが慣れきった手で舵をとり、荒れた空模様の下で銀に照らされる遠くの船着場へと船首を向けた。

「何世帯ってことなら、四家族だね。ハーヴィ家、グリーンリーフ家、パトリック家、ジェファーソン家。合わせて十三人。残りの家は、夏の別荘かレンタルコテージだよ」

すなわちジェイソンが苦境に陥ったとしても、助けの到着には最低三十分かかるということだ。バーナビー・デュランドが凶暴に立ち向かってくるような場面は想像できないにしても。

短い船着場に到着すると、すでに二隻のボートが停泊していた。平底のボート一隻、それにアルミの小さな釣り船。

「誰の船です？」

「釣り船はパット・パトリックの、平底のボートはあんたの風下にあるコテージの備品さ」

ジェイソンは灰色の屋根と、霧雨で湿った板壁を、高い草むらに半ばさえぎられながら眺めた。

「あのコテージには誰か泊まってますか？」

「そんな感じには見えないな。うちの物件じゃないけどな」

ブラムが船のもやい綱を結び、二人は上陸してロッジまで歩いた。ジェイソンは旅行かばんを肩に担ぎ、なけなしの食料の入った袋を抱えていた。

その貸別荘は、縦長の細い窓と緑色の外壁でできた長方形の建物だった。屋根の端を自然石の煙突が飾り、その逆側にはサンルームがあった。

ブラムが正面ドアの鍵を開ける。

「さ、素敵な我が家さ」

中へ入ると、ジェイソンはバッグを下ろした。カビ臭さはあったが空気は清潔で、夏のバカンスの様々な残り香が詰まっていた。魚、濡れたタオル、褪せたポプリ、消毒薬。肌寒く少しじめついていたが、ブラムがスイッチを入れるとヒーターがうなりを上げ、噴出口からよどんだ熱風を吐き出し始めた。

「文句なしだ。送ってくれてありがとう――」とジェイソンは財布に手をのばしたが、ブラムが手で払った。

「いや、いや、これもサービスのうちさ。ざっと案内するよ」

屋内ツアーはまず焦げ茶の板張りの小さなキッチンから始まった。

ブラムが太古のものじみた機械を指す。

「コーヒーメーカーと――」

「救いの神だ」とジェイソンは呟いた。このコーヒーメーカーさえ動いてくれればそれだけで幸せになれる。

ブラムがオークのカップボードの扉をコンと叩いた。

「皿はここ。フォーク類は引き出し。食器洗浄機、電子レンジ、オーブン、冷蔵庫――」

「ありがとう。これで充分だ。あとは自分で見つけられると思うよ」

ブラムには通じなかった。次の部屋へ入っていく。

「ＦＢＩで働くのは毎日刺激的だろうねえ！」

「いい日、そうでない日」ジェイソンは答えた。「ほかの仕事と同じですよ」

「有名な事件を捜査したことはあるかい？　俺が記事で読んだことがあるような？」

「いや、あまり」

ブラムがニコッとした。

「連続殺人犯《シリアルキラー》をつかまえたことは？　あるかい？」

テレビドラマのおかげで、一般人はFBIがいつも誘拐犯やシリアルキラーを追いかけていると思っているのだ。

「俺が？　まさか。うちのチームは大体いつも書類を調べて手がかりを追ってるんです。古い書類とにらめっこしてばっかりですよ」

「なるほど」ブラムはかけらたりとも信じてない顔で微笑んだ。「ここが居間だよ。ほら、ゲームやパズル、本がたくさんあるだろ。うちの奥さんが本好きで、いらないやつをここに持ってきてるんだ。ロマンスばっかりさ。ステレオ、テレビ、DVDプレーヤー——ソフトも充実してるよ。たとえば……」ぱっと顔を輝かせる。「『羊たちの沈黙』『刑事グラハム』『ハンニバル』『サスペクト・ゼロ』『レッド・ドラゴン』、あとFBIものがもう一本、何だったかな……ああ、『デンジャラス・バディ』だ。あれはおもしろかった。あの映画のサンドラ・ブロックはいいね！」

FBI捜査官はFBIの出てくる映画しか見ないと思っているのか？　ジェイソンは重々しく「これで今夜の予定は決まりだ」とだけ答えた。願わくば、眠りたい。深々と。夢のない眠りを。

「この時期は泳いだり潜ったりには水が冷たすぎるけど、庭にバーベキューコンロがあるし、カヤックも——」

「いいバカンスがすごせそうな場所だ」ジェイソンは忍耐を保った。「何日か余分に滞在できたらよかったんですが」

「密輸だろう？」ブラムが鋭くジェイソンを見ていた。「川の向こうはカナダだからね。そう、密輸事件を追ってるんじゃないか。ここだけの話で、そうだろ？」

「ここだけの話で？」ジェイソンはウインクしてやった。「俺からは何も聞いてませんよね」

「ああ、わかってるさ。じゃあ、もし何かあったらそこに電話がある。携帯も通じるはずだよ。大方は。もちろんキャリアにもよるけど。島から帰りたければあの平底ボートを使っていい。操縦に自信がなけりゃ、俺が迎えに来るから」

「ボートは子供の頃から慣れてる、大丈夫ですよ」

ブラムは立ち去りがたそうにしていたが、ついに説明も情報もゴシップも使い果たして、別れの挨拶をするしかなくなった。

ジェイソンは遠ざかるブラムのモーターボートが小さくなり、もっと小さく、ぼやけた点になっていくまで見つめた。よし。これでやっと、ようやく仕事に――。

携帯が鳴り出し、深々とした沈黙をけたたましく破った。発信者の名に、ジェイソンは溜息をつく。シャーロット。姉その1。一家の外交官役。通話に出た。

「やあシャーリー」

『今どこにいるの？』

「仕事」

『何をしているかは聞いてないわ。いつだって働いてるんだもの。どこで仕事中なの？』

　五十四歳のシャーロットはジェイソンの母と言ってもおかしくない年齢で、この三十三年間ずっとその年の差を振りかざしつづけてきた。いや、ソフィーのほうも母親で通じる年齢なのだが、年のことはソフィー当人があまり強調したがらない細部なのだ。

「ニューヨークにいる。細かく言うと、ケープ・ビンセントにあるカムデン島にいるよ」

『ケープ・ビンセント？　あそこはカナダのすぐお隣でしょ？』

　ジェイソンは辛抱づよくたずねた。

「何か用なのか？」

『ヴァレー・ボイス紙にあなたの写真が載ってたの見たわよ。潜入捜査をする予定がないよう祈るしかないわね』

「目下、予定はない」

　一気に大きくなってくる雲が、いかにも雨を運んできそうだ。ハーヴィ家の屋敷まで歩きでどれくらいかかるか、ジェイソンは脳内で計算していた。ブラムの話だと島の九割がたは森だが、細い散歩道や近道が張りめぐらされているし、遊歩道で島全体をぐるりと回れる。

『あなた、来週の誕生日に、大掛かりなパーティーを計画してもいいってソフィーに言ったの？』

　ジェイソンの注意がぐいとシャーロットに引き戻された。凶報の使者。

「いや、そんなことはまったく」

『そう、でもソフィーはあなたが承知したと受け取ったみたいで。カポ・レストランでのディナーパーティーを手配中よ』

　これもまた、テレビドラマや映画で見ないものだろう——自分の誕生日パーティーについて癇癪を起こすＦＢＩ捜査官。

「俺は、誕生日を大げさにしたくないってソフィーに言ったんだ」

『そうねえ、でも彼女の気持ちもわかるのよ。母さんも父さんも今より若くはならないんだし——』

「二人してそれを言うのをやめてくれないか、姉さんたち？」

『——それに、何といっても去年あなたは死にかかったじゃないの。キリのいい年齢ってわけでもないけど、今年はちょっとにぎやかにやってもいいんじゃない』

「にぎやかにしたくないんだよ」

『わかってるわよ。なるべくソフィーがやりすぎないようにするけれど、どっちみち小さな——うまくいけばね——パーティーはやるんだし、あなたにそこで会ってほしい人がいるのよ。アレクサンダーっていう名前でね、カリフォルニア大学ロサンゼルス校《UCLA》でアートを教えてるの。一年前にパートナーと破局して、デート戦線に戻ってきたばっかりなのよ。彼のダイニングルームの模様替えを私が手がけたんだけど、それはもう、とっても素敵な人でね。きっとあなたと気が合うと思うわ』

　それを聞きながらジェイソンの内に怒りがこみ上げてくる。

「シャーリー、今は出会いに興味はない。俺は働いてるんだ。捜査の真っ只中なんだよ」

『そう、でも来週の木曜は仕事中じゃないでしょ。別にデートってわけじゃないのよ。というか、彼は私の連れ《デート》って形で参加するし』

「姉さんの……」

『友達としての連れよ。彼、間違いなくゲイだから。何のプレッシャーもなし、単に、本当に気が合うと思うのよ。あなた、出会いがほしくないの？』

「いらない」

　即座に、刺々しい返事をしていた。

『あら、そんなの駄目よ。仕事ばかりで息抜きなしはよくないって言うじゃない。真面目な話、本当に。人生は短いのよ』

「またそれか、俺も今より若くはならないって言うんだろ」

　シャーロットが笑った。

『あなたが？　まだ子供《ベイビー》じゃないの。急ぐことないわ』

「今、急いでるんだけどね」ジェイソンは断固として姉の「ベイビー」発言を無視した。「本当に手が離せないんだ。だから続きは今週、戻ってから話そう」

『今週のいつよ？　あなたの家に行って植木に水をやっておきましょうか？』

あの鉢の植物たちにはすみやかに息絶えてほしい——そもそもジェイソンはエキゾチックな蘭の鉢植えを好むタイプではない。それにとにかく、姉であっても、留守の自宅を誰かにうろつかれるなんて冗談じゃなかった。ＦＢＩで働いていると誰もが少々被害妄想気味になるもので、ジェイソンもその例外ではない。

「大丈夫だ。明日にはこっちを発ちたいと考えているし。この電話を終わらせて、自分の仕事をする時間がもらえればね」

『そうね、はいはい』拗ねた幼児をあやすみたいな言い方だった。『自由の身にしてあげる。ただ、早めに知らせておきたかっただけ』

「ありがたいと思ってるよ」

『嘘おっしゃい。でもこれも姉の仕事だから。帰ってきたらすぐ連絡ちょうだい、いいわね？』

最後のお願いは、わかる。大失敗の潜入捜査で撃たれたジェイソンがあやうく命を取りとめてからというもの、身内の誰もがジェイソンを案じてハラハラしていた。元からジェイソンがＦＢＩ捜査官になることにいい顔はしていなかったのだが、ギリギリの命拾いで余計に心証が悪くなった。

「そうするよ」と当たりさわりなく流して、ジェイソンは電話を切った。

さしてかからず清潔なジーンズとシャツに着替え、一時間以内に待つ——よう願う——事情聴取にそなえる。そもそもの予定ではニューヨークにあるフレッチャー＝デュランド画廊で話を聞くつもりだったので、持参したネイビーのブレザーはこの寒々しい森を歩き回るには薄手すぎた。ＦＢＩの上着を着ることにして、バーナビー・デュランドが一キロ先からＦＢＩの存在に気付かないよう祈った。

実のところこれもまた、映画やテレビドラマに描かれるＦＢＩ像にジェイソンが納得いかない部分だ。服装。どうやらハリウッドでは、ポロシャツやチノパンは存在しないことになっているらしい。ジーンズも。今日のような、そんなカジュアルな服ですむ時でさえも。ハリウッド版ＦＢＩ捜査官はどんな天気だろうとスーツにネクタイ姿だ。たとえ男の服装がまともに描かれていても、女性捜査官は古臭い売春婦か大学生のような格好をさせられている。

ジェイソンは自分の銃をたしかめ、再度銃をたしかめてから、森へ向かった。

親切でおしゃべり好きのブラムのおかげで、どこに向かえばいいのかもわかっている。そして、ひんやり澄んだ森の空気のおかげで活力とやる気がよみがえってきた。残念ながら、ひとり黙々と歩きつづけていると、仕事と無関係の事柄を考える時間も山ほどあった。

仕事と無関係だと、少なくとも自分は思っている事柄を。だが元からの憂鬱な気分に加え、ジェイソンは段々と、ケネディがすべてを計算ずくで二人の衝突を最小限に食い止める状況を仕組んだと確信しつつあった。出会った時からケネディはジェイソンを分析《プロファイル》していたし、それをずっと続けていたのだ。そして彼らの破局の——あれをそう呼べるなら——舞台を仕事場にすれば、ジェイソンの反発が抑えられるとわかっていた。年の甲か仕事のキャリアの差かそれとも単に大きな性格の違いからか、とにかくケネディは、ジェイソンなら場の流れに従うだろうと把握していた。ケネディの思惑どおり、そのまま操られるだろうと。

ジェイソンだって愁嘆場など演じたかったわけではないが、もう少し本音で接してくれたってよかっただろう。納得する助けになったはずだ。ケネディのいいように操られたと思うと、心底気分が悪い。二人の関係についてではなく——それもなかったとは言い切れないが——ケネディが関係を断ち切った手管《てくだ》が。

直接ジェイソンと会ってケリをつけようとしたのは、まあほめてもいい点だろう。だが同時に、あそこまでぐずぐず長引かせた。そして——いざとなっても、ひどくつき放したやり方で、あれでは電話ごしに別れを切り出されたのと変わらない。あまりにも心が感じられないやり方。

ジェイソンにしてみればそうとしか思えない。

そしてサムが——ケネディが——行動を先のばしにしたことに、どうしてもだまされていたような思いを抱いてしまう。

いや、長距離での艶っぽい会話だの告白じみた夜中の電話を根拠に、だまされたとまでは言えないが。具体的な約束や行為があったわけでもなし。まだ。

だがそうであっても、ジェイソンは頭に来ている。

そしてそう、傷ついている。

「いい加減割り切れ」とジェイソンは呟いた。杜松《ネズ》の薮をガサガサとかすめ、小さな翼を持つ何かの集団を驚かせたものだから、相手は鳴きわめきながら頭上で円を描き、葉の落ちたオークやカバノキの枝の編み目の中へ消えていった。

コウモリだ。

こんな一日を完璧にしてくれる出会い。

とにかく。誰かに好意を持つのも、もしかしたらと先を待ち望むのも、決して青臭いことではない。ジェイソンは間違っていない。サムに、気持ちを向けるようになったことは。間違いじゃない。あの六月、サムもまた二人の間の……何かを、続けてみる気だったのだ。気を変えたならすぐさまジェイソンに言ってくれればよかった。そうしたらジェイソンだってここまで――まったく、考えるだけでも苦しくて、情けない。

（だが、お前と話すのが好きだったんだ）

ああ、あれは本音だろう。サムが、ジェイソンと話すのが好きだったのは確かだ。サムの世界には、ジェイソン相手にしていたように、お互い家でくつろぎながら自由で気楽に話すような相手はあまりいない。サムには友人があまりいない。もしかしたら、ジェイソンを除けば一人もいないかもしれない。数々の電話の中で、ジェイソンは一度も友人の話を聞いた覚えはなかった。いわゆる〝孤独〟という言葉ににじむ心の繊細さはサムにはないが、それでも彼は、様々な意味で孤独な男だった。少なくとも、ほかの誰かが同じ状況にいたならその孤立は痛ましく見えただろう。

だが、この八ヵ月でジェイソンが学んだこともある。自分ひとりという状態が、サムは好きなのだ。ひとりきりが、彼にとっては正常なのだ。

オークやカバの木々が途切れて、刈り込まれた植木が現れた。ライラックの、今は葉が落ちた三メートルの壁も。ぬかるんだ枯れ色の芝生が広がった向こうに、屋敷が見えた。

グリーンリーフ家の崩壊しかけの時計塔を見たり、ネイティブアメリカンの埋葬地の話を聞いて、どんな景色にも覚悟はあったが、ハーヴィ家の屋敷はどこから見てもおかしなところのない三階建ての豪邸だった。強化コンクリートと化粧張りレンガで、十三世紀のゴシック建築の意匠を細かく取り入れている。二重勾配のスレート屋根やずらりと並ぶフランス窓まで。

ぬかるんだ灰褐色の芝生を長々と横切りながら、ジェイソンはあの優雅な窓のどれかの向こうで誰かが立って見ているのかと考える。そうであっても、この島では逃げこむ場所は限られる。

両開きの正面玄関へ着いて——三メートル近い高さの黒と金に塗られた扉だ——ジェイソンは呼び鈴を押した。

チャイムの音が消えていく間にも、家を駆け抜けるショックが感じ取れる。

しばらく、何も起きなかった。

長い二分間。

もう一度ベルを鳴らそうとした時、高々とした扉がいきなり開いた。

目の前に立つ背の高いブルネットの四十代の女性は、家政婦に違いない。清潔な茶色のシャツワンピースが、オフィスのデスクの名札なみの雄弁さで彼女の仕事を物語っている。黒髪はセミロングで毛先だけ外に巻いた、いわゆる保守的な政治家の妻たちが大好きな髪形だ。ジェイソンの姉は例外だが。

カリフォルニアのギャラリーにいたミズ・キーティングと同じジャンルのタイプ違い、とジェイソンの目には映る。

「何かご用ですか？」

彼女は、驚きの一瞬の後でそう聞いた。耳に優しい声をしていて、茶色い瞳は不思議そうだ。瞳を動かさないままなのに、ジェイソンはじろりと全身を品定めされた気がした。

ジェイソンは自己紹介をし、身分証を見せた。

「ＦＢＩですか」と彼女は機械的にくり返しながらバッジを見つめた。

「そのとおり。バーナビー・デュランド氏と話したいんだ、ミセス……？」

彼女は眉をひそめていた。

「メリアムです。ミセス・デュランドの家政婦の。わざわざここまで、ミスター・デュランドに会うためにいらしたんですか？」

「そうです、俺は――」

「何の連絡もなく？」

「ミスター・デュランドは母親のところに来ているはずですが」

「ええ、そうです。ですが……」口ごもり、まだ眉を寄せて、彼女はすっかりあっけにとられた様子だった。「そうですけど」とくり返す。「でも、今はこちらにいらっしゃいません」

「本当に？」ジェイソンは疑いを隠そうともしなかった。「ロサンゼルスギャラリーのマネージャーの話では、彼はここにいるはずですが」

「今朝、ケープ・ビンセントまで船で出かけられまして」

嘘にしては彼女はあまりにも気まずそうだったが、ジェイソンの反射的な「冗談だろう」という言葉には少なからぬ憤激がこもっていた。

「いいえ、冗談などひとつも言っておりません。仕事で人とお会いになるようです」

「なるほど」ジェイソンは自制を取り戻した。「で、いつミスター・デュランドは戻られるんです？」

返事を待って、息をつめた。バーナビー・デュランドはもう帰ってこないと言われたら、セント・ローレンス川にとびこんでこの苦難の旅を終わらせてしまいたい。

彼女は慎重な表情になった。

「明日の午後です」

「何時ごろに？」

「存じません。おっしゃらなかったので」

ジェイソンが口を開けると、彼女があわててつけ足した。

「ディナーの時には戻られているはずです。もちろん」

もちろん。

「わかった」

うっかり、バーナビーがジェイソンの来訪について事前警告を受けていたと疑いたくなるような流れだ。だがＦＢＩ以外でジェイソンの行き先を知るのはクリス・シプカ記者だけだし、シプカがバーナビーに密告する姿は想像できない。デュランド兄弟が詐欺、窃盗にずっと深くかかわっていると、あるいはもしかしたら殺人にまで関与していると、ジェイソンに訴えてきたシプカが。人間に絶対はないが。

「ミスター・デュランドはあなたが来られることをご存知なのですか？」

メリアムが、落ちつきを取り戻してたずねた。はじめから答えは承知だろうが、あくまで表面は礼儀正しく問いかけてくる。

「いつか来るとはわかっているだろう」

不意打ちの利を失ったことを、ジェイソンは悟っていた。万にひとつも、ＦＢＩがここまで押しかけてきたことを彼女がバーナビーに報告しないわけがない。

ジェイソンは限られた選択肢に考えをめぐらせた。

「いいでしょう、ミセス・メリアム。あなたならミスター・デュランドに連絡する手段を何かお持ちだと思う。彼に、明日の午後また俺が来ると伝えて下さい。彼が留守ならば、あるいは、ミセス・デュランドに話を聞かせてもらうことになるかもしれませんね」

メリアムはぎょっとした様子だった。

「奥様に？　奥様はそんな――とても――」

彼女のまなざしはジェイソンのベルトに留められたＦＢＩのバッジに吸い寄せられていた。そう、大文字《ビッグ・イニシャル》の威光というやつだ。

「お会いすることになるだろう」ジェイソンは重々しく告げた。「バーナビー・デュランドか、母親のミセス・デュランドか。どちらにせよ明日、この家にいる誰かから話を聞かせていただく。どちらと話すかは、ミスター・デュランドにおまかせする」

彼女の口がぽかんと開いた。もしこのやりとりを聞いていたら上司のジョージ・ポッツの口もあんぐり開いたに違いないが、ジェイソンはこの建前で押し切った。具合の悪い老女に会わせろと言い張るつもりは毛頭ない――実行するほど非情になれても法的にそんな権限もない――が、バーナビーはそこまで知るまいし、ジェイソンの勘どおりなら、母の身をそんな危険にはさらすまい。

形式ばった、いかにも仕事上の笑みを、目を見開いているメリアムに投げると、ジェイソンはそこを立ち去った。

9

カムデン城に足を向けたのは、主には学術上の興味からだった。

加えて、バーナビー・デュランドを聴取するまでまた丸一日待たされる形になってしまったせいもある。元美術史の研究者としてのジェイソンは、この壮大きわまりない建築物を近くから見てみたかった。

もしくはサンドラ・ブロックの映画を見ながら一日をつぶすという誘惑的な考えも……ないだろう、それは。

グリーンリーフ家に向かって歩いていくと、白く裸になった木々の上に、とんがり屋根付きの塔の鋭角な姿がのぞいた。この森にどこか不気味なところがあるのは間違いない。島のあちこちに散らばる多様な埋葬地のせいか。それとも別の何かか。この森のほとんどが、砦や墓よりも古くから存在する。ひどく年経た木々——艶光る幹、ねじくれた枝、骸骨の集団を思わせる骨ばった小枝——そして人を引きこむ静寂。

静寂と言っても、相対的なものだが。ぬかるんだ土をくり返し踏むジェイソンのブーツの音、下生えの中で見えない生き物たちがジェイソンの通過を見つめて待つカサカサした音、そして時おりのたよりなげな鳥のさえずりが、自分もまた長い旅路をゆく旅人にすぎないとジェイソンに教えてくる。

太陽は、どこか投げやりに外界を温めようとしていた。裸の枝を抜けた黄色い陽光が、ねじくれた根の間にまだらに溜まっていた。そびえる木々と、網目のように陽光をさえぎる枝の下を横切るジェイソンの影が、道に現れてはまた消えた。まだ春とは言えないが、蝶たちはそれを知らぬ様子で神秘的な色彩の羽根をゆっくりとはためかせては、灰色にかすんだ影の間に消えていった。

涼しい静寂を、遠い銃声が引き裂いた。

ライフルの発砲音。

一発。

二発。

ジェイソンは足を止め、数えた。

ダーン。三発目。

心臓が数回分鼓動を止め、ジェイソンは銃声の方向を探ろうとした。狩猟期ではないが、さびれた土地だし、自然の中で暮らす人々は町外れの住人などよりずっと気軽に銃を持ち出す。

銃声は島の南側から――ジェイソンの現在地からはかなり離れて――鳴ったもので、自分の不条理な反応に苛立った。

反応？　恐怖だろう。

呼び名でごまかそうとするな。

いきなりの銃声は、今でも怖い。くだらないし、何とも腹立たしい。あのマイアミの一件以来、何回も銃の射程圏内には入ったし、マサチューセッツでは銃撃戦も経験し、それに――何より第一――そもそもライフルで負傷したことなどないというのに、それでもライフルの銃声に対するジェイソンのとっさの反応は、恐怖だった。

いつまでこれが続く？　捜査官である限りずっと？　マサチューセッツの事件で克服できたよう願ったが、大きく改善はされたが――それでも、なお。

それでもなお、不意の銃声に鼓動ははね上がり、冷や汗が吹き出すのだ。

とにかく、刹那的な反応だ。今は正常に戻った。自分への腹立ちはあるが、もう気は落ちついていた。

携帯が鳴り出し、ジェイソンはぎょっととび上がった。木々に閉ざされたひそやかな静けさの中、その音は奇妙にけたたましかった。まあまあ落ちついている、というところか。携帯はバイブにしたつもりでいた。

携帯をつかみ、刺々しく出た。

「はい。ウエスト」

『よォ、Gマン！』と陽気な男の声がした。

「ルキウス」

ジェイソンの気がほっとゆるんだ。ルキウス・ラックスは、有力な情報源のひとりだ。真の才能に恵まれた若き芸術家だが、残念ながらその才能を贋作作りの方に向けてしまった。そのルキウスが刑務所送りにならないようにジェイソンはあれこれコネを使い——そしてさらに手を尽くして——彼をオーティス芸術デザイン大学の最高の美術コースへ入学させた。ラックスは大学なんかやめてやるとしょっちゅうこぼしていたが、ここまで一年間持ったし、ジェイソンの目から見ても今のところ順調だった。

『どうしたよ？　悪いヤツを追っかけていいお婆ちゃんにイヤがらせでもしてるところか？』

キャロライン・デュランドを聴取すると脅したことを思い出し、ジェイソンはぎくりとした。

「まあ、そんなところだ。そっちの調子は？」

『落第はしてない。何の用なんだ？』

「情報がほしい」

ラックスが大げさな溜息をはあっとついた。

『いつもの話かよ』

ジェイソンは微笑んだ。この若者が気に入っている。贋作者は大抵が挫折した元絵描きで、己の創作物が熾烈な商業マーケットで認められることがなかった人々だ、というイメージはたしかに事実だが、ラックスは例外だ。目の前の簡単な金という誘惑に足を取られはしたが、まともな自尊心を持つ彼は、次第に自分自身の名声を求めるようになってきていた。

「フレッチャー＝デュランド画廊内に持ちこまれてる贋作について、何か聞いたことはないか？」

『フレッチャー＝デュランド画廊？』ラックスの勢いが少し失せた。『俺が？　何も知らねえよ』

この瞬間まで、ジェイソンは自分が害のないイカサマを本格的な偽造事件と見誤っているだけではないかというほうに傾いていた。だがラックスの口調のほんの微細な変化が、ここには何かあると囁きかける。

「何ひとつ？」

『なぁんにも。話はそんだけか？』

ふっと心配になった。ラックスは好奇心旺盛でおしゃべりな性格なのだ。なのに、州で一番名高い画廊が贋作に絡んでいるかもしれないと聞いても興味ひとつ示さない。それがラックス自身の関与を示すものでないといいのだが。

ジェイソンは何気なく聞いた。

「もしルーヴェン・ルービンの贋作を作らせるとしたら、誰のところに行けばいい？」

『誰のところでもねえさ。贋作やるならいい感じの、ずっと所在不明だったモネじゃねえの。売れるのはそれだよ。金がうなってんのはそこだ。モネ、モネ、カネ』

「モネ。本気で？」

やっといつものラックスらしい調子が戻ってきていたし、モネは贋作市場では人気でありふれているから、ジェイソンも飛躍した結論に飛びつきたくはない。だがこの話の流れでいきなりモネの名を出されて、少しドキッとした。

「お前から聞くにはおかしな名前だな。この間の夜、俺もひどい出来のモネの贋作を見たよ」

『へえ？　ま、そんなのゴロゴロしてるし』

ラックスは、また彼らしくもなくそこで話を切った。

「もしルーヴェン・ルービンの絵がほしいとして、誰に声をかければいい？」

ジェイソンがもう一度その話を持ち出すと、ラックスの声が尖った。

『ＦＢＩはあの画廊を、絵を勝手に売っ払った件で調べてんじゃないのかよ』

「そうだよ。だが画廊にこの間行った時、ルーヴェン・ルービンの贋作を見たんだ」

『贋作じゃないかもな？』

「真作はＭｏＭＡで展示中だ。今朝メールで裏付けもとれた」

ラックスが適当な相槌を打った。

ジェイソンは遠回しに聞くのをあきらめた。

「フレッチャー＝デュランド画廊のために贋作を描いてるのが誰なのか、知りたいんだよ」

『俺じゃないね』

「それはわかってる。でも誰かがやってるだろ」

ラックスが真剣な声で『首つっこむな、後悔すんぞGマン』と言った。

「首をつっこむのが俺の仕事なんだ」ジェイソンはそう切り返した。「罪を暴くのが仕事だ」

『だからさ……噂があんだよ』

「聞かせてくれ、どんな噂だ？」

『ガセッぽい』

「いいよ。どんなガセだ？」

『デュランド兄弟の機嫌を損ねたヤツの身にはヤバいことが起きる、ってさ』

ジェイソンは一瞬黙った。それは手がかりかもしれない。それか深い意味などないか。軽い調子で問いかけた。

「たとえばどんな？　何があったか聞きたいね。誰にあったか」

『誰かなんて知るかよ。何があったかも。それじゃ噂とは言わないだろうが！』

「わかったよ、落ちつけ。俺もたしかめないわけにはいかないんだ、わかるだろ？」

『わかんねえよ。俺に聞かなくたっていいだろ。ほかのチクリ屋だっていいだろうが』

「お前はチクリ屋なんかじゃない、友達だ」

『そーかい』

ラックスが拗ねた調子で、二十歳という年齢より子供っぽく言った。

「俺が入りこめないところへのツテを持ってる友達だ。だから、こうやって聞いてるんだ」

『ああ、あんたにゃ借りがあるからな。よーくわかってんよ』

ラックスの口調はジェイソンがぎょっとするほど苦々しかった。

たしかに、そのとおりだ。だがそう言われると心が痛む。ラックスのことが気に入っていた。心から彼を助けたいと思う――自分がその一助になれていると思いたい――が、この友情を育ててきたのはたしかにそれが頭にあったからだ。ラックスの、先々までの利用価値。

そうではあるが、ラックスはこんな皮肉な物の見方をするには若すぎる。

「もう忘れてくれ」とジェイソンは言った。「お前の言うとおりだ。情報源ならほかにもある。今学期の授業の調子は？　どうしてる？」

沈黙。

ラックスがまくし立てた。

『ラバブ・ドゥーディ。そいつのところに行ってみな』

ジェイソンが何か言うより前に、電話は切れた。

ジェイソンは溜息をつき、携帯を持って、グリーンリーフ家の敷地へ向かって歩いていった。この方向から近づくと、家の裏手の丘から、深い入り江で守られた小さな港が見えた。近くから見ると、この館は魔女用精神病院のようだった。それも廃病院だ。屋根にはあちこち大きな穴が開き、窓のいくつかは割れたり板で塞いであった。

完全な廃墟でもないが。煙突のひとつからは煙が上がっていたし、小さな中庭では物干しロープに洗濯物が吊るされていた。

デュランド家が代々の館に住みつづけているのはわかる。先祖から引き継いだ屋敷は、ジェイソンが見た限り、見事な手入れがされていた。だが、こんな遺跡じみたところに誰が好んで住む？　かつての威容を取り戻すには何百万ドルとかかるだろうし、どう見てもグリーンリーフ家の財布にはそんな余分なカネはない。修復という道がないのなら、次善の手段としてはどこかの組織に土地ごと売って、建物を保全してもらいつつ土地の代価を得る方がいいだろう。リゾート会社とか。言うは易しかもしれないが。このカムデン島は知られたリゾート地というわけでもない。だがむしろ、先を読む投資家にはその点こそが魅力的に見えることだってあるだろう。

ジェイソンは急坂の小道を上って、焼け落ちた船小屋まで来ると、すぐそばのほぼ崩れかけの船場付きボートハウスを眺めた。館までは歩いて五分というところだろうが、かつては馬車がこの船着場まで送られて客や物資を迎えていたのだろう。

館に近づくにつれ、建物の巨大さにあらためて圧倒される。南北戦争後の金ぴか時代《ギルデッド・エイジ》のお屋敷はこういうものだったのだ。週末のパーティーと贅沢な避暑のためだけに家を建てて。親戚一同から召使いたちの一群まで、楽にひとつ屋根の下で泊まれる。

建築様式ははっきりと見定められないが、ウォルト・ディズニーが喜びそうな雰囲気だ。この城は、多様なアイデアを煮詰めて創造的なひらめきを足したような感じで、小塔や屋根窓の入り組んだ形や、巨大にそびえ立つ煙突と角度のきつい屋根など、全体的に彫刻めいた雰囲気があった。どんな意図で設計されたのかはともかく、出来上がったものはバカでかく入り組んだ形で、壮麗で凝った装飾びっしりの建築物だった。上階の外壁は様々な銀色のひし形や鱗状の羽目板が、テューダー様式を汲む半木骨造《ハーフティンバー》の斜めの梁の間にはめこまれている。下の一階半分は石造りで、美しく彫刻された灰色の大理石がふんだんに使われていた。

結果として、優美さや威厳はないが、奇妙な魅力のある仕上がりになっている。ジェイソンは石畳の道の端まで行き、見下ろした。二重の土留め壁が——枯れた蔦が絡み付いている——川の水面から高くそびえ立ち、館の庭を支えていた。

庭から見下ろしても、水面まではぞっとするくらいの距離がある。それでも見事な眺めだった。

広い階段を、テラスへと上っていった。テラスのところどころは石が欠けて穴が開き、壊れた鎧板や羽目板が散らばっている。ジェイソンは目を上げた。

崩れる前、この時計塔は、遥か遠くからの目印や灯台がわりになっていたことだろう。巨塔は今でも景色を支配し、壮大な基礎石から雲へとそびえ立っている。かつて時計があった頂点にぽっかり穴が開いた姿はなんとも異様だが、文字盤を外して下ろしたのはたしかに正解だろう。軸組みには不吉な隙間があって、大小様々な鳥たちがそこに飛びこみ、飛び立っていた。

もっと小さな側塔を回りこむと、館の本当の正面に出ていた。ジェイソンは高々とそびえたアーチの門へ進み出し――怒鳴り声にはっと凍りついた。

「おい！　そこで何してる！」

ジェイソンは周囲を見回した。テラスの向こう側から男が一人、近づいてきている。赤と黒の格子縞のハンティングジャケットに汚れたジーンズ、そして威嚇するような渋面。

「ミスター・グリーンリーフですか？」

「そこで何してるのかって聞いたんだ」

グリーンリーフは――彼がグリーンリーフ本人なら――大男だった。すべて筋肉というわけではなさそうだが、脅威として充分な筋肉をそなえている。そういう動きがこなせる男ならだが。髪はイエロー・ブロンド。長髪だが、頭頂部がはげている。伝説的なロックスターだけが決められるスタイルだ。寄り目気味の目は焦げ茶で、ほとんど黒に近いほど暗い。

「見事な時計塔なので、眺めてたんです」

ジェイソンはそう答えた。頭ごなしの敵意に、興味をそそられていた。そういう態度には色々な理由がありえるが、この男の非社交的な対応は気にかかる。

「立て札を見てないのか？　個人の敷地だ。立入禁止」

「見ましたよ、ええ」ジェイソンは身分証を見せた。「連邦捜査官のジェイソン・ウエストです。あなたがエリック・グリーンリーフ？」

「ＦＢＩ？」

グリーンリーフがバッジをじろじろ眺めた。ＦＢＩの正式なバッジに人々がよくよこすような好奇の目つきではない。黒いまなざしがジェイソンをじっと見た。「ジェイソン・ウエスト」と記憶に刻みこむようにくり返す。

「そのとおり。こちらにはお一人で住んでるんですか？」

グリーンリーフはうなずいた。無口なのか、もしくは捜査機関のあしらい方に慣れているのか。

「あなたの隣人について、いくつかうかがえればと。デュランド家のことですが」

グリーンリーフが不信の色をさらに濃くした。

「連中の、何だ？」

「そうですね。ではまず、彼らをどのくらいよく知っていますか？」

その問いにグリーンリーフは首を振った。肩をすくめた。

「あなたは、ずっとこの島で暮らしているんですか？」

「出たり戻ったりだ」

「子供の頃、デュランド兄弟とは知り合いでしたか？」

「そりゃな」

デュランド兄弟とは同年代だろう。あの兄弟は夏をこの島ですごし、グリーンリーフは一番近くの隣人だった。少年たちが親しくなるのは自然の成り行きだ。

「デュランド兄弟と親しかったということですか？」

グリーンリーフの笑みは楽しげではなかった。

「知り合いさ」

「彼らはどんな子供でしたか？」

「甘ったれた金持ちのガキ」

つい、ジェイソンの目がグリーンリーフの背後の崩れかけの建物を見ていた。

「あなたと違って？」

「そいつは誰に聞くかによるな」

「あなたに聞きたいですね」

グリーンリーフの目の奥で黒光りした何かに、ジェイソンのうなじの毛が逆立った。そう、この男にはどこか……。

だからといってグリーンリーフが、ジェイソンの調べている事件に関与しているとは限らない。捜査機関や国の組織をただ毛嫌いする人間もいる。それでも、この男の前では気を抜かないほうがよさそうだった。

「俺は、食うために働いてる」とグリーンリーフが言った。「俺は、ケープ・ビンセント貯蓄銀行の証券引受人をやっているんだ」

「そうですか。なら家で仕事ができるということですね？」

「どうして気にする？」

別にそう興味があったわけではない——単に反応を見るための確認だったが、グリーンリーフの敵意丸出しで人を寄せつけない態度に、さらに警戒心がかき立てられた。

「バーナビー・デュランドと最後に話したのはいつですか？」

「バーナビー？　何年も話してない。二十年くらいは話すどころか会ってもないいんじゃないか」

「シェパード・デュランドとは連絡を取っていますか？」

グリーンリーフが歯を剝いた。

「友達なんかじゃないと言っただろうが！　令状がないならここから出ていけ！」

これはこれは。ジェイソンは、グリーンリーフの真っ赤な怒りの顔を眺めた。隠さねばならない秘密が胸にある男の姿だ。だからといってジェイソンが首をつっこむべきことだとは限らないが。人というのはそれぞれの理由で不可解な反応をする。他人には理解できない理由で。

ジェイソンは言った。

「お邪魔してすみませんでした」

グリーンリーフは何も言わずにジェイソンを見つめていた。その態度がジェイソンにはひどく引っかかる。だがやはり、それだけで事件にこの男が関わっているとは言えない。

そして、この男が関わっていないとも言えない――。

10

パリス・ヘイブマイヤーという人物は本当に実在していた――少なくともかつては。

十九歳のドイツからの交換留学生は、モデルとして働きながらニューヨーク美術学校で学んでいた最中、姿を消した。二十年前のことだ。

ジェイソンはキャンベルのトマトスープが入ったマグの湯気を吹き、ヘイブマイヤーの白黒写真を眺めた。ググール検索で顎のがっしりとした青年の写真が数枚出てきたが、どれも同じ時に撮影されたもののようだった。五枚の写真のどれでも、ヘイブマイヤーは同じ分厚いウールセーターと昔流行った細かなパーマの頭で写っている。白黒写真では金髪のように見えた。

この色の薄い目の光り方は、大体は青い瞳のものだ。

髪型はややセンスに欠けるとしても、とても顔の良い、美しいと言える若者であるのは間違いなかった。

そしてそれが、数時間調べた末、パリス・ヘイブマイヤーについてジェイソンが得られた情報のすべてだった。実在していて、そして蒸発したかのように消えてしまった——ネット掲示板を鵜呑みにするならば。

〈シェパード・デュランドに聞けばいいんだよ！〉

匿名の書き込みが、その掲示板のひとつでそう教えていた。

〈シェパードデュランって？〉とやはり匿名の、誤字のある書き込み。

〝名無し1〟はニューヨークのフレッチャー＝デュランド画廊へのリンクを張って〈この男は人殺しだ！！！〉と書き込んでいた。

〈アートは無償であるべきだ。この画廊はクズだな！〉と〝ドーナツ〟というハンドルネームが応じる。

そんな程度のやりとりだった。手がかりとして大したものとは言えない。

おそらくクリス・シプカはこれより多くの、ずっと多くの情報を持っているはずだ。ヘイブマイヤーが消えた頃まだ十歳くらいだっただろうシプカの、この事件への執着は何なのだろう。大体これは東海岸で起きた事件だろうし、シプカの縄張りは西海岸だ。細かく言うならカリフォルニアの南側。

ヘイブマイヤーの推定失踪事件を調べれば調べるだけ、シプカについての好奇の念が強まってきた。

ジェイソンはスープを一口飲み、考えこんだ。

数回キーを叩くだけで、不敵なFBI捜査官ジェイソン・ウエストについての署名入り記事がずらりと並び、ジェイソンの息が止まりそうになった。シプカはヴァレー・ボイス紙の犯罪記者で、事件や捜査展開についていくつも記事があり、精力的な取材で次々と書いている様子で、しかもはっきりと、気恥ずかしいほどここで思い知ったことだが、ここ数年でジェイソンが気に入っていた記事の発信源のひとつは彼だったのだ。クリス・シプカ。

（こいつはお前のファンクラブの会長だよ）とヒコックは軽口を叩いたが、思った以上に正解に近かったようだ。

シプカの取材の多くはアート業界回りのようだし、ジェイソンについて書くのは当然でもあるが、ヒコックの検挙率の高さについては何も書いていない。派手ではないにせよヒコックは伝説的な存在なのに。

刑事より、FBI捜査官のほうが読者受けがいいからか。あるいはジェイソンがゲイだからか。それともほかに理由があるのか。シプカに感じた親近感――いや、その言葉は駄目だ。ジェイソンはシプカから……意識されているのを感じたのだ。そう、それだ。シプカが発する興味のサインが伝わってきた。これもそういう単純なことなのかもしれない、シプカ個人がジェイソンを気に入り、たとえば魅力的だとまで思っているとか。

それか、何か別の理由か。

それともジェイソンが年齢とともに猜疑心が増しているだけか。サム・ケネディのような男と時間をすごしすぎると、誰だって人の裏側を疑うようになっていく。

ジェイソンの担当事件への執着以外、シプカからおかしな感じはまったくしてこなかった。生い立ちもじつに明快だ。ネット上で見る限り。

サンディエゴ州立大学のジャーナリズム・メディア研究学部を卒業し、サンディエゴ・リーダー紙に最初の職を得た。そこからボイス・オブ・サンディエゴというニュース配信の会社、そしてサンディエゴ・ユニオン・トリビューン紙へと順調に移り、その後で北部へ引っ越してヴァレー・ボイス紙に雇われた。ヴァレー・ボイス紙はそれまでのところより小さいマイナー紙なので、何かの目的があったのかもしれない。あるいは、小さなところで大物ぶりたかったとか。ヴァレー・ボイス紙で署名記事を書くのは、ほかよりたやすい。

ネット上のシプカの記事をざっと眺め、ジェイソンはこれまで幾度かシプカから直接コメントや事実確認を求められていたことに気付いて、気まずくなった。なのに日曜の夜には、ジェイソンはシプカなどまったく知らないと誓えるほどだった。もっとも、その手のコメント、事実の確認や否定は、複数のメディア相手の流れ作業のようなものなのだ。シプカとのやりとりは、特に警戒を呼ぶようなものでもなかったのだろう。

そしてシプカの記事のほうも……ジェイソンは、拒否反応というほどのものはないのだが、マスコミからの注目は一切無視する主義だ。それはもしかしたら、自分への注目が自力で得たものか家族の功績ゆえなのか、はっきりわからないまま育った影響なのかもしれない。

（その褒美に、お前にはカメラの前に立つ役をくれてやる）

八ヵ月前のケネディの言葉は、意図せずジェイソンの痛いところを突いていた。

ジェイソンは出世の意欲もあったし好意的な記事には気付いていたが、プライドとして、自分では読まないようにしてきた。仕事上適切な注目を呼んでいることさえわかればよかった。もしシプカの記事に目を通す手間を惜しんでなければ、美術館でオープニングセレモニーにいたシプカの姿に気付けたかもしれない――それよりずっと前から彼の存在を知っていたかもしれない。

だが、やや仕事に没頭しすぎる点を――くそ、別の誰かを思い出す――除けば、シプカはまずまず正常に、せめて判断保留のカテゴリに分類できそうな男だった。もちろん、ジェイソンはくわしく調べるつもりだが。当人がどういうつもりにせよ、シプカは向こうから踏みこんできた時点で捜査対象となったのだ。当然、彼の動機や、デュランド事件と関わっている可能性を調べ上げねばならない。

ジェイソンはスープの残りを飲み干し、留守電とメールをチェックした。ドナルド・カークは殺害について送った捜査レポートにジョニーから定型の返事が来ていた。ケネディからの連絡はなし。もちろん。期待もしていない。

急ぎのメールに返事を返すと、ＦＢＩの情報技術部に電話を入れ、バーナデットにシプカについての基本的な身辺調査をたのんだ。それからニューヨーク州失踪人情報センターに電話をかけ、ヘイブマイヤーの失踪について公式捜査が行われていたかどうか確認する。

そもそもこの失踪人情報センターは、十八歳以下の子供の失踪の捜査を補助する目的で設立されたが、一九九九年にその対象があらゆる年齢の大学生にまで拡大された。残念ながら、ヘイブマイヤーが消えたのは前年の一九九八年で、ジェイソンの確認も空振りに終わった。だからといって失踪人届けが出ていないとは限らない。彼の失踪に捜査の目が向けられることはなかったとしても。

基本に戻って、ジェイソンはＮＹ市警の失踪人係に電話をかけた。ここは独自の未解決事件《コールドケース》捜査班を持っている。

少し時間はかかったが、ついに求めていた情報が得られた。ヘイブマイヤー失踪の四日後に失踪人届けが出されている。捜査は継続中とされているが、ただの形式だ。長い間、もう誰もパリス・ヘイブマイヤーのことは思い出してもいないだろう。

無理もない、国中で年間に何十万人という人間が行方不明になっているのだから。そのうち八十七パーセントの案件は一月以内に解決。残りの十三パーセント（二〇一六年で八万四千人以上）は長期失踪者事件となる。その多くは未解決、いや身元不明の殺人事件だ。憂鬱なのはそれだけでないとばかりに、司法省の見積もりによれば、検死局には引き取り手のない遺体が四万体眠っているという。毎年数百件が新たに追加される中で。

ヘイブマイヤー失踪についてわかっている事実は少なかった。パリス・ヘイブマイヤーが最後に目撃されたのは六月二十二日の深夜一時半、東26丁目の自分のアパートに入っていくところだった。その時、二人の友人が一緒にいて――この友人たちが後に彼の失踪人届けを出した――三人とも、フレッチャー＝デュランド画廊での招待制パーティーから帰ってきたところだった。ヘイブマイヤーは仲間たちに、次のパーティーに行くと言った。どこに行くつもりかは何も言わなかった。友人たちは、そのまま数ブロック先の自分たちのアパートへ帰った。

わずかな関連にとびつくな、とジェイソンは自分をいましめた。デュランド兄弟への、きわめて薄い状況証拠。だが少なくとも、どうしてシプカがバーナビーとシェパードの兄弟が危険だと言ったのかはわかってきた。

ヘイブマイヤーの友人たちが、本当に彼が失踪していると確信するまで数日かかった。ヘイブマイヤーが若く遊び好きのゲイ男性だったせいで――おまけにアート系の学生で――警察はあまり本腰を入れて捜査しなかった。むしろ記録の裏を読む限り、ジェイソンの受けた感じでは、まともな捜査自体されなかったようだ。有力な仮説は、彼がドイツに帰国したというものだった。

時代はあれから変わった。いいほうに。二十年前、ヘイブマイヤーが失踪した状況では、アメリカのどんな警察組織でもこれ以上の対応は望めなかっただろう。

「失踪人届けのコピーをメールで送ってもらえませんか？」

ジェイソンは失踪人係の主任であるハンナ警部補にそうたのんだ。

『もちろん』と彼女は答えた。『好きにやっちゃって。情けない話ですけど、NY市警全員が失踪人事件だけにかかりきりになったって片付かないくらいの案件を抱えてるから』

有言実行の女性で、十分後にはヘイブマイヤーの失踪人届けがメールでジェイソンの受信箱に送られてきた。大きな手がかりは期待せずにのぞいてみたジェイソンだったが、その日に、疑惑の夜にヘイブマイヤーと一緒にいた友人の名前がとびこんできた。

ドナルド・カーク。

ベルリンのナハトギャラリーからやってきて日曜にサンタモニカ・ピア下で死体で発見された美術品バイヤーは、二十年前、生きたパリス・ヘイブマイヤーを最後に目撃した人物だったのだ。

また随分な偶然もあったものだ。

ジェイソンは、ヘイブマイヤーのもう一人の連れの名を見た。ロドニー・バーグアンという名には覚えがないが、証人として話を聞いてみたいものだ。これだけ時間が経った後で居場所が探し出せれば。当時のバーグアンの住所をメモした。

全米犯罪情報センターやほかのあらゆるツテに当たってみたが、反応があるまでしばらくかかるだろう。ＦＢＩの捜査官であろうと、何もかもテレビドラマより時間がかかるし、二十年前の失踪人事件はどこにとっても至急の案件ではない。それでも誰かの身に起きた悲劇であって、ヘイブマイヤー失踪についてまともな捜査着手への第一歩をうながすのは、ジェイソンにとって正しい行為に思えた。

ヘイブマイヤーとフレッチャー＝デュランド画廊との関わりについては、シプカをもっと問いたださねばなるまい。秘密の情報源についても。失踪した夜に画廊でパーティーがあったということが、シプカの唯一の根拠なのだろうか？　それとももっと有力な手がかりがあるのか。シプカはヘイブマイヤーの失踪人届けをどこかしらから入手したのだろう、だから、フレッチャー＝デュランド画廊絡みのジェイソンの捜査とパリス・ヘイブマイヤーの失踪に関連があると確信しているのだ。

シプカがどんな情報を持つにせよ、捜査を進めるならジェイソンには、薄い状況証拠とかまだ正体不明の情報源からの一方的な証言以上のものが必要だ。目下悩ましいのは、ケネディが追うアート業界の人物を狙った連続殺人犯《シリアルキラー》と、ジェイソンが追うデュランド兄弟のうさんくさい絵画取引――この二つの事件の曖昧なつながりをケネディに知らせるべきか、否か。ここまでわかってきた事実は、捜査をケネディ寄りに近づけるものだ。

それとも、この雑多な手がかりがどうつながり合うのか、まだ様子を見たほうがいいだろうか。手がかりというより、噂や推測に近いが。

噂、推測……そしてその話の奥に何かがひそんでいるという本能。直感――二人で刑事の勘について話した時、サムはそう呼んだ。その第六感こそ、いい捜査官が何年もかけてつちかっていくものだと。

「直感に従え」とサムは忠告してくれた。「しくじっても死ぬよりはいい」

そして、ジェイソンの直感はこの件には何かあると、嫌な感触があると告げている。少なくとも調べてみるべきだと。

決心が鈍る前にと、ジェイソンはケネディの携帯に電話を掛けた。聞きなじんだ留守電のメッセージを耳にすると、腹の底がもやもやしてくる。

「どうも」またしても、どう呼べばいいのかという問題に直面する。以前の——友人を。「俺です」

ある意味、対面以上にやりにくい。電話は、二人が直に通じ合う手段だったのだ。自分がかければケネディがいずれ必ず折り返してくるという安心感を、ジェイソンが抱いていた時期もあった。どんなにひどい一日をすごしていても、その電話が終わる頃には自分が微笑んでるとわかっていた。

うんざりだ。いい加減にしろ、ウエスト。

ジェイソンはてきぱきと言った。

「今、ニューヨーク北部に来ています。ケープ・ビンセント近くのカムデン島に……例の詐欺事件の重要容疑者のバーナビー・デュランドから話を聞きに。とにかく、いくつか手がかりを追ううちに、もしかしたらあなたの捜査とも関わってくることかもしれないと思ったので。ロスを発つ前、ヴァレー・ボイス紙のあの記者と話したんですが、デュランド兄弟の、少なくともどちらかが、二十年前のドイツ人美術学生が失踪した未解決事件に関与しているとシプカは確信しています。その裏付けになるかもしれない情報を、俺も見つけました。薄いつながりですが。それでも追及する価値はあるかと」

しまった、無駄なことをべらべらしゃべっている。

「当然、判断するのはそっちですが……」

いやもっと悪いか、この調子では友人関係を続けたいように聞こえるか？　そんなつもりはない。ジェイソンは何も望んでいない。自分の最大限の力を仕事で発揮すること以外は。

ジェイソンはやや間抜けに、堅苦しく「では、どうも」と言って電話を切り上げた。

それが三時三十分のことだ。

三時三十一分には、すでにどうしてジョニーのほうに情報を知らせなかったのかと頭をかかえていた。ジョニーが捜査の担当だと、ケネディから言われていたのだし。

ケネディと友人であり続けたいのか？　そうなら、そんな自分が情けない。

三時四十五分にジェイソンの携帯が鳴った。ケネディの番号が光って表示され、ジェイソンの気持ちまで明るく照らされたようだった。

「ウエストです」

ジェイソンはよそよそしく、礼儀正しく、誰が相手か知らないかのように――そして最悪を予期しているかのように――電話に出た。

ケネディがきびきびと言った。

『遅れてすまない。会議に出ていた』

らしくもない気遣いの言葉が、逆にジェイソンの心を騒がせる。いつからケネディが他人の――ジェイソンも含め――不都合や不快を気にするようになった？

一瞬、もう二人が気安い仲でないということを忘れて、ジェイソンは反射的に返していた。

「へえ、どんな調子ですか？」

『事前の説明と状況が違う』陰にこもった口調から、誰かがそのツケを払うのだろうとわかる。

『何をつかんだ？』

「曖昧な関連です。本当に、わずかかな。というか、知らせるほどの話だったのかどうかもわからない。少なくとも、現時点では」

ケネディが、こっちが困惑するくらい寛容に言った。

『頭に入れておく。何をつかんだのか聞かせてくれ、ウエスト』

「ほとんどが噂で、二十年前のドイツ人美術学生の失踪の裏にデュランド兄弟がいるかもと。その学生はフレッチャー＝デュランド画廊でのパーティーの後、失踪してます」

ケネディは一瞬、黙った。

『その手がかりは、お前の事件で食ってるあの記者から聞いたものか？』

「たしかに、ヴァレー・ボイス紙のクリス・シプカからのタレコミが元です。ですが俺も、失踪人届けを確認しました」

『なるほどな』

「どう見えるかはわかってますし、やはり、あまりにも関連が薄いかと――」

ケネディがきっぱりした口調で割りこんだ。

『現状をまとめると、ドイツ人の美術品バイヤーが殺され、そして彼と長年のつき合いがありごく最近会っていた二人のアメリカ人美術商たちは、同じくアート界に出入りしていた別のドイツ人学生の過去の失踪に関与していた見込みがある。これで正確か？』

送ったメールがまともに読まれているとわかったのはありがたい。いつもながらにジェイソンは、素早く端的なケネディの情報把握力に感心させられる。

「正確です。さらに、もう一つ。殺されたドナルド・カークも二十年前のパーティーにいました。それどころか、失踪した学生を最後に目撃した二人の片方がカークです。失踪人届けを出したのも彼だった」

『わかった。お前は、その失踪した美術学生は死んでいると見ているのか？』

「ええ、まあ。死んでいると思います」

『一方、お前の見立てではデュランド兄弟は詐欺と重窃盗に手を染めていて、彼らを裁判にかけられる証拠を捜査中だ』

それは質問ではなかったが、ジェイソンは答えた。

「それもそのとおりです」

ケネディが考えこむ間、また沈黙が落ちた。やがて彼がおだやかに言う。

『これは、たしかに何かあるかもしれないな』

ただいたずらに怪しげなパターンを見出そうとしていたわけではないとわかって、ジェイソンはほっとした。認める。

「ただの偶然かもしれませんが」

『それはそうだな。偶然であり得る。人生は偶然であふれている。だが事実の痕跡のひとつかもしれない。どちらとも、言いきるにはまだ早い』

「ここからどう進めたいですか？」

今日判明した材料は、どれもジェイソン自身の案件に役立つものではない。捜査の主導権を奪われたくはないが、ＢＡＵが乗り出すのなら、必然的に優先権は向こうになる。

驚いたことにケネディが言った。

『そのまま自分の捜査を続けてくれ。進捗をこちらにも報告してほしい。ひとまずグールド捜査官を担当にしておく』

「じゃあ、ではそれで」

ジェイソンは迷いがちに答えた。今の彼には要らない、望んでもいないことだ――ケネディとの継続的な連絡。

彼の口調から何かを読みとって、ケネディが答えた。

『こちらの状況は予想外に厄介なものでな。俺も、一度にあらゆる場所に駆けつけられるわけではないし――』

「そうでしたっけ？」

口からぽろっとこぼれていた。以前の二人の名残りで、つい。

ケネディが笑った。予想外。そして、ジェイソンの心もどういうわけか弾む。かつて、自分がケネディを笑わせられることが好きだった。ケネディが、ジェイソンに対しては心のガードをゆるめているということが。今でもやはりそれが好きで――そのことが、ただやるせない。

「では、そういうことで」とジェイソンは言った。

『だな。また今度話そう』

それはなしに願いたい。そう思いながら、ジェイソンは電話を切った。ＢＡＵのサム・ケネディ主任との関係はメールどまりにとどめておきたい今日この頃だ。

五時をすぎ、ジェイソンがポール・セザール・エリューの『白い傘の女』の来歴についてこと細かに調べて——あの絵の多すぎる共同保有者候補を突き止めるのにもとっかかりが必要だ——いた時、近づくモーターボートのうなりがぼんやり聞こえてきた。

ダイニングエリアのテーブルから立ち上がると、ジェイソンはかすんだ船着場が見える窓へ歩みよった。くすんだ紫の夕暮れの中、白いクルーザーが近づく影しか見てとれない。

バーナビー・デュランドが予定より早く帰ってきたのか？　いや、バーナビーなら専用の桟橋に船を入れる。ほかの島の住人たちもそうするだろう。なら……オフシーズンのコテージを借りにふらりとやってきた旅行客？

ジェイソンは一口コーヒーを飲み、ドックに近づくボートを見ていた。船上には男が二人いる。コーヒーカップを下ろしたジェイソンは眉を細め、うっすら曇る窓ガラスごしに目を凝らした。舵を取るのは知らない男だ。

だが船の乗客は、クリス・シプカだった。

11

「やあ！」

シプカは、船着場への坂をずんずん下ってくるジェイソンを見つけて、そう出迎えた。ジェイソンの表情に歓迎の色がないのを見て、顔から笑みが消える。

シプカは向き直って、ボートの船長に手を振った。船長は応じて片手を上げ、何か言ったが、声はエンジンのうなりにかき消された。シプカがバッグを持ち上げる。

船長がエンジンを吹かし、クルーザーをドックから離して回頭させようと細かな操船を披露した。かき乱される水は緑色で泡立ち、船着場の上を洗う波が色褪せた杭を黒ずませた。

「これは、驚いた」

ジェイソンは船着場の足元に、シプカと同時に着いていた。

シプカが言い返す。

「そうだろうね。でもいいか、カッカする前に考えてくれ、これはそもそも僕の取材なんだから。ここにいる権利は充分ある」

「捜査の邪魔をするなら、こっちにもきみを檻に放りこむ権利は充分ある」

シプカはまた傷ついたような顔をした。

「邪魔なんてしませんって。協力しようとしてるんだ」

ジェイソンは口を開く――そこにシプカがあわてて言葉をかぶせた。

「つまり、お互い力を合わせませんか」

クルーザーのエンジンの轟音が黄昏の中に遠ざかり、ジェイソンも普通の声で言い返せた。

「いや、冗談だろ」

「本気ですよ。本当に。名案だと思うんですが」

「名案なものか、こんな馬鹿な――」ジェイソンは少し表現を抑えた。「無理な話。まず、お互い違う業界で、それも対立しやすい業界で働いている。それにだ、我々は――少年探偵団か何かってわけでもないんだ」

シプカは、まったく心外だというふうに眉をよせた。

「対立って、僕がいつ？　あなたについて、いい記事しか書いてないのに。それにまあたしか

に、業界は違うけれど、根本的には僕らは形こそ違えど同じ真実の探求者だ。でしょう？　求

めるものは同じだ。僕らの情報収集能力を合わせればそれが実現できる」

ありえない。ある意味滑稽で、何より論外としか言いようがなかった。肩ごしにシプカにの

ぞかれながら捜査などできないし、する気もない。情報をもらったことに感謝はしても。

忍耐強くあろうとしながら、ジェイソンは言った。

「まず第一に、求めるものが同じだなんて誰が言った？　第二に、俺はＦＢＩで働いてるんだ、

情報なら間に合っている。第三に、捜査機関に協力しているのが知られたら記者としての信用

が損なわれるという心配はどこに行った？」

シプカの顎が挑戦的に動いた。

「僕は、そのリスクに賭けたい」

「俺は断る」

シプカがジェイソンの目をのぞきこんだ。

「残念」淡々と言い、「でもお好きにどうぞ」と肩をすくめる。数メートル先の、生け垣と木々にさえぎられた白いコテージへとひとつうなずいた。「気が変わったら、僕はあそこに泊まってるから」

「シプカ、捜査の邪魔をしたら逮捕すると言ったのは、まぎれもなく本気だからな」

まばたきもせず、シプカはジェイソンの視線を受けとめた。

「これがそもそも僕の取材だと言ったのも、まぎれもなく本気だよ。一緒に組む気がないなら結構、損するのはそっちだ。でも僕はこの事件をもう二年近く追いかけてるんだ、今さら引き下がる気はない」

まったく。とは言っても、シプカはここまでたしかに役に立っていた。パリス・ヘイブマイヤーの失踪についての情報など、事件の捜査を進める大きなきっかけになるかもしれない。まだ言いきるには早いが。

同時に、シプカがどこまで個人的にこの取材に入れこんでいるのかがわからない。このクリス・シプカについては疑問符が多すぎる。

ジェイソンは固くうなずいた。シプカは背を向け、肩をいからせて、岩がちの海辺を大股に歩いていった。ジェイソンは一瞬それを見送って——岩やぬかるんだ草地に足を取られながらの気取った退場は難しい——から自分のロッジに戻った。また、情報技術部のバーナデットに電話をかける。

「シプカについてはまだ何の情報もなし？」

彼女はつっけんどんに答えた。

『あるわけない。あんたの前にいくつの依頼を抱えてると思ってんの？　至急だとは言ってなかったじゃない』

「言わなかったっけ？　じゃあひれ伏してお願いすれば、至急の案件に格上げできるか？」

バーナデットがうなった。

『冗談キツいって、ウエスト』だがその背後から軽やかなカチカチカチッという音が聞こえた。彼女が呟いた。『これでよし。ちょっと待って』

ジェイソンは待った。隣のコテージの明かりがつくのを、窓から見ながら——。

数分後、バーナデットががらっと口調をあらためた。

『へえ！　これは興味深いね』

ジェイソンの警戒がはっと高まる。問いただした。

「何だ？」

『何にもなし』

ジェイソンは壁にもたれた。誰にも表情を見られずにすんでよかった。

「笑えるね」

『でしょ？』

　バーナデットは電話を切る時もまだ笑っていた。


　二缶目のキャンベルスープを開けるか冷凍のビーフストロガノフにするか悩んでいた時、シプカがコテージを出てこっち側のロッジへ草地を渡る小道を歩いてくるのが見えた。

　薄闇の中、シプカの姿はきびきび動くがっしりした影にしか見えず、ジェイソンとしてはその歩みをキッチンの窓から眺めながら、ストーカー気分を味わっていた。

　結局のところ、ここまでは捜査に協力的でしかない相手の身元をチェックし、ネットで検索したのはジェイソンのほうだ。とは言え、どうせシプカのほうもとうの昔にジェイソンのことなど検索済みだろうが。

　コテージの正面ドアがコンコンと叩かれ、ジェイソンは腰の後ろに拳銃を差しこんで、ドアへ向かった。

　ポーチのライトをつけ、ドアを開ける。シプカがワインボトルをかかげた。目が輝いている。ひげも剃り、濡れた髪が縮れて、顔の周囲でキラキラと光をはね返していた。

「仲直りの贈り物ですよ、お隣さん」

シプカがニッコリする。寒さで頰が赤らんでいた。

そのえくぼに、ジェイソンの決意が萎える。シプカは期待をみなぎらせ、みずみずしく、裏表のない相手のように見えた。

裏表のない、というのはいい変化じゃないか？

大体、あれほど好意的な記事を次々と書いてくれた相手に怒りを保ちつづけるのは難しい。

ジェイソンは溜息をついた。ひどく身勝手な人間になった気がする。多分、たしかに、そういう態度だった。だがそれでも面倒な状況には変わりない。

「なあ」と言いかかった。

シプカが意気ごんで言った。

「いや、いいんだよ、わかってる。僕がスクープを追ってるだけに見えるんだろ。捜査がすむ前に勝手に記事にされるかもしれないと疑ってる」

それも、多少はある。真実を追うシプカの姿勢は熱意と野心に満ちている——目的のために暴走しそうな取り合わせ。

だがそれだけではなく……シプカの好意に気付かずにいられるほど、ジェイソンも鈍くはない。個人的すぎる好意。そう、裏がない、なんていうのは、だから都合のいい受け取り方でしかない。

その一方では、シプカはすでに情報源としての価値を証明している。

ジェイソンは一歩下がり、ドアを大きく開けた。

「わかった、和解ということで」

「バーナビーから話は聞けました？」

手でキッチンの方に行けと示されながら、シプカがたずねた。

「いいや」

「まあ驚きはしませんね」

「バーナビーは用があって本土に戻った。明日の午後に帰ってくるはずだ」

シプカは当然のように好奇の目でキッチンを見回した。どうせ、どこかの記事でこの室内をどう描写しようか頭の隅で考え中だろう。

「その間にミセス・メリアムから連絡があったら戻ってきませんよ。コルク抜き、あります？」

「コルク抜き――どうだろう」

ジェイソンはカウンターの引き出しを開けながら、シプカがデュランド家の家政婦の名を知っているという事実を考えこんでいた。

「あっちのコテージにはないのを忘れてて」

「忘れてたって、前にも来たのか？」

「そう。六ヵ月前、バーナビーからインタビューを取れないかと思って。それで、あなたと同じところで詰んだ」

「俺はまだあきらめてない」

「でしょうね。だから、それほど優秀でいられるんだ」

シプカは微笑み、心からほめているようで、ジェイソンはまた一瞬の気まずさを覚えた。ほめ言葉が嫌いというわけではないが、こんな——勝手な言い草ではあるが——いきすぎた賞賛は興醒めだ。あるいは単に、生き血の一滴を絞り出すようにやっとケネディがよこす賞賛の一言に比べて、軽く響きすぎるからかもしれない。ケネディからついにほめられるような時、むしろ自分でもそれだけのことを達成したとわかっているくらいだ。

ジェイソンは調理道具の引き出しを、それからスプーン類の引き出しをかき回した。コルク抜きはない。

「プランBだ」とジーンズのポケットに手をのばし、ポケットナイフを取り出すと、たよりないコルク抜きを広げた。

シプカが笑った。

「元ボーイスカウト？」

「俺は違う。ボーイスカウトは格好悪いと思ってたから」

「実際そうだった。あの頃は」

二人の視線が絡み、最近になってスカウトが下した、トランスジェンダーの子供の加入を認める決断のことを、シプカも考えているのだとわかった。

悪くない雰囲気だった。先にジェイソンが目をそらした。

「カップボードのどこかにグラスがあるから」

シプカがグラスを探す間、ジェイソンはゴム製のコルクを瓶から引きずり出した。

ワイングラスは見つからず、ジュース用のプラスチックカップに落ちつく。ジェイソンがメルローを注いだ。

「乾杯《スコール》」

シプカがジェイソンとカップを合わせると、ぐにゃりとカップがへこんだ。シプカが笑い出す。よく笑う男のようで、それも悪くなかった。

「乾杯《スコール》」とジェイソンはワインを味見した。

まあまあのワインのようだ。ワインには造詣が深くない——一家のほかの全員はワイン通を自認してはばからないが。ジェイソンはビールのほうが好きだったし、手早く酔いたい時はカミカゼを飲んだ。

シプカが口内でマウスウォッシュのようにワインの音を立て、満足そうにごくりと飲みこんだ。

「いや、参った！　べらぼうに長い旅で。その上、乗り換え便はキャンセルになるし」

「いきなり思い立って来たようだな？　昨夜は、ここに向かうとは一言も言ってなかったろ」

シプカが家に押し掛けてきたのがたった昨日のことだなんて信じられない。一週間は経っている気がした。ジェイソン自身にも旅の疲れが――あるいは二日間の不眠が――重くのしかかりはじめていた。

「たしかに、衝動的ではあったけど」シプカの温かなヘイゼルのまなざしがジェイソンの目を見た。「ニュートラルなテリトリーであなたと話すチャンスだと気が付いて」

「ニュートラルなテリトリー？　おもしろいことを言う」

最近の言い方か。ジェイソンはまたワインを一口飲んだ。目を上げたなら、まだシプカがジェイソンを見ながらうれしそうに微笑んでいるだろうとわかる。

それで？　だから？

一体いつから、自分に向けられる好意を面倒に思うようになった？

サム・ケネディから、だ。

だがサム・ケネディはもう関係がない。それならできるだけ早くそれを認めて次に進んだ方が、ジェイソンにとっても望ましい。

シプカは見た目もいい。ジェイソンと共通の話題も多い。一方で彼は、非公式ではあるにせよ、ジェイソンの捜査の提訴人なのだが。もっとも別に、彼と深い関係を持つつもりもない。

というか、どんなつもりも、この瞬間にはなかった。ジェイソンはプラスチックのコップをカウンターの石の天板に下ろすと、後ろのシンクにもたれかかった。

シプカが聞いた。

「昔からＦＢＩ捜査官になりたかったんですか？」

「全然。ＦＢＩはボーイスカウトと同じくらい格好悪いと思っていたよ。俺はインディ・ジョーンズになりたかった。それで絵を描きたかった」

「僕はクラーク・ケントになりたかった」とシプカが明かす。

「それがスーパーマンになったってわけか」

シプカは笑って——そして赤面した。その紅潮が……可愛らしい。

「これは聞いておかないとならないんだが」とジェイソンは言った。このくつろいだ空気を壊すのが、意外なほど気が進まない。「きみは、パリス・ヘイブマイヤーとどんな関係がある？」

シプカはたちまち真顔になった。

「個人的には何も。そういうことを考えてるなら」とジェイソンの視線を受けとめる。「昔教わったジャーナリズムの教授が、僕にとっては恩師なんだけれども、フィル・ベリチックっていう人で」

「それで、そのフィル・ベリチックが……？」

「ジミー・ブレスリンって名前は聞いたことがありますか？」

「もちろん。ニューヨークの有名なコラムニストだ。連続殺人鬼〝サムの息子〟の伝記を書いた」

シプカは顔をしかめた。

「連続殺人犯以外の記事もいろいろ書いてますけど、まあいいや。〝サムの息子〟、デビッド・バーコウィッツはブレスリンに手紙を送ってた。ブレスリンはその一部を出版したせいで、殺人を世間に宣伝したとしてＦＢＩからにらまれた。僕の言いたいことは、つまりフィル教授は、サンディエゴにおけるジミー・ブレスリンだったたってことです」

「話の雲行きが怪しくなってきた気がするな」

シプカが自分のカップにワインを足し、ジェイソンの分も注ぎ足した。

「いや、それは早合点ですよ。フィルは西海岸で一番の犯罪記者だった。アメリカ一だったかもしれない。ピューリッツァー賞候補になったことだってあるんだ」

ジェイソンはまた一口ワインを飲んだ。

「そのサンディエゴの犯罪記者が、二十年前にニューヨークで行方不明になったドイツ人交換留学生と一体どんな関係が？」

「二十年前、フィルはタイムズ・ヘラルド・オブザーバー紙に、次代のジミー・ブレスリンになるべく雇われた。彼はニューヨークに引っ越すと、サンディエゴでやっていたように情報網と人脈を作っていったんです。その時初めて、学生が行方不明になっていると聞いた——ドイツ人の美術学生が、ニューヨークのアート界に顔が利く悪名高い兄弟と週末をすごして、そのまま消えたと」

「それから？」

話はすでに警察の報告書と少し違ってきていたが、それはいい。よくあることだ。

シプカは熱心に身をのり出した。

「フィルは、自分の情報源の話を信じていた。デュランド兄弟にはいろんな噂があった。何人もが、シェパード・デュランドがクラブでヘイブマイヤーを追い回していたと証言していた」

「ヘイブマイヤーはゲイだったのか？」

「そう。フィルが事件に目を留めたのにも、それがあった。共感が」

まあ、やはり。そしてやはり共感からシプカがこの事件に目を留め――ジェイソンの興味をかきたてた一端もその共感だ。

「ベリチックもゲイだったのか」

それは、頭を整理するためのただの確認だった。

「そう。何度かシェパードとも出くわしたことがあって、だから噂にそれなりの信憑性を感じてた。でも面白くなるのはここからです。フィルがこの事件を取材する許可を新聞社にもらおうとしたら、上から駄目だと言われた。それならと自分の時間で取材を続けようとしたら、クビにされたんだ」

「自由時間に事件を追っていたせいで、新聞社からクビに？」

「そう。フィルはそう確信していた。親戚のコネのせいだと、ずっと信じていた。デュランドはタイムズ・ヘラルド・オブザーバー紙のオーナーと、結婚を通じて縁戚だったから」

ジェイソンは疑わしげに言った。

「ベリチックはほかのところでもその記事を書けただろう」

「誰も手を出したがらなかったんですよ」

「それだけの中身がないから、ということかもしれない」

だが今の証言から、気になる流れが浮かび上がってくるのはたしかだ。シプカが描いてみせたシナリオは筋が通っている。ある程度は。

「金持ちは団結するからね」とシプカが言った。

「どんな集団だろうと、敵視されればそれに対して団結する」ジェイソンは言い返した。シプカをじっと眺める。「興味深い話だとは思う。だが結局、きみの昔の教授が失踪事件へのデュランド兄弟の関与を確信していたにしても、証拠は見つけ出せなかった。つまり、きみも証拠は持っていない」

「そのとおり。つまり、あるのは状況証拠だけ」

「それだって怪しいものだ。あの学生がシェパード・デュランドと何回かパーティーで遊んでいた、というのが情報のすべてなら」

「でもカークが殺された。あれが証拠になる」

次はこの話か。

ジェイソンは首を振った。

「それは、カークがドイツ人でヘイブマイヤーがドイツ人だからか？　もっとまともなつながりが必要だ。ヘイブマイヤーの失踪は二十年も前なんだぞ」

「カークが、生きたヘイブマイヤーの最後の目撃者だったからですよ。失踪人届けも、カークが出した。これが偶然なわけがない」

「偶然かもしれない。そういうことも、当然ありえる」

シプカの顔が紅潮し、目が輝いていた。ワインのせいでもある――二人はあっという間にボトルを空にしていた――が、信念への情熱からでもあった。使命感というものは、見ればわかる。ありていに言ってその信念こそ、シプカの最大の魅力だった。

「でも二人とも事件の一部だ」とシプカが主張した。「カークも関係者だった。そしてこれだけの歳月の後で、彼はデュランド兄弟の近くにまた戻ってきた。そして、殺された」

「少し先走っているんじゃないか。ヘイブマイヤーはドイツに帰ってこの二十年幸せに暮らしているかもしれないだろ」

シプカが反論の口を開いたが、ジェイソンは続けた。

「だがまあ、そこはとりあえず置いておこう。ヘイブマイヤーは殺されたとする。なら、どうしてカークを排除するのに二十年も待った？　きみはカークがデュランド兄弟と音信不通だったように言うが、シェパードによればずっと連絡は取っていたそうだ。実際、十年前にも顔を合わせている。なのにどうしてその時にはカークを殺さなかった?」

シプカは考えこみ、眉をよせて言った。

「それは、何か状況が変わったんでしょう」

どっち側の状況が? ジェイソンは黙って、じっと考えこんでいた。この事件のことだけではない。この事件が、使命感あふれる二人の記者の心をとらえたという事実についてだ。その手の直感は尊重している。だから、迷いはありつつも、ジェイソンは記者たちの事件への注目を一蹴することができなかった。

ジェイソンは言った。

「きみはヴァレー・ボイス紙の記事で、カークの死にはもっと大きな背景が隠れているかもしれないと書いていたな」

「サム・ケネディは行動分析課《BAU》の主任でしょ。てことは、どう見たって、カークの殺人がもっとデカい事件の一部、と考えているのは僕だけじゃない」

表情を変えたジェイソンに、シプカがつけ足した。

「グーグルのイメージ検索」

ケネディが何者なのか、シプカがつきとめるのはたしかに時間の問題だった。それくらいできなければまともな記者とは言えまい。ただ連続殺人のほかの犠牲者、ジェミニ・アーンストとウィルソン・ラファムの殺人まではつきとめていないようだ。

シプカが言った。

「ヘイブマイヤーとカークの二つの死が同じ犯人なら、間違いなく犠牲者はほかにもいますよ」

おそらくは。ケネディも近いことを考えているようだったし、この手のことで彼の勘が外れることは……滅多にない。もしかしたらこれまで一度も。

カーク殺しは、疑問の余地なくアーンストとラファムの連続殺人とつながっている。同じ殺害手法と例の不気味なモネの贋作がその証だ。最初の二件は遠い東海岸側で起きているが、そこは問題ではない。デュランド兄弟はよく国内を動き回っているのだ。世界が彼らの遊び場だ。地理的な制限はない。

微妙なのはカークと、ヘイブマイヤー失踪の関連のほうだ。二十年前の未解決失踪事件をめぐって三人の人間が連続して殺された、なんてことは、いささか信じがたい。だがもしカークの死が本当にヘイブマイヤーの失踪と関連しているなら――ただの不気味な偶然でないのなら――アーンストとラファムの連続殺人も、同じくヘイブマイヤー失踪に関連した殺しだと見るべきなのだ。

状況証拠もいいところだ。それでも。状況証拠が十分に積み重なっていけば、無視できない説得力を持つ。

「ついに、気を引けたかな」

シプカがそう言った。

ジェイソンは驚いて視線を上げた。まあ、半分驚いて。シプカが二人の間にあったカウンター分の距離を少しずつ詰め、寄ってきていることには気づいていた。踏みこんでくるというよりは、境界線あたりをうろついているという感じで、それでも……シプカはそこにいて、期待と憧れまじりにジェイソンの目を見つめていた。

それで？　クリス・シプカはジェイソンの好みのタイプというわけでもないが――好みのタイプなんてあっただろうか。今夜のジェイソンの好みは、サム・ケネディ以外の誰か。

シプカにはどこか、さばけた、心安いところがあった。その目は温かくて、知的。髪の毛まで情熱がみなぎっている感じがする。石鹸と、ウッド調のアフターシェーブローションの香りをさせていた。心地いい。上着からは湿った夜気の匂いがした。

ジェイソンは微笑んだ。シプカの目に光がともるが、表情はどこかうかがうようだった。

「たしかに、気を引かれたよ」

ジェイソンはそう言った。そして慎重さと期待をこめて見つめるシプカに手をのばし、ベルトをつかんで、引き寄せた。

12

「あなたは最高だ」とシプカがジェイソンのものを吸っていた顔を上げて囁き、キスを求めた。

ジェイソンは淋しく微笑み、キスを返した。シプカの唇に自分自身の味を感じる。いい言葉だ。もし「最高」というのが、横たわってシプカが浴びせてくる情熱を受けとめているだけという意味なら、たしかにジェイソンこそミスター・最高だ。

二人は寝室に移っていた。彼らにとっての中立地帯。暗闇が物事をたやすくする。身勝手でいるのをたやすくする。

いやジェイソンとしても自己中心的でいるつもりはなかったし、受けるのと同じくらい相手にも返そうとした。だがシプカは、使命感の男だった。今回の使命は、自分の性技でジェイソンをたたえて勝ち取ることだ。

シプカの口がジェイソンの喉仏をかすめ、耳を愛撫してじっくりと肌を震わせると、唇は快く、じわじわと体を下りていき、またペニスの先端へ近づいた。強く、熱く濡れた口で吸い上げられ、ジェイソンは応じて呻きを上げる。

自慰よりいい、それは間違いない。腹の底のきついねじれがゆるんだ。双方とも望むものが得られるのだ、ならいいだろう？

それとも、そうでもないか。シプカが求めているものはきっとそもそも存在しないもので、ジェイソンが求めているのは……何かを求めるというより、得られないものを求めて苦しむのをやめたいほうが強い。ケネディを求めるのをやめなければ。淋しいと思うのを。一度も自分のものになったことなどないものに、どうしてそんな喪失感を抱ける？

この行為は、憑き物を落とすのに近い。

それに、やっと誰かに求められるのは気分がよかった。

とても……。

シプカの口が熱くジェイソンのペニス全体を動き、陰嚢に頬ずりする。ジェイソンは腰を上げ、目をとじた。どうせ何か見るには暗すぎる。時おり、目や歯や肌の白さがひらめくだけだ。部屋はかび臭いシーツとこもった汗の匂いがした。なじんだ匂いとなじみのない匂い。

熱い汗が全身ににじわりとにじみ、鼓動が耳の中で鳴る。発火点。目を開け、オーガズムが迫ってくる中で虚空を見つめた。

「イクぞ」と警告すると、シプカが何かもそもそと答えて気を使った、あるいは安全のための距離を取った。

体液を交わすほどよく知っている相手ではない。今夜ゴムを使っていないからといって、そのルールは変わらない。二人の距離感の近さではなく、ただの準備不足。

オーガズムは単純な生理現象だ。ほとんど突発的に、腹の上に激しく飛び散る解放。それがすむとジェイソンはおかしなほど感情的な気持ちで体を震わせ、心は空虚で——それでも前より気分はマシだった。だろう？

相当ひどいセックスでない限り、どこかしら気持ちがいいものだ。一晩眠れずにすごすよりはるかにいい。オーガズムが終わった後でさえ、シプカはジェイソンにせっせと甘い世話を焼いていた。何もかも、文句のつけようがない。

クリス・シプカはサム・ケネディではない、その一点以外は。


よく眠れなかった。

他人をベッドに入れるのがあまりにも久々だ。別にサムとの間に、他人とデートしないとか、そういう了解が何かしらあったわけではない。何の約束もしていない。何の保証もない。だがどうしてかジェイソンは、ほかの出会いを探すのに時間を使わなくなっていた。

昨夜のセックスは良かった——八ヵ月の間、自分の右手だけとよりそってきた後なので、それはもうことさらに。だがこの日々のどこかで、ジェイソンはなじみも信頼もない他人のそばで深い眠りに入ることができなくなっていた。

シプカより先に目を覚まし、コーヒーを沸かしながらシャワーを浴び、ダイニングの窓から外を見つめて一杯目のコーヒーを飲んで、コテージを囲む生け垣のそばで狩りをしているアカギツネを眺めた。

携帯にもメッセージが入っていない。ここは西海岸より時差で三時間早いし、ケネディからのどんな連絡も期待はしていなかったから、がっかりもしなかった。

寝室から人が動く気配が聞こえると、ジェイソンは電子レンジにミニブルーベリーマフィンを放りこんだ。

ついにシプカが現れる。ジーンズと、前を留めていないネルのシャツという少し崩れた姿で。裸足で、茶色の巻毛がぐしゃぐしゃにはねていた。陽気にニコニコしていて、こっちがたじろぐほどセックスの充足感があふれていた。

「おはよう。よく眠れました？」

「まあまあだ」ジェイソンは不必要なほどぶっきらぼうに返した。「コーヒーの好みは？」

「クリーム。砂糖二杯」

「どうして聞いたんだかわからんが、ミルクしか入れるものがないんだ」

シプカが笑った。

「いいですよ。ミルクで充分」

ジェイソンはコーヒーを注ぎ、少しミルクを足すと、湯気を立てるマグをシプカに手渡した。

シプカがそれを受け取る。微笑んでいた。

「ゆうべはすごくよかった」と言う。

ジェイソンの顔を熱くしたのは後ろめたさであって、照れではなかった。

「そうだな」と認める。

よかったのは当然だろう、寝転がったままシプカにすべての仕事をさせたのだから。そして
シプカの実演はじつに見事だった。もっといい観客相手ならよかったのだが。ジェイソンは、
正直に自分の立ち位置を伝えようとした。

「俺は、普段はこういうことは――」

「ならよかった」とシプカが言った。

いや、よくはない。昨夜の出来事が、単にタイミングと利害の一致以上のものだとシプカに
思わせているようでは。

「……今日の予定は？」とジェイソンは聞いた。

「ご心配なく、あなたを出し抜いてバーナビーと話そうとかするつもりはないんで。僕は近隣
住民の方から探るつもりだ。前回来た時、パトリック家の人たちは留守だったから」

「パトリック家？」とジェイソンは眉を寄せた。

「この週末には島にいるって、調べがついてます」

「そうか。だが、どうして島の住人から話を聞きたいんだ？」そこで気がついた。「きみは、

ヘイブマイヤーがこの島につれてこられたと考えているのか？」

　シプカは驚いた顔をした。

「当然でしょう。わかってると思ってた。あの事件はニューヨークで起きたんじゃない、ギャラリーでもなかった。警察はギャラリーを捜索してる。唯一、それだけはやってくれた」

「どこが当然なのかよくわからないが。最後に目撃された時、ヘイブマイヤーはニューヨーク市の自分のアパートの前に立っていたんだ。どうやってここまで来た？」

「パーティーをやってた画廊まで戻ったか、シェパードが迎えに来たか」

「どっちであっても、五百キロ近く離れた、セント・ローレンス川の島にやってきたとは言いきれない。車で六時間もかかる。きみが言ってるのは――」

「あれは金曜の夜だった。金曜の夜って、何をしてます？」

「仕事」とジェイソンは答えた。「睡眠」

　シプカがニヤッとする。

「それは今後一緒に変えなきゃね、ウエスト。でも、そうじゃなくて、多くの人は――そして当然デュランド兄弟みたいな人々は、週末は町の外に遊びに行くものだった。そしてあの頃、外で遊ぶと言えば、デュランド兄弟にとってこの島のことだった。入りびたってたもんですよ。パーティーに最高の場所だし、兄弟はよくパーティーを開いてたから。ドラッグとセックスがたっぷり、裸での水遊びも」

ジェイソンははじめの「今後」という気安い一言であやうくコーヒーを喉に詰まらせそうになっていた。いっそう無愛想に答える。

「ヘイブマイヤーが島に来たという証拠があるのか、それともまた推測か？」

「論理的帰結だよ。シェパードがヘイブマイヤーをここにつれて来た証拠？　まだない。だけど、前例の証拠ならちゃんとある」

「それは？」

ブルーベリーマフィンを温めていたのを思い出し、ジェイソンは電子レンジを開けると、湯気を立てる皿をカウンターへ置いた。

シプカの顔がぱっと明るくなる。

「朝食まであるとは」

ミニマフィンのひとつを取り、紙をはがし、どうやら耐熱性らしい口にマフィンを放りこんだ。青いマフィンくずごしに言う。

「ヘイブマイヤー失踪の十一ヶ月前に、シェパードは誘拐とレイプで訴えられてる。ニューヨークの画廊からセックスとドラッグで釣って島に連れこんだとみられる若者に、ね」コーヒーをがぶりと飲んで、マフィンを流しこんだ。「これは記録に残ってる。訴訟記録じゃない、訴えは取り下げられて全部なかったことにされたから。でもどこを探すべきかわかってれば記録は見つかる——あなたならできるだろ」

「訴えは取り下げられた？」

　単に取り下げられただけではないだろう、デュランド兄弟の身辺を徹底的に洗い上げたジェイソンの耳にも入らなかった情報だ。取り下げより、抹消という方が近い。ジェイソンは首を振った。

「なら、何の証拠にもならない」

「前例があったんですよ？　一人目の被害者は黙らされた。買収されたんだ。二人目はそれほど幸運じゃなかった」

「証拠なしでは前例とは言えない」

「そんなふざけた話——」

　ジェイソンはもう一度、言い直した。

「その人物が一人目の被害者と仮定して、買収された証拠はあるのか？」

「いや。あったら記事にしてるさ、あなたの力を借りる前にね。どうして僕の仕事を無意味だと決めつけて揉み消そうとするんです？」

（あったら記事にしてるさ、あなたの力を借りる前にね）

　それは単純な、飾らない真実で、ジャーナリストと捜査官がどうしてお勧めできない取り合わせなのか端的に表していた。

「決めつけるつもりもないし、揉み消す気もない——それにその言い方は失礼だぞ」

ジェイソンは、正直かなり気を悪くしていたが、口調はおだやかに保った。

「俺から見ると、きみは、ヘイブマイヤーの身に何があったか最初から決めてかかっているようだ。その状態では自分の説に都合のいい証拠ばかりを見て、それ以外のものは無視する可能性がある」

シプカににらみつけられた。

「僕のことを全然わかってない」

「ああ、その通りだよ。よく知らない。二日前に会ったばかりだ。目的は同じだと思う——きみもそう思ってるようだし——が、本音を言えば、きみの見立てが正しいかどうか心底納得できてはいない。ヘイブマイヤーが家の近所のバーやクラブに飲みに行って、危険な相手を引っ掛けてしまったか、帰りに強盗にあったほうが自然じゃないか？」

「なら、死体は」

「どこかの地下室に埋められているとか、ゴミ回収箱に投げ込まれて今ごろは埋立地かもしれない。都会でも、田舎と同じくらい人間は簡単に消える。きみも、それはわかってるだろう」

「じゃあドナルド・カークがサンタモニカくんだりで死んだのは？　偶然だって言うのか？」

「偶然でもあり得る。せめて、その可能性は検討すべきだ」

「それはそっちに任せるよ」シプカが言い捨てた。「デュランド兄弟の一人目の被害者は——一人目とは限らないけど——マルコ・ポベタって名で通ってた。アーティストで、デュランドの画廊でシェパードと会って、コカインやり放題の上、皆の話じゃえらい過激なセックスをしてたって。シェパードが彼を口説き落として週末に島へつれてった。ポベタも同意した。でもその週末が終わっても、帰してもらえなかった。ポベタの訴えによれば、シェパードからさらに三日間、敷地内の石室にとじこめられたと。やっと逃げ出して本土に戻り、ケープ・ビンセント警察に被害届を出した。その警察がすぐデュランド家の弁護士にご注進したってわけ」

シプカが肩をすくめた。

どれもジェイソンの捜査とは無関係だが、証拠が必要だとシプカに厳しく出ながら、ジェイソンはこのシナリオに興味をそそられていた。あまり肩入れしたくはないが。シプカの取材はたしかにいい線いっているようにも見える。

「裁判にはならなかったのか？」

「いいや。すべての訴えが取り下げられましたよ」

ジェイソンは顔をしかめた。

「デュランド家が彼を買収したんだよ」とシプカが言った。

「くり返しになるが。証拠は？」

「そうだったと、ポベタが友人に言っていた」

「それは伝聞だ。ポベタは今どこに？　聴取可能か？」

「いいや。二年前に死んでる」

ジェイソンは溜息をついた。

「人生、そういうこともある」シプカが肩をすくめてまたマフィンを取った。「証人が死んだりね。ポベタにインタビューした時の内容と、彼が最初に提出した被害届のコピーを見せましょうか。彼の話には真実味があった。僕の私見だけどね」

ばくん、と一口でマフィンを食べる。

「ああ、送ってくれ。ポベタはどうやって島から出られた？」

「水上タクシーのひとつにとび乗って。七月だったから。いわゆる夏のバカンスの時期。コテージもほとんど満員で、人の行き来も多かった」

「どの水上タクシーだ？」

ジェイソンが聞くと、シプカの唇がくいと上がった。

「シーポート・スループス。話を聞こうとしましたけど、誰も何も覚えてないって。まあ、この辺はデュランド家のお膝元だから無理もないけど」

「いったん整理するぞ」ジェイソンは両手でマグを包みこんだ。「いや、きみがこの件にどれほどの労力を注ぎ込んできたかはわかるし、仮説として説得力がないとも言わない。だが、シェパード・デュランドがヘイブマイヤーを本当に殺したとして――どうして二十年も経ってから目撃者を殺す？　きみの仮説ではそういうことだろう？　カークが殺されたのは、二十年前のヘイブマイヤーの失踪について何かを知っていたせいだと」

「それしか筋が通らない」

シプカがもうひとつマフィンをかすめ取った。

「ああ、だが筋は通ってないんだ。ヘイブマイヤーの失踪事件は形だけは捜査中になっていても、もう化石のようなものだ。今さら目撃者の口封じをするどんな理由があるのか、どうにも想像できないね」

「それは想像力が欠如してるだけじゃないのか」

これはキツい。シプカの、あまり好人物とは言えないほうの顔ということか。たしかに大切な持論を否定されるのは誰でも嫌だろうが、感情的にならずに話し合うこともできるはずだ。もっともジェイソンの側も、必要以上に冷たい言い方だったかもしれない。

ジェイソンは淡々と言った。

「そうかもな。では、こういうのはどうだろう。きみの手持ちの資料を送ってくれ。こっちも公平な目で検討すると約束する」

シプカの顔が歪んだ。

「わかりました。いいでしょう。あなたの専門分野じゃないってのはわかってるんです。でも去年、マサチューセッツであなたは殺人の捜査に関わってたし、今回も捜査班に加わってるみたいだし」

「捜査班なんかない。行動分析課《BAU》は、カークの殺人事件についてサンタモニカ市警と協力している。俺はごく一時的に意見を求められただけだ」

一瞬、シプカに彼の仮説の最大の穴を教えてやりたくなる——カークの死は間違いなく連続殺人の一部なのだが、その連続殺人とへイブマイヤー失踪とがうまく嚙み合わないのだと。だがカーク殺しはケネディの捜査の一環だし、こんな情報を記者に洩らすのをケネディが承知するわけもない。

言ってない情報があるのは見てわかったらしく、シプカが目を細めた。

「ギブアンドテイクだよ、ウエスト」

「俺は捜査班の一員じゃない」とジェイソンは言った。

不意の鋭さを見せて、シプカが言った。

「捜査班自体が存在しないのか、あんたがその一員でないだけか、どっちかな?」

しまった。

認めるしかない。

「俺は、どの捜査班にも加わってない」

「ははあ」シプカがニヤッとした。「やっぱりね」

ジェイソンはそれ以上釣られなかった。シプカに言う。

「きみが前にギル・ヒコックについて言ってたことについて聞きたかったんだ。きみは言った——少なくともほのめかしただろ、ヒコック刑事が、フレッチャー＝デュランド画廊に関する捜査では公正な立場ではないかもしれないと」

シプカの、いつもは人好きのする顔に、その苦々しい表情はあまり似合わなかった。

「まさか、あの古なじみのヒコック刑事さんが上等な展覧会やアートイベントにやたらと招待されてるのに気がついてないとか？　あいつは金持ちや有名人とベタベタ馴れ合いすぎてる」

「個人的見解、それとも何か根拠あっての発言か？」

「彼が仕事をしてないとは言わないよ。あなたの大事なラックスみたいな、ストリートアーティストとか小物の芸術家をせっせと捕まえてる。でも、ゲティ美術館の招待リストから外れるような危ない真似はしたがらないだろうね」

ゲティ美術館は、来歴が怪しい美術品を買ったという問題を過去に抱えてはいるが――。

「俺の大事なラックス？」

「だってラックスを守ってるでしょう？　ご自分のコネで」

ジェイソンはそれを流した。

「美術館の機嫌を損ねてもいいことがないからな」と言って、シプカの紅潮した顔と感情的な口調を値踏みする。「もしかして、きみはヘイブマイヤー失踪についての訴えをヒコック刑事のところに持ちこんだのか？」

「ああ、持ちこみましたよ？　フィルが死んですぐの頃にね。ヒコックは耳も貸さなかった。話にならないと言って。たとえ本当に事件があっても、自分の管轄外だと」

「実際、管轄外だ」

「だからって。警告までして僕を追い払ったんだ」

「警告っていうのは、つまり……？」

「文字どおり。時間を無駄にするなと、利口になれと、僕に言った」ジェイソンの表情を正しく読み取って、シプカは付け足した。「ああ、親身な忠告みたいに言ってたけど、聞けば脅しだとわかるって」

「ふうむ」

ジェイソンは納得してはいなかった。ヒコックがシプカに警告するまともな理由はいくつもあるのだ。シプカの、取材に熱が入りすぎる癖も含めて。たとえばカーサ・デル・マールホテルにしのびこんだり。

カーサ・デル・マールホテルで出くわして――あの時ヒコックは、シプカを知っているような素振りはまるで見せなかった。覚えていなかっただけかもしれないし、そうなら〝警告〟にも大した含みはなかったということだ。それとも、シプカを覚えてはいても、例の小うるさい記者だと気にも留めなかったか。その場合でも、やはり脅しとやらには深い意味はなかったということになる。

ヒコックから見たシプカは、ごくたまに役に立つ厄介者という程度なのかもしれない。ほとんどの捜査関係者が、ジェイソンも含めて、報道関係者たちをそういう目で見ているように。

シプカが言った。

「ああ、警察官は常に清く正しい正義の味方、わかってます」

「俺は警察官じゃない」とジェイソンは答えた。「警察の不正を目をつぶって見逃すつもりもないが、現時点では、ヒコックは仕事の役得を楽しみすぎてるときみが見ていることと、何年も前にニューヨークで起きた失踪事件の捜査はできないときみがヒコックに断られたこと、それしかわからない。これでは内部監査には持ちこめない」

シプカの目に浮かんだ失望の色は、ジェイソンとしても残念だったが、それが本音だ。シプカと寝たからといっていきなり客観的視点を失うわけにはいかない——今のシプカ以上には。あるいは、問題はそこか。ジェイソンを偶像視していたシプカが今や、目の前に平凡でありきたりな現実のジェイソンをつきつけられている。

「僕が言いたいのは、ヒコックを信用しないほうがいいってことだ」

「俺は誰も信用してない」とジェイソンは答えた。

13

ミセス・メリアムは、ジェイソンの来訪にそなえていた。

「ミスター・デュランドは散歩に行かれました」とかまえて告げる。「昼食の後で話をうかがうとのことです」

ジェイソンは微笑んだ。実のところ、いい知らせだ。バーナビー・デュランドが島に帰ってきている。デュランド家を早くに訪ねたジェイソンの勘は正しかった。

「それはいいね」とジェイソンは言った。「彼はどの方向に向かいましたか?」

メリアムは彼の笑顔が気に入らなかったようだ。「存じません」と固い声で返した。

世の中のバーナビーのような男にいつもメリアムや画廊のキーティングのような取り巻きがいて、銃火の前に身を投げ出して守ろうとするのは一体何故なのか。

「いつもどこを散歩しているんですか?」

「私は存じ――」

「ミセス・デュランドなら、ご子息の散歩コースをご存知かな」

ジェイソンはおだやかに言った。

いささか露骨なやり方だ。

メリアムが顔を紅潮させた。

「古い砦のほうへ行かれたと思います。時々、あちらへ足を向けられるので」

「見てみよう。どうもありが――」

扉がバタンと閉まった。


森は湿った匂いがした。じめついた土の匂い。掘ったばかりの墓穴のような。

サスペンスやホラー映画の舞台なら満月や稲光、真っ暗な嵐の夜というところだろうが、ジェイソンにとって何より不気味で得体が知れないのは、視覚と聴覚を白い経帷子《きょうかたびら》で柔らかくくるみ、音を立てずにぬるぬるうごめく霧だ。

いつしか足音を殺すように、ゴツゴツした小道を慎重に歩いていた。バーナビーに忍びよろうというわけではない。ジェイソンから逃げ回るバーナビーというのはある意味で滑稽な図だが。こそこそ茂みの裏に隠れるには、バーナビーはあまりにもご立派な人間だ。せいぜい無愛想に背を向けられるくらいだろう。

それでもジェイソンはどうしても、禁断の地に踏みこんだような感覚を振り払えなかった。

小枝がパキッと音を立てるたびに足を止め、木の輪郭だけがうっすら浮かぶ薄闇に目を走らせる。静けさのあまり、松の葉からポタ、ポタ、と落ちる雫の音が響き渡るようだった。島の向こう側から犬の吠え声がはっきり聞こえてくる。

どんよりくすんだ木と霧の影の中、道に迷うのは簡単だ。慎重に進んだほうがいい。ハーヴィの館から十分、あるいは一キロというところで、ジェイソンは男の声を聞いた。言葉は聞きとれない。そちらへ向かおうとして、あやうく低い鉄柵にぶつかりかかった。

そのフェンスの向こうを見ると、苔に覆われた墓石と傾いた十字架が霧にうっすらと浮かんでいた。墓地だ。

低い柵をまたいで、墓石をいくつか見て回る。骨壷の絵か、あるいは骨壷のかわりに枝垂れ柳が刻まれた大理石というスタイルは、一八〇〇年代初頭から中期までの典型だ。事実——。

ヒラリー・ケリー
北の湾で溺れる
１８３９年11月８日
享年34歳

次の墓標はこう読めた。

メアリー・ゲージをしのんで
イーライ&キャロライン・ヒンクリーの娘
1860年7月2日没
1歳と10ヵ月12日

庶民の墓地のようだ。

ブラムは何と言っていただろう？　庶民の埋葬地は古い砦のやや東側？

「アンブローズ、それを離せ！」

ジェイソンは顔を上げ、もったり動く霧を見通そうとした。その声はかなり近くから聞こえてくる。言葉と裏腹に口調はおだやかで、落ちつき払った叱責だった。短い、はしゃいだ犬の吠え声がそれを裏付ける。

同じ声が言った。

「お前は棒を追いかけ回すほどもう若くないし、俺も棒を投げるほどもう若くないんだよ」

その声をたよりにジェイソンは墓地を横切り、急角度の土手を上っていった。緑色のハンティングジャケットにツイードの帽子をかぶった男が、背の高い暖炉の瓦礫そばに立っていた。

ジェイソンが近づく音にはっとして、男が振り向いた。彼の犬――スプリンガー・スパニエルが、がらりと吠え声を変えてジェイソンめがけて駆けてきた。

「駄目だ、アンブローズ。来い」と男が呼んだ。「来い！」

アンブローズの耳がそれを聞いてピクついた。男のところに戻りはしないが、尾を振りはじめる。ジェイソンに寄ると、楽しげに、興味津々にクンクンと嗅いできた。

「ミスター・デュランドですか？」

ジェイソンはバーナビー・デュランドに向かって距離を詰めた。

バーナビーの顔からさっと表情が失せた。

「ウエスト特別捜査官、だな？」

「そのとおりです」

ジェイソンは自分のバッジを示した。バーナビーは一瞥もくれなかった。

弟のシェパードに年齢を足してぐっと洗練したような姿だ。髪は銀に褪せるにまかせている。顔立ちは弟より鋭く、気品があった。こちらはいかにも、英国王室御用達ブランドのバブアーやモルガン・スタンレーが広告に起用しそうな容姿だ。一方のシェパードは、バカンス旅行の広告に使われそうなタイプ。

「弁護士から、きみとは話さぬよう指示されている」

ジェイソンは微笑んだ。

「ミスター・デュランド、弁護士はあなたの下で働いている。あなたに指示などしない、忠告するだけだ。この手の状況にある依頼人へのお決まりの忠告をね。ですが、あなたならおわかりでしょうが、この時点で協力的な姿勢を見せることが、後に大きな違いを生むこともある。ことによっては、〝後〟自体が必要なくなるかもしれません。起訴するかどうかもまだわからない。現時点では、話し合いや交渉の余地もある。取引もできる」

バーナビーが長く優美な鼻ごしにジェイソンを見下ろした。その目はヘイゼルの色合いで、ほとんど黄色に見えるほどだったが、狼めいた瞳の底に疑心が見えた。

ジェイソンは続けた。

「弟さんによれば、今回のことは大きな行き違いにすぎないとのことですが」

バーナビーが眉をひそめる。

「いつシェパードと話を？」

「月曜の昼に、ダウニーの画廊で。ミズ・キーティングからも話を聞きました」

バーナビーは唇を引いた――それとも固い小さな微笑みか。

「ミズ・キーティングも弁護士から助言を受けている」

「そのようでしたね」とジェイソンはまた微笑んだ。

バーナビーの視線が鋭くなった。今の返事の意味を探るようにジェイソンの表情を読んでいたが、ミズ・キーティングがなんと言ったか問いただすような真似はしなかった。

「シェパードの言ったとおりだ。裁判に持ちこまれるようなことはない。私としては誤解であるのか、昔の友人が財政的な困窮に切羽詰まった末のことなのか、迷うところだが」

「オンタリオ夫妻が、国に訴えるほど切羽詰まっているのはたしかです」

「ああ、所有していた絵のコレクションを売却するほど切羽詰まっていたね」バーナビーがそう言い返した。「依頼したのは夫妻のほうだ。だから我々も従った」

「その依頼は書面に残っていますか？」

「いや。去年の五月にハンクから電話があり、ロズと、コレクションを売ることに決めたと言った」

「理由は聞きましたか？」

「はっきりとは。金銭的なことで切迫していると言っていたが、このご時世では無理もない。私はできるだけのことをすると言った。支払いを分割で受け取るかどうかハンクにはっきり確かめると、そうしようと彼は承諾した」

「では……書面で残るものはない、と」

「何も。モネの絵の一回目の支払い分に我々が切った小切手はあるがね。オンタリオ夫妻は、顧客であると同時に友人だった。電話でのやりとりがいつものことだった」

いきなり出てきたモネの名に、ジェイソンは一瞬ぎょっとした。ジェイソンとしては思わぬ形で、ケネディの――いやBAUの――捜査を手伝う最高の立場に置かれていた。

「その小切手のコピーを提出していただくことは可能ですか？」

「もちろん、可能だとも」

「それ以降のオンタリオ夫妻への支払いは為されましたか？」

「まだ一回目の支払い期日しか来ていない」

「モネについての？　ですが、オンタリオ夫妻の話では画廊に預けておいた三枚のピカソと一枚のセザンヌも売却されたとのことですが」

「すなわち？」

「あなたはそれらの、大変貴重な絵の売却を覚えていないんですか？」

「大変貴重な絵？」バーナビーの声が険しくなった。「我々を何だと思っている？　ネット通販か？　我々が扱う絵はすべて大変貴重な絵ばかりだ。この六ヵ月間で我々が何枚の絵を売却したか知ってるのかね？」

「いいえ、存じません」

「取引のひとつひとつの支払い状況をすべて頭に入れていられないほどの数だ」

いい流れだ。バーナビーは守勢に入り、高飛車な態度で切り抜けようとしている。

ジェイソンは愛想よく言った。

「それはわかります。ただ、オンタリオ夫妻が訴えたからには、夫妻のコレクションがどのような状況にあるのか、もっとよく把握されているのかと思ったもので」

バーナビーからにらまれた。

「なら残念だったな、ウエスト捜査官。我々は大変に数多くの、貴重な名画を取引しているのだ。オンタリオ夫妻所有のどれも及ばぬほど重要な絵を」

それはそれは。山ほどのピカソを売るのでもう大変！　というわけか。

「もうひとつおうかがいできますか。先週の水曜、ドナルド・カークと昼食を一緒にされてますね。彼が身の危険を感じているようなそぶりはありませんでしたか？」

バーナビーは困惑顔になった。

「ドンが？　身の危険を？　あるわけないだろう」そこで表情が変わった。「何故そんなことを聞く？」

しまった。これはとぼけているのではない、バーナビーは本当にカークの死を知らないのだ。信じられないことにシェパードは、旧知の友がサンタモニカのビーチで殺されていたことを兄に伝えていないのだ。

となると、悪いニュースを伝えるのはジェイソンの役目ということになる。

美術犯罪班《ACT》では、幸いにも、悲しみにくれる遺族と話すことはあまりない。たしかに、値のつけられないような絵画を失うのも決して笑いごとではないが、それでも子や愛する伴侶を失うのとはわけが違う。特に、絵を純粋な投資目的で買うことが多いこのご時世では。倉庫から戦利品を持ち出す手間すら惜しむ人もいるくらいだ。

ジェイソンは、捜査官が最悪のニュースを伝える時に使う――相手の苦しみに対して心を固めた――無表情な口調で言った。

「大変お気の毒ですが、ドナルド・カークは日曜の夜に殺害されました」

バーナビーの反応を細部にわたってつぶさに観察し、記憶するのが何より大事だとわかっていた。難しいことでもない。なにしろバーナビーは衝撃を受け、言葉も出なかった。反射的な否定もなく、激しい感情の発露もない。身じろぎもせず立ち尽くし、その浮いた視線は列車事故でも見つめているかのようだった――危険なほどの近くから。魅入られたように。

「……どんなふうに？」と、やっと聞いた。

「詳細は申し上げられません。彼の死が、殺人事件として捜査されているということ以外は」

バーナビーの顔に生気が戻ってきた。

「詳細は言えない？　冗談じゃない。強盗か？　撃たれたのか？　もし――犯人はつかまったのか？　容疑者は？」

「誰も逮捕されてはいません。捜査中です」

バーナビーは眉をよせた。

「どうしてＦＢＩが関わっている？」

ケネディからは、どのように対応すべきか何の指針も示されていない。二人でこれまで聴取してきた相手は全員、カークの死をすでに知っていた。その誰ひとりＦＢＩの関与の理由を問わなかったが、実のところ、いい疑問なのだ。バーナビーがそれを聞いてきたのは示唆的だ。

だがどんな示唆だ？

ジェイソンはやむなく言った。

「カークの死が、もっと大きな事件の一部である可能性があるので」

それをよく聞き取れなかったかのように、バーナビーはジェイソンをじっと見つめていた。

「シェパードは知っているのか？」と問う。

またもや、ジェイソンが予期していた問いではない。答えた。

「はい。弟さんは、俺が話した時にもうカークが殺されていたことをご存知でした」

バーナビーは何か呟くと、ふらふら離れていった。犬を口笛で呼び、ジェイソンに言った。

「これでもう全部話した。ほかに聞きたいことがあるなら弁護士を通してくれ。オンタリオ夫妻との問題は、もう法的な手段にたよらず解決できるものと信じているが、この先連邦政府が納税者の時間と金を無駄に使って私や家族につきまとうなら、その時はその時だ、いいか」

つかつかと、また犬を口笛で呼んで歩き去る。犬はまるで熊に追われているような勢いで茂みからとび出してきた。

ジェイソンは、男と犬が遊歩道の入り口へと歩き、霧の中へ消えていくのを見送っていた。

バーナビーは、ドナルド・カークの死を知らなかった。それについては、ジェイソンも己のキャリアを賭けて断言できる。だがカークの死を知った後のバーナビーの反応はじつに読みとりにくいものだった。ショックを受け、狼狽はしていた。当然だろう。だが同時に、はっと何かを悟った様子でもあった。立ちすくんだように虚空を見つめていたあの日——あれは、恐ろしいことを悟った顔だ。

だが何に、あるいは誰に気付いたのか？　それが問題だ。

（シェパードは知っているのか？）

そう聞いたということは、弟がカークを殺したとは思っていないのだ。

それ以上のことは……読みづらい男だが、ジェイソンの見たバーナビーは、恐れよりも怒りを感じていたようだった。

少しは恐れもあったが。興味深い。

ジェイソンは斜面を下り、人気のない墓地を見回した。

死体を隠すのに最高の場所じゃないか？

折角だ、見ていこう。不規則に並んだ、手近な墓から取りかかり、風化した墓標を眺めた。

陽光を放つ日輪をデザインした墓標が多い。十九世紀のものだろう。地平線から半分だけ顔を出した照れ屋の太陽の姿からは、二つの解釈ができる。命の終焉を告げる日没、永遠の来世を表す日の出。

　エメライン・クックをしのんで
ジェシー・クックとサンクフル・クックの娘

１８１１年３月14日没
０歳11ヵ月

赤ん坊や幼児の墓が多かった。

ハーヴィ家やグリーンリーフ家の名もたくさんあった。

全員の墓が揃っているように見えた。墓標が欠けた墓はなし。新しい墓石は見当たらない。

実際、最新の墓標は一九五三年のものだった。大きく中空の、白色青銅の美しいモニュメントで、錨と鎖に飾られている。

ジェイコブ・ハーヴィ船長をしのんで
１９５０年11月27日没
数え82歳
その妻ホルダー・K・グリーンリーフ
１９１６年12月14日生　１９５３年９月２日没
希望こそ魂の錨なれ

これは興味深い。船長が相当若い女を妻にしていたことが、ではない。ハーヴィ家とグリーンリーフ家がじつは縁戚関係にある、という点だ。

親類は争うものだ。アパラチア版ロミオとジュリエットこと、ハットフィールド家とマッコイ家を見ればわかる。あるいはスコットランドの歴史を。

エリック・グリーンリーフは、ハーヴィ家（現在のデュランド家）との親戚関係について何も言ってなかったが、特に意味があるとも限らない。単に忘れていたい事実なのかもしれない。

いずれにせよ、この墓のジェイコブとホルダー夫妻が、この二家族が結んだ初の、そして最後の縁のようだった。

ヘイブマイヤーがこの島で死んだとしても、この墓地に死体を隠したようには見えない。さらにまだ二つ未確認の埋葬地があるが。砦の北側にあるという二十五基の軍人墓地、そして島の逆側にあるネイティブアメリカンの埋葬地。

ジェイソンはもう一度ぐるりと墓地を見回した。霧がうごめき、透ける渦を巻いて、もったりと墓上で揺れ、骨壺に入りこみ、籔の中でうねくる。小さな建物が現れた。

霊廟？

ジェイソンははっとそれを注視する。もしかしたらこれが、マルコ・ポベタが監禁されたと訴えていた「石室」だということがあるだろうか？

ぬかるんだ草地を横切り、ジェイソンはよく見ようと近づいていった。

たしかに、霊廟だ。先尖りのアーチ、凝った石の浮き彫り、ステンドグラスの窓など、見事なゴシック風建築の見本で、背の高い装飾的な格子が扉がわりに取り付けられている。

それどころか……ジェイソンはさらに近づいた。扉はかすかに開いていて、留め金に軽くふれているだけだ。

そっと引くと、重い扉は静かに、不穏ななめらかさで開いた。

この蝶番は、こんな辺鄙なところだというのに、やけに手入れが行き届いている。

ジェイソンは廟の中へ足を踏み入れた。

一部屋だけの内側は、大きめの庭の物置程度の広さだった——庭の物置がアーチ状の天井や飛び梁を備えていれば。三つ葉意匠の天窓の下、先細りのステンドグラス窓が一対、そのそばには大理石の柩《ひつぎ》がひとつ安置されていた。

ジェイソンは近づくと、刻まれた碑文に目をやった。

晴れていればもっとよく見えただろう。今日の天気では言葉を読み取るのがやっとだ。

〈安らかな眠りを。我らみないずれそこに還らん〉

ジェイソンの背後で青銅の扉がガシャンと、重く、断固とした音を上げて閉まった。

14

「おい！」ジェイソンは扉へ駆けよった。「中にまだいるぞ。人がここにいるぞ！」

返事は無い。じっと耳をすませたが、自分のいきり立った呼吸しか聞こえなかった。

「おーい！」

格子を引いたが無駄だ。

反応なし。足音もなし。去っていく足音も近づく足音も。視界の外に誰かがいると示すものは何もない。近くの常緑樹の林に目を走らせた。動くものはない。青緑色の枝ごしにほかの色は見えない。まさしくリスの一匹すら。

だがこの扉がひとりでに閉まるわけがない。ひとすじの風もなかった——金属が装飾的に絡み合った扉を動かすほどの強風などなおさらだ。すなわち……どういうことだ？

ジェイソンは金属の飾りを握り、また格子を強く押しこんだ。駄目だ。しっかり鍵がかかってまるでびくともしない。

「くそったれが」ジェイソンはまた声を上げた。「おーい！　誰か聞こえないのか？　助けてくれないか?」

あてにはなるまい。

そこに誰かいるのなら、助けに来てくれるわけがない。

そこに誰かいるのなら、きっとジェイソンを閉じこめた人物だ。

ジェイソンは叫ぶのをやめた。

携帯電話を取り出し、電波をたしかめる。

なし。

このくらいの年代物の霊廟は、壁の厚みが二五センチほどのものが多い。屋根は一般的に三〇センチ厚。美術史専攻のおかげで身に付いた謎の知識のひとつだ。一度、葬儀美術と様々な葬送様式についての授業を取ったことがある。記憶にこびりついて消えない事柄というのはあるものだ。遺骸の腐汁を〝棺酒《コフィン・リカー》〟と呼ぶ、とか——。

とにかく、壁と屋根の厚みは歯が立つものではない。扉は巨大な鉄格子も同じだし、窓は……ジェイソンは窓をよく見ようと近づいて——もう一度、まじまじと見直した。自分の窮地も一瞬忘れて口笛を鳴らす。

大きな思い違いでなければ、これらのステンドグラス窓は、真正のティファニーだ。見事な技法は見間違いようがない。意匠化された精巧で細密な花や白鳥、深く輝くような青緑、金。本当にティファニーのステンドグラスであるなら、この連窓には数十万ドルという値がつくだ

ろう。この窓の大きさなら？　二五万ドルは下らない。

一九世紀終わり頃から、富裕な家は、しばしば一族の霊廟を貴重な美術品やガラス窓で飾り立てた。それらの品々——特にティファニー製の窓——は金払いのいい海外コレクターたちの垂涎の的だ。だがそうしたティファニーの工芸品の多くが教会や霊廟のための作品だったこともあり、市場にはまず出回らない。この数十年で、目端の利く泥棒たちは上流階級の墓にまで手出しを始めていた。墓ならセキュリティもまさに手薄。

実際のところ、ティファニーのガラス工芸品の世界的専門家は、墓荒らし泥棒による盗品と知りながらティファニーのステンドグラス窓を売買した罪で、一九九九年に連邦裁判所で有罪となっている。

辺鄙《へんぴ》な地でこんなふうにいきなり出会えるなんて——信じられない幸運だ。いやもう、まだ誰にも狙われていないというのが奇跡だ。

澄んだ青の水とまばゆい紺碧の空を背景にした白いマツユキソウ、アイボリー色の薔薇、紫と黄色のパンジーの宝石のようにきらめくパネルに、ジェイソンはじっと目を凝らした。ティファニーが洗練した、ガラスを層に重ねる技法で、一種浮き上がったように立体的に見える。実物よりリアル。これらの花を見ると、ジヴェルニーにある春の庭を描いたモネの絵の数々がちらと心をよぎった。この窓を通して、陽が照る草の上へ歩いていけそうな気すらした。

モネ。つい身震いする。そう、今はモネのことは考えないほうがよさそうだ。

視線を窓から引きはがした。こんなじめついた曇りの日でさえその窓は、生命感と、色褪せることのない陽光の予感にあふれて暖かく輝いているようだった。

その世界には、鍵のかかった扉などない。

ジェイソンは静かに悪態をついた。

で、どうする？

扉まで引き返すと、携帯を出して格子から手をのばし、信号が入るかためしてみた。

シプカの番号は知らないが、約束どおりシプカがファイルを送ってきていればメールをチェックして、うまくすれば連絡先がわかる。

だが、駄目だった。

二本の小さなシグナルバーは、表示された瞬間に消えてしまった。

大声でシプカを呼ぶほうがまだ可能性がありそうだ。シプカだけでなく、誰でも。

いくらか叫んでみてもいいが、どうせハンターの声だと思われるのがオチだろう。昨日、ライフルの発射音を聞いたジェイソンと同じように。

それか、扉の鍵を撃つか。映画ならそうする場面だ。だが現実では、跳弾に当たる危険は避けたかったし、どうにかしてうまく錠前を壊すより錠の金具と機構をゆがめてしまう確率の方が高い。

最終手段としては、あの窓を割ってくぐり抜けることもできるが、それはまさに最後の手段だ。このかけがえのない芸術品を破壊するくらいなら、片腕を切り落とすほうがマシなくらいだった。

残る可能性は、もっと運だのみだ。そのうちシプカが探しに来てくれるのを当てにするか、ここにジェイソンを閉じこめた誰かが様子を見に戻ってくるのを待つか。だが、誰かの手で閉じこめられたわけではなかったら？　バーナビーがまた犬の散歩にくるのを待つか。いつか通りかかる誰かを待つか。

ジェイソンを閉じこめて何になる？　悪ふざけのつもりか。それとも脅し？

こそこそ引き返してきてジェイソンを祖先の霊廟に閉じこめるバーナビーの姿はまるで想像できなかったが、ほかの誰に動機がある？

そもそもここは本当にハーヴィ家――デュランド家の霊廟なのか？

柩まで戻ると、ジェイソンは人物の名前をたしかめようとした。だが蓋には碑文が刻まれているだけだ。

〈安らかな眠りを。我らみないずれそこに還らん〉

願ってもない。かなうなら、ベッドで安らかに眠りたい。

檻の中を苛々と少し歩き回り、ジェイソンは扉の上に巨大な――もう主のいない――クモの巣がいくつかかかっているのに気付いた。

「いやいや、ないだろ」

ここに閉じこめられて動けないからには、ひとつだけできることがあった。そこにある墓の――石棺の――中にいるのがその正当な持ち主であって、失踪したドイツ人美術学生ではないとたしかめるのだ。

ステンドグラス製作で名高いルイス・カムフォート・ティファニーは一九三三年に死んでいるから、この石棺と納められた中身の年代はざっくりと見当がつく。中にあるべきはおよそ一八七八年から一九三〇年代頭までの遺骸――もしくは棺桶。この方がありそうか。

ジェイソンは膝をつくと、重い大理石の蓋に肩を当てて、押した。持ち上げるのはまず不可能。だがそれでも、理論上は、傾ければ――。

ギギッと、蓋が固いきしみを上げて数センチすべった。

不快な、甘ったるいような臭気がむっと上がった。ありがたいことに新しい腐臭ではないが、やはりジェイソンの胃はすくんでひっくり返った。

隙間は、中をのぞくのには十分な幅だった。携帯のフラッシュライト機能をつけると、ジェイソンは石の内側を照らした。

黒いニスの艶と、くすんだ金の部品がやっと見える。棺だ。古い棺。

ここまでは順調。

その棺はしっかりと閉ざされているように見えた。

ますます悪くない。

無論、殺人を隠蔽しようと必死になった人物が、この棺を開けてどこかのひいひいお祖母ちゃんか誰かの隣にヘイブマイヤーの死体を寝かせた可能性もある。だがそれを確かめるには令状が必要だったたし、まず許可は下りまい。

それに大体、わざわざ先祖の墓を冒瀆《ぼうとく》するような真似をしなくても、この島にはいくらでも死体を永遠に隠蔽する手段があるだろう。

もういい。たしかめるだけの価値はあったが、ここまでだ。

ジェイソンは重い蓋を元の位置に戻すと、石棺にもたれて床に座り、格子ごしに霧にかすむ世界を眺めた。

また振り出しの問いに戻る。

で、どうする？

いいだろう。もし誰かがジェイソンをここに閉じこめたのなら、何か目的があってのことだ。違うか？　なら待って、その目的の正体をたしかめるのも手だろう。

拳銃を手にすると、ジェイソンはそれを膝にのせ、待つ体勢に入った。

（必要なのは新たな視点《パース》だよ）

物事を新しい角度から見ようという意味での、美術犯罪班《ACT》の内輪ジョークだ。

ジョークでも、真理だ。

苛つき、腹が立っていても――この局面でどんな次の手が目論まれているのか気になりつつも――考えるほかに何もすることがない時間というのは、ジェイソンにとって意外なほど役に立った。

まずはケネディの――違う、行動分析課《BAU》の――事件。国内を自由に飛び回れる容疑者による不気味な連続殺人。三件の殺人で、アイスピックが凶器として用いられた。三人の被害者は全員が美術界に関係する人間。とはいえあるいは――おそらく？――それ以外の関連性があるかもしれない。殺人場面を表した、モネの画風を真似た絵が、すべての犯罪現場に残されていた。計画殺人であることを、その絵が示している。そればかりでなく、絵の出来はひどいものだが、犯人の美術界に対する深い執心、おそらく深い関連をも示している。それは見逃せない。

ケネディはまだ有力な容疑者の特定には至っていない――あるいはその情報をジェイソンには明かしていないが、この犯人は手際がよく、忍耐強く、そして習熟してきている。動機は不明。この犯罪に性的な要素は感じない。

シプカが取材中の失踪事件は、ケネディの捜査とつながっている可能性がある。ケネディの最新の被害者ドナルド・カークが、事件の目撃者の一人だった。シプカが探っているのは二十年前に起きたドイツ人美術学生の失踪事件。被害者のパリス・ヘイブマイヤーの無事な姿を最後に見たのは、ドナルド・カークとロドニー・バーグアン。

シプカは、カークやバーグアンに取材したのだろうか？　それについては何も言ってなかった。今考えると、言い落とすようなこととも思えない。

シプカの主張は、ヘイブマイヤーが人里離れたデュランド家の土地でシェパード・デュランドに殺された、というものだ。ほぼ確実に性的な殺人だろう。もし殺人があったなら、だが――その点がシプカの仮説の泣きどころだ。一九九〇年代の華やかなニューヨーク市、遊び人でゲイの若者にはいろいろなトラブルが起こり得る。

シェパード・デュランドを容疑者として見るなら、ジェイソンに言わせれば、効率よく忍耐強く着実に上達していく連続殺人犯像には当てはまらない。連続殺人犯は専門外だとジェイソン自ら認めるところではあるが。仕事に関しては、シェパードは充分に有能に見えたし。それに以前、誘拐、拷問、レイプで訴えられてもいる。訴えは取り下げられたが、それでも。

ケネディの三件の連続殺人の犯行時、シェパードにアリバイがあるか調べる必要があるだろう。アリバイがあれば容疑者から外せるし、シプカの取材とケネディの捜査の共通点はただの悲劇的な偶然だったと片付けられる。

それでも、シプカの取材とジェイソンの捜査との接点は残るが。

ジェイソンの捜査は、フレッチャー＝デュランド画廊――デュランド兄弟が共同で保有し経営しているギャラリー――の詐欺と第一級及び第二級重窃盗だ。動機は単純にして明快。金銭的利益。何百万ドルもの。

告発者の訴えではバーナビー・デュランドが名指しされていたが、ジェイソンの見たところ、画廊の客から金を巻き上げるくらいシェパードも同じくらい——もしかしたらもっと、やりそうだ。もっともこの件を問いただされたバーナビーは、後ろ暗いところがあるような態度だった。

ジェイソンは、シェパードが贋作を作らせて売買しているのではないかとも疑っていた。今のところ疑惑どまりだが。今ある根拠は画廊で見た一枚の贋作と、たよれる情報屋ラックスの奇妙にピリピリした態度、それにジェイソン自身の勘だけ。

ここでもまた、ドナルド・カークの存在が事件をつないでいる。今回はジェイソンの捜査とBAUの連続殺人とを。その捜査の中で、デュランド兄弟が——少なくともシェパードが——カークの死までの数日間で二度カークと会っているとわかった。

そして、結論は？

すべての事件が美術業界を中心に回っている。

デュランド兄弟は、ドナルド・カークを通じて、少なくとも部分的にはすべての事件に関与している。

ほかには？

霊廟に閉じこめられてじっと座っていても、捜査は一ミリたりとも進まない。

森のハイキングには充分に暖かかった上着とジーンズも、冬の石室に座りつづけていられるほど分厚くはない。

腹ぺこだった。あのしなびて乾いた、体に悪そうなブルーベリーマフィンを今食べられるなら何だってするくらい。

サム・ケネディなら――。

駄目だ。それは考えるな。


五時にもなると、ジェイソンは自分が殺人を犯してもいいほどの気分になっていた。

もう四時間以上監禁されているし、そろそろ扉の錠へ向けて発砲したい。まだこらえているが。撃たれた時の感触を今でもよく覚えていて、そのおかげで衝動が萎えるのだ。小さな石室での跳弾は充分にありえるし、たとえジェイソンが我が身の危険をかえりみなくとも、ティファニーのステンドグラスは危険にさらせない。

携帯電話を何度もためしたが、無駄だった。

いい点としては、霧は消えた。悪い点としては、雨が降り出していた。

暗くて寒く、じめついていて、ジェイソンは疲れきり、空腹で、少しばかり自分の状況が怖くなってきていた。

小便もしたい。本当ならそれは困らなくていい事柄だろうが、石棺の存在でつい遠慮してしまうのだ。

それで、今後の計画は？

計画なんてあるのか？

閉じこめられたのはたまたま、単なる偶然だったのか？　そうは思えないが、ありえなくはない。

この状況のすべてが、まったくもってじつに馬鹿馬鹿しい。

かすかなカチャカチャッという音が聞こえ、ジェイソンはうろついていた足を止めて拳銃を抜いた。

——鍵の音？

いや、犬のタグだ。アンブローズが戻ってきたのだ。犬はクンクンとやかましく匂いをかぎ、ブロンズの格子のところで大興奮して、前に出るとジェイソンに吠え立てた。

「いい子だな」ジェイソンは呟いた。それから怒鳴る。「おーい！　誰かいるか？」

足音が近づいてきた。

「なんだこれは？」とバーナビーのくぐもった声がする。

強力な懐中電灯の光に照らされ、ジェイソンの目が一瞬くらんだ。

ジェイソンの手にある拳銃に気づいたのかどうか、バーナビーはそれについては言及しなかった。

「ウエスト捜査官、一体そんなところで何をしているつもりかね？」

この状況でそんな憤怒の口調を聞くと、ほとんど笑ってしまいそうだった。笑いたい気分じゃないが。

ジェイソンは拳銃を収めてぶっきらぼうに言った。

「俺をここに閉じこめた人間が、開けに来てくれるのを待ってたんです」

バーナビーはその言葉を待っていたのだろう、たちまち自己弁護を始めた。

「閉じこめただと！　なんと下らないことを！　誰もきみを閉じこめたりなどしていない。このあたりにそんなことをする者がいると思うのか？」

鍵をカチャカチャ鳴らしながらバーナビーが装飾的な重い格子扉を解錠し、ゆっくりと引き開けた。

「きみは、自分で鍵の機構を発動させてしまっただけだ。人の敷地に不法侵入して。アンブローズが二度目の散歩に行きたがってくれて幸運だったな。でなければ朝まで閉じこめられていたかもしれないんだぞ」

俺がそれをわかってないとでも？　だが口に出しては言わなかった。

バーナビーは間違いなくジェイソンのために戻ってきたのだ。ジェイソンが霊廟に閉じこめられていると知っていて、ただ彼を解放するためだけに現れた。でなければ、誰が犬の散歩で夜の墓場に行く？

だが、これはただの勘だ。証拠はない。それにこんなことをした目的はなんだ？　事情聴取を強要された報復？　嫌がらせ？　大体もしバーナビーがジェイソンを脅しつけたり怯えさせる目論見でこんなことをしたのなら、大いに的外れだし、激怒させただけだ。

とは言え、自分を閉じこめたのはバーナビーではないと、それはありえないと、ジェイソンはほぼ確信していた。それに、森の中をこそこそ動き回るのがミセス・メリアムのやり方のようにも思えない。

つまり二つの疑問が残る。ジェイソンを閉じこめたのは誰だ？　そして何故？

「大変幸運でしたね。俺たち全員にとって」とジェイソンは言った。

バーナビーのこわばった体がさらに硬くなったように見えた。

「その口のきき方にはいい気がしない、ウエスト捜査官」

「こっちも、あなたの口のきき方が大好きとは言いがたい。うっかり自分をここに閉じこめてしまったなんてありえない。ですが、あなたがそう信じていたいのであれば……」

ジェイソンは肩をすくめた。

罪状がどうのと言い出すには、場所もタイミングも悪い。ジェイソンは一人きりで、バーナビーの懐中電灯の光を浴びせられて立ち、静まり返った深い森に囲まれているのだ。どれだけ孤立しているか、ひしひしと感じていた。この島にいる誰かはＦＢＩ捜査官への手出しもためらわない――どんなリスクがあろうとも、ジェイソンをしばらく足止めしておくためにその危険を冒した。ならその人物が、ジェイソンを永遠に厄介払いしようとする可能性は？　できれば答えは知らずにすませたい。

シプカの話を信じるなら、この島ではすでに人間が消えているのだ。もしかしたらジェイソンが無事に立って話していられるのは、バーナビーがいてくれたおかげなのかもしれない。

シプカ。

初めてジェイソンは、シプカが彼を尾行してきて霊廟に閉じこめた可能性を考える。

シプカが、何のために？　一体何の目的で？

だがそもそも、誰がジェイソンをわざわざ閉じこめるのだ。その角度から見ると、シプカもほかの誰にも劣らぬ容疑者といえた。

バーナビーは抑えた、神経質な声で話していた──誰かに聞かれる心配か？

「このような侵入行為は決して許しがたい。弁護士からロサンゼルスのきみの上司に報告させてもらう」

「そりゃご勝手に」ジェイソンは一拍置いてつけ足した。「どうぞ」

バーナビーは向きを変えていたが、もう一度、懐中電灯の光がジェイソンを照らした。

「もうひとつ、暗くなってから島をうろつき回るのはやめておくほうがいい。危険なところもあるからな」

それを最後に、彼は大股に墓石の間をつかつかと去っていった。犬のアンブローズも、薮のそばで掘り返そうとしていた何かをあきらめ、主人を追っていった。

かすんだ犬の影を見送って、ジェイソンの首筋の毛がそそけ立った。今日の昼、アンブローズは藪の中をしきりに嗅ぎ回っていた。誰かが藪に隠れてジェイソンをこっそり見ていたのか？　アンブローズとバーナビーにはなじみのある誰かが？

そいつは今もジェイソンを見ているのか？

15

『様子を見にかけただけだ』ケネディの、録音された声が言っていた。『デュランドの聴取がどうなったかと思ってな』

コテージのキッチンに立ち、ジェイソンはこの午後に溜まっていた留守電メッセージを聞きながら、隣のコテージの、明かりがついていない窓を眺めていた。

ケネディが笑いを簡略化したような音を立てた。

『お前ならうまく相手をつかまえたことだろう』

どう話を終わらせるか迷うような沈黙があって、それからケネディは電話を切った。

ジェイソンは携帯へ目をやった。今のは何だか……妙だ。

まるで二人の仲が、以前の関係に——何と呼ぶかはともかく——戻ったような感じだ。ケネディは、ジェイソンと友人づきあいを続けられると思っているわけじゃあるまい？　まさか。〝ミスター・どっちつかず〟もそこまで鈍感じゃないだろう。そこまで——無神経でも。

いや、ありえるか。

たしかに無神経ではある。

ケネディの物の見方からすると、友人関係でいられない論理的な理由はない。少なくとも友好的な関係のままで。ケネディは——自分で言っていたが——ジェイソンと話すのが好きなのだし、驚いたことに、先週まで二人は話題に事欠かなかった。ジェイソンもケネディとの議論や、時折の論戦が楽しかった。惹かれる気持ちを別にしても、サム・ケネディを気に入っていた。だがケネディを理解したと思ったことなどないし、今はなおさら理解できない。

とにかくジェイソンにとって、気持ちというのはそんなふうに一瞬でスイッチオフできるものではないのだ。こんなにすぐには。いつかはできるかもしれないが、今は無理だ。ジェイソンはまだ傷ついていたし、気落ちして、少しばかり怒ってもいた。論理的な反応ではないかもしれないが——幼稚な感情かもしれないが——とにかく現実はそうだ。

それでも、ケネディと一緒に仕事はできる。する気もある。だが友人にはなりたくない。まったく、またも堂々めぐり。

意識を、ふたたび生け垣の向こうのコテージに向けた。どの窓にも明かりはない。ひとつも。シプカはうたた寝でもしているのか？　まだパトリック家の取材中か？　島を出たのか？

　妙だ。

　ジェイソンは次の留守電に耳を傾けた。

　上司のジョージからは、ジェイソンがニューヨークにもう一日滞在すると残した昨夜の伝言を聞いたと、単なる確認の連絡が入っていた。

　姉たちからは二件のメッセージ——一緒に組んでジェイソンを攻略しにかかっている。その後はジェイムズ・T・スターリングから。友人には〝ストライプス〟の通称で通っている彼は、ジェイソンが入れた留守電を折り返してきたのだった。

『よお、ジェイ』

　ストライプスとジェイソンは、同じ高校に通った仲だ。二人してビバリーヒルズ高校のあらゆる美術のクラスで席を並べることにはなったが——あの頃は二人とも芸術で食っていこうと夢見ていた——親しかったわけではない。連邦捜査局《FBI》で働くなどジェイソンは〝魂を売った〟と、ストライプスはいつもちくちく言うのだ。

『伝言聞いた。お前の探しもんが何か今いちわからねえな。話ならまた聞くよ』

　ブチッ。

「この野郎」とジェイソンは呟いた。

どうせ、ストライプスからカーク殺しの重要情報や鋭い洞察が聞けるとは期待していないが、彼はいつもいかがわしいゴシップを、不気味なくらい誰より早く聞きつけるのだ。ストライプスについてひとつ言えるのは、彼が聞き上手だということだ。

さらに残りの伝言をすべて聞いた。捜査中のほかの案件に関するものばかりだった。

シプカが何かメッセージを残しているかと思ったが、何もなかった。

またキッチンの窓から目をやるが、向かいのコテージに人の気配はない。

一言も残さず、シプカは島を去ったのだろうか？　いささか妙な気はする。だが今朝はヒコック刑事の話題の後、少し気まずい空気にはなった。ジェイソンがヒコックを弁護したことで――弁護というより根拠を確認しただけだが――シプカを失望させたのはわかっている。いろいろな点で、シプカはジェイソンに落胆しただろう。悪いことをした気はするが、ジェイソンが理想の恋人などではないとわかったほうが長い目で見ればいいだろう。つき合うのにいい相手じゃないと。

少なくとも、今のジェイソンは。サム・ケネディに捨てられた傷を舐めている間は。

しかし、今夜のシプカがジェイソンと会う気になれずにいたとしても、明かりがひとつも点かないのはおかしいだろう。わざわざ闇の中を手探りで動き回る理由はあるまい。

パトリック家への取材からまだ戻ってきていない、ということはあるだろうか？

気がかりだ。シプカはアウトドア向きのタイプには見えなかった。迷ったりどこかで足を踏み外したなら、今ごろ、雨がしとしと降る冷たい夜の中で倒れているかもしれない。

仕方ない。どれだけ気まずかろうが、シプカの無事をたしかめに行かないと。

ジェイソンはまた上着を着こむと、コテージを出て、冷えきったぬかるみと草地をグチャグチャと歩いて、やっと垣根の切れ目を見つけた。凍るような雨が頬を刺す。桟橋の杭を波が打つ音、船着場に船がコッコツ当たるぼんやりした音ばかりが夜を満たしていた。岩がちの川辺を歩いていき、シプカのコテージ前の木の階段を上った。

近くに寄ると、暗い窓と、耳が鳴るような静けさがなおさら気味が悪かった。ジェイソンは片手を軽くグロックの銃把にかけた。

何かがおかしい。

正面ドアを強くノックした。

長い時間が経つ。

ジェイソンはもう一度、もっと力をこめてノックした。

「シプカ？」と呼ぶ。「クリス？」

静寂。

ドアノブを回してみた。カチッと音がして、小さなきしみとともにドアが大きく開く。ジェイソンは銃を抜いた。心臓が胸で早鐘のように打っている。

「シプカ？　いるのか？　ウエストだ」

ぞっとするほど乱れのない静けさ。

何をそんなに身構える？　シプカは単に、出かけた時に鍵を掛けなかったのかも。どうして最悪の事態を想定する？

だがどうしても、そうしてしまう。頭皮が緊張にざわついた。

くそ。ヤバい。これはヤバい。

銃をかかげてかまえると、二、三回の深呼吸で自分を落ちつかせた。近年、ＦＢＩの拳銃射撃訓練は狭い室内での近接射撃を想定したシナリオに特化している。刑事や捜査官の死亡のうち、少なくとも六十五パーセント以上が三メートル以内の近距離で襲われているのだ。

訓練はしていても、ジェイソンが前に屋内に突入してから随分経っているし、単独でやったことはない。単独行動はどんな場合でも避けるべきだ。

だが、援護が半時間以上離れたところにしかない今は——。

「ＦＢＩだ！」ジェイソンは怒鳴った。「出てこい」

武器のない左手でドアを開け、敷居に踏み出し、できるだけ室内へ目を配る。視界は悪い。明かりが消えた部屋は黒い形と影で埋め尽くされていた。家具のどっしりした輪郭はわかる。コテージに玄関スペースはなく、正面ドアの中はすぐにリビングだ。

外に立っていても、あふれ出す熱風を感じた。コテージの中はやたらと暑かった。気温が一気に上昇したように。

ドア横にぴたりと背をつけ、銃をかまえて、体を隠す〝スライス・ザ・パイ〟の動きで側柱をぐるりと回りこみ、室内へ踏みこんだ。いざ行動に入ると少し楽になる。訓練が叩きこまれた体は自然に動き、奥まで突進すると、くるりと身を返して逆のコーナーを確認した。

銃口を向けながら、部屋中を見て回った。誰の待ち伏せもなく、ラタンチェアやソファ、旅行トランク風のコーヒーテーブルやサイドテーブルの向こうにも誰もいない。家具に乱れは見当たらない。揉めた跡もない。

壁に背をもたせかけ、抑えた息で耳をすませた。ただの勘違いか。不気味な目にあったばかりで、つい過剰反応しているのか？　シプカは単に島を去っただけなのか。

雨が強くなっていた。屋根の雨樋を流れる水音が聞こえる。船の号鐘が立てる濡れた音も聞こえる。ほかには何も聞こえない。床板のきしみすら。

雨と濡れた土の匂いが、暑すぎるコテージの中へ漂ってくる。それも、ジェイソンが嗅いだ別のにおいを隠せはしなかった。

ジェイソンの胃がねじれる。

独特の金属的な臭気。これは――血の臭いだ。それも大量の。間違えるわけがない。

明かりのない暗闇に目が慣れてくると、室内の様子が大雑把に見えてくる。ジェイソンの右手には、コテージのほかの部屋へ続く廊下があった。その廊下の右側の戸口から、うすぼんやりとした明るみが洩れている。キッチンだろう。左側には三つのドアがあって――寝室二つとバスルームだろうとジェイソンは見当をつける――突き当たりにはまた一つ、閉じたドアがあった。おそらくは主寝室。

ジェイソンは壁にぴったりと張りついて、ゆっくりと、慎重に廊下へと近づいた。柱までたどりつくと、さっと周囲をたしかめ、廊下の入り口を回りこんで、銃を低くかまえながらキッチンへ向かった。

同じ動き。角に張りつき、身を隠しながら回りこみ、室内へ入り、一番奥へと突っこむ。その角には、すぐそばに大きな窓があった。窓ガラスを叩く雨音に耳をすましながら、ジェイソンは視線を、そして銃口を、室内へ向けたままでいた。

静寂と影。それだけだ。

小さな光は電子レンジの時刻表示、コーヒーメーカーのボタン――まだ加熱中だと示している――、そして大きく開いたままの冷蔵庫から。

ジェイソンの心臓が止まった。

冷蔵庫からのわずかな光でキッチンカウンターが見える。カウンターの上にはマウスパッドとマウス、コーヒーカップ、それにパソコンのケーブルがあった。ノートパソコン本体がどこにもない。

長い息を吐き出すと、ジェイソンは廊下のほうへ下がり、スイッチを手探りした。

ライトがつく。明るくほがらかな光が、惨劇の図を照らし出した。血が、冷蔵庫の左側にある食器棚を染め、冷蔵庫の中にとび散り、血痕の弧は冷蔵庫右手のキャビネットまでのびていた。ジェイソンは上を見上げた。

天井の半分ほどまで、血しぶきと、別の何かが点々とついていた。

ジェイソンは一瞬目をとじ、それからまた数回まばたきした。目の前に黒い点がちらつく。耳の中で妙なうなりがする。こんな事態への訓練は受けていないのだ。いやどんな訓練でも無理だ。知人の死体を発見する事態へのそなえなど。

まだ死体はないが。

床を見下ろすと、冷蔵庫の足元で血溜まりがギラついていた。「畜生が」とジェイソンは呟く。

死体があるはずなのだ。こんな大量の出血を生きのびられる人間はいない。

額を拭う。すっかり汗で濡れていた。まるでオーブンの中のようだ。腹の底がよじれて冷たい一方で、腋の下や背中にシャツが汗で粘り付いていた。

乾きかけの血だまりから、太い血の痕が、キッチンの入り口までなすりつけるようにのびていた。被害者の体が引きずられて、おそらくは血を流しながら、キッチンのドアから廊下へ、そしてコテージの奥へと運ばれていったのだ。

ジェイソンは血の痕を追った。拳銃をかまえて。

キッチンから扇状にこぼれる明かり以外、廊下は暗かった。小さな船型の足元灯が、廊下の奥まで続く暗闇で光っていた。

血なまぐさい道しるべがあってもなお、ジェイソンは用心深く、手順どおりに、廊下に面した一つ目の寝室とバスルームをチェックした。その間もめまぐるしく思考が駆けめぐっている。どうして死体を隠した？　これだけ法医学的な証拠を残しておいて、何のために？

加害者はとっくに去っている――シプカのノートパソコンを奪って。それがほぼ最後の行動だっただろう。そして去りがけに、暖房を灼熱地獄にセットした。

もしくは――見たとおりの出来事ではないとか？

それこそ希望的観測だろう。

何を想像した？　シプカが、ヘイブマイヤーがこの島で殺されたという自説に信憑性を持たせようとして己の死を偽装したとか？

ジェイソンは二つ目の寝室をチェックした。

残るは主寝室のみ。

鼓動が耳の中で荒く鳴っている。氷のように冷たい手でグロックを握った。

主寝室のドアは半開きになっていた。ジェイソンが左手でドアを押して開くと、死の臭いが強烈に叩きつけられた。つい足が止まる。胃が拒否感にせり上がる。吐き気を飲み下し、壁にある明かりのスイッチを点けた。

頭上のシーリングファンからの曇りガラスごしの光は、優しくほのぼのとしていて、何も不気味なものは照らし出さなかった。

ベッドは空だ。ネイビーのベッドカバーは少し曲がっていたが、ほかに乱れはない。シプカの服や持ち物があちこち散らばっていたが、それも家探しの痕というより、シプカが自由にくつろいでいただけに見える。ベッドをはさんでナイトスタンドの両端に置かれた灯台の形のランプや、雨に濡れたデッキに続くガラスのスライドドア横にある白いラタンのチェアを、ジェイソンは目の隅で意識する。

床にも死体は見当たらなかった。ジェイソンは閉ざされたバスルームのドアを見やったが、その時、血がこすれた痕が麻のカーペットの上をずっと、ルーバー扉のクローゼットへと続いているのに気付いた。

彼は、動かない白い扉を凝視した。

ここで引いてもいい。ここで切り上げて、ケープ・ビンセントの警察署か保安官事務所に通報するのだ。もしくは州警察でも。とにかく、人の手の及ばないこの森の縁を管轄にしているどこかに。現場をこれ以上荒らしたくなくて、と言えばいい。もう手遅れだとわかっていたからと。この臭い。大量の出血。何ひとつ動かぬこの静寂。手遅れなのだ。

だが。

それでもかすかな疑いが消えないでいる。あるいは希望？　シプカではないかもしれないとか――じつはシプカがもっと深く関与しているとか（何に？）――これが見た目を裏切る事態だとか――。

　ともあれ、一夜をすごした相手に対して、これは最低限の礼儀に思えた。相手の……窮地に、背を向けないことが。シプカはたったひとりで悲惨な死を迎えた。誰もするべきじゃない死に方で。どれだけジェイソンがそれを見たくなくとも、知りたくなくとも、ここでシプカを見捨てないのが己の義務のように思えた。

　カーペットの端まで、血の痕を踏まないよう注意深く歩いて、ジェイソンはクローゼットの扉を開いた。

　血まみれの肉塊がクローゼットの片側にもたれかかっている。それが、クリス・シプカの残骸のすべてだった。血に染まったジーンズとシャツとスニーカーはシプカのものだと、ジェイソンは判別する。それだけだ。わかるのは。残りは……見たくない。忘れ去ってしまいたい。残りは、ジェイソンの夜をさいなむだろう。これはまさに悪夢の光景。

「どうして……」

　自分が何を問おうとしているのかすらジェイソンにはわからない。

　どうして、誰がここまでやる？

（どうして、知っていることを全部俺に話してくれなかったんだ――）

　ジェイソンはそっとクローゼットの扉を閉めると、ベッドの端に腰を下ろし、携帯電話を取り出した。

16

「俺はＦＢＩじゃないが、あんたがこの殺しに関して何か隠してるってのはわかる」

オニール刑事捜査官がまた言っていた。

ジェイソンはうんざりと「知っていることは全部話した」と返す。

まあ、知っていることの大体は。このやりとりは、昨夜ジェイソンがジェファーソン郡保安官事務所によって身柄を拘留されてから、ずっと続いていた。今や朝の八時だ。休みなく尋問されていたわけではない。はじめの事情聴取の後、「手続きのために」と留置室に数時間入れられた。

この手法はジェイソンもよく心得ている。ジェイソンはまだ逮捕されていないし、されるとも思えない。とはいえ多分、容疑を固めるに足る証拠自体はあるのだが。その上ジェイソンのコテージの寝室に鑑識が入れば、もっと出てくる。

オニール捜査官がどう考えていようと、彼の上役は結論にとびつく気はなかった。ただ、自分たちの縄張りでＦＢＩが一言の断りもなく捜査を行っていたと知って、その反発が敵意を生んでいた。

「でたらめだ」とオニールが言った。「シプカのパソコンをどこにやった？」

オニールは、おそらくジェイソンより少し若い。黒髪で顔も良く、自信にあふれていた。刑事課でも間違いなく有望な若手だろう。どんな男かジェイソンにはよくわかる――自分も同じタイプの猟犬として。

そのジェイソンと裏腹に、オニールは数時間の睡眠とまともな朝食をとり、コーヒーもたっぷり飲んでいる。敵愾心《てきがいしん》と熱意に満ち、大文字の威光《ビッグ・イニシャル》の――そしてジェイソンの――鼻を、へし折る気満々だった。

「ノートパソコンは俺が現場に到着した時にはすでに持ち去られた後だった」ジェイソンは四回目の――いや五回目か？――説明をくり返した。「シプカと俺は、調べの方針が違った。俺はこの島に、詐欺と窃盗犯罪容疑についてバーナビー・デュランドに話を聞きにきた。シプカは昔の失踪人事件を調べていた」

「嘘をつくな！」

「嘘ではない」

昔ながらの取り調べ手法だ。怒鳴り、机を叩き、逮捕をちらつかせて脅す。逮捕か解放かどちらかにしろとジェイソンから迫ってこれを終わらせることもできたが、裏目に出るかもしれない。憤懣《ふんまん》の溜まっているオニールは、ジェイソンを逮捕しかねない――たとえジェイソンの罪が捜査妨害にすぎないと今でも考えていても。ジェイソンがシプカを殺したと本気で見てはいない。少なくとも今はまだ。いつ風向きが変わってもおかしくないが、ジェイソンは脅されて弁護士に泣きつくような真似をここでするわけにはいかなかった。弁護士で自衛しようとすれば、保安官たちはもっと細かく深く調べにかかる。それだけは避けたい。どうあっても。それくらいなら向こうの描いてるシナリオに乗っかったほうがいい——これが政府の捜査機関同士の唾の掛け合いで、主導権争い、メンツ争いなのだと。

だが時計は時を刻んでいる。

ジェイソンは携帯電話から上司のジョージに連絡を入れてあったし、ジョージからは、とにかくおとなしく待てと指示を受けている。それから六時間以上経って、不安がじわじわ高まってきていた。ＦＢＩが手を回してジェイソンを解放させようとしているのはわかっていたが、保安官事務所相手に、完全な透明性と協力体制を保って手順を進めるのは大変なのだ。このような状況下では——そうある状況ではないが——そこが欠かせない。正式な手順を踏むことが。ＦＢＩが連邦政府の権威を振りかざしていると見られるわけにはいかない。

頭では、ジェイソンはそれをよく理解していた。だが疲れきり、神経もすり減ったままだ。心配するなと自分に言い聞かせたが、無実の人間が逮捕されて有罪で刑務所に送られることがあるのも知っている。今回はそうならないよう願うだけだ。

「シプカのパソコンを取ったのは俺ではない」ジェイソンはくり返した。「そちらの捜査の邪魔をしたところで、俺の捜査には何の得もない。シプカとは、互いの事件の関連についてもう話し合いもすんでいた。言わせてもらえば、状況的に、シプカを殺した犯人が彼のノートパソコンを持ち去ったと見られる」

「まさにそうだったんだろうさ」

オニールがそう請け合った。単に嫌な奴なのか。それともジェイソンが何か隠していることを察知しているのか——そうなら間違った影を追っているが。

悦に入った目と視線を合わせ、ジェイソンは唇を上げた。「いい加減にしてくれ」と、これ以上反感を買うまいという決心を忘れて言っていた。

取調室のドアが開いた。ジェイソンは椅子の上で体を引いて、言いかけていたことの残りを呑みこむ。オニールが椅子から身をひねってにらんだ。

まるでプロレスラーのような体格の保安官助手が言った。

「彼のボスが来てる」

「いい加減にしろ、ハリス、わざわざ教えてやらなくても——いやもういい」

オニールは目で「まだ終わりじゃないぞ」とジェイソンに伝え、椅子を押しやると、部屋から出ていった。分厚いドアが閉まる。

ジェイソンは両手で顔をこすり、背をのばして、次の展開を待った。ＦＢＩから誰か来てくれてほっとした。ボスと言っていたが、ジョージのわけがない。州内のオルバニーにあるＦＢ

I支局の誰かだろう。ともあれ、援軍の知らせにほっとしていた。

向かいの壁にかかげられた標語が目に入った。

〈我々は地元住民や旅行者の生活環境の向上と、快適な毎日のために働いています。地域の治安維持を通じた地元貢献の大事さを理解し、住人との良好な関係作りに力を入れています。地域の要望を大事にし、そのバランスを取りながら、あらゆる面で成果を得られるよう努めています〉

ジェイソンはうんざりと上を見た。

オニールが数分のうちに戻ってきた。見るからに顔つきが険しい。

「もう行っていいぞ、ウエスト捜査官。こちらからまた連絡する」

ジェイソンは無言で立って、オニールの横を歩きすぎた。オニールは石のように前を見つめ、まるでこの逃亡こそジェイソンの不法行為の決定的証拠だと見なしているかのようだった。

規格外の体格の保安官助手がジェイソンを案内して掲示板と指名手配写真が並ぶ細い廊下を進み、オフィスでコートと財布と携帯電話とホルスターに収めた拳銃を返してくれた。横手のドアが開くと、ジェイソンはサム・ケネディと顔をつき合わせていた。

ケネディは、捜索救難現場からそのまま駆けつけたような格好だった。ジーンズに白いケーブル編みのセーター、青地に金ロゴの入ったＦＢＩのジャケット。だがどれだけカジュアルな格好であろうと、彼は場の支配者に見えた。すべての。どこにいようとも。

「ウエスト捜査官」

「どうも」

ジェイソンの心臓は呆然と──喜びすら混じる──した安堵感に、激しく鳴っていた。何故よりにもよってケネディがここにいるのかわからないが、来てくれたことは本当にありがたい。

ケネディが保安官助手に固くうなずくと、保安官助手があわてて正面のガラス扉を開けに走り、二人を送り出した。ジェイソンの解放までに起きた出来事は気分のいいものではなかったようで、明らかにジェファーソン郡保安官事務所は一刻も早くジェイソンを──というかそのボス、ケネディを追い出したがっていた。

衝撃的な、きらめく陽光と新鮮な空気。そよ風は海の香りを含んでいる。実際は海ではなくフェリー繋留所の古い建物の向こうできらめく青い帯、セント・ローレンス川だが。川と海の差も知らぬげに、カモメが波止場の船の上空で旋回していた。

ジェイソンは胸いっぱいにさわやかに冷えた朝の空気を吸いこんだ。拘留されてからずっと息を詰めていた気分だった。

「大丈夫か？」とケネディが静かに聞いた。サングラスに隠された顔は表情が読めない。サングラスをかけたスフィンクス。

「最高の気分ではないですが」

肩にケネディの手が置かれ、一瞬力をこめてつかまれて、ジェイソンは驚いた。

「車はこっちだ」

やっとまともに見ると、ケネディが疲労困憊しているのがわかった。光の加減かもしれないが、肌は血色が悪く黄ばんでいる。疲れの線が顔に刻まれていた。こんなふうになるなんて、オレゴンで何が起きているのだ？　それにどうしてジョージが、こともあろうにケネディを、ここによこした？

いや、どう考えてもそれはおかしい。ジョージがＢＡＵの主任相手に介入してくれとたのめるわけがないし、たのまない。そんなことにも気付けないとは、ジェイソンは自覚している以上に疲れているようだ。

二人のどちらも何も言わず、白い通りに並ぶ青と白の二台のＳＵＶ車の間にきっちり停められた黒いレンタカーに乗りこんだ。

「どうして俺に連絡しなかった？」

ケネディが聞いた。車のエンジンをかけるそぶりもない。ジェイソンをよく観察しようとするようにサングラスを取った。

「あなたに？　まず第一に、あなたの下で働いているわけじゃない。そして第二に――」

知らせたら何ができるっていうんだ、と言いかかっていた。だが愚かな質問だ。かわりにジェイソンは言った。本音を。

「思いもつかなかったもので」

ケネディがさっと、信じられないという目つきをしたが、それは本当のことだ。ケネディに連絡をするなんて、ジェイソンにはかけらも思い浮かばなかった。ありていに言って、ケネディに助けてくれと泣きつくくらいなら刑務所に千年入れられたほうがいいくらいだ。こうして介入してくれたことに、深く感謝していないわけではないが。

「ジョージにたのまれて来たんですか？　どこからこのことを？」

ケネディが無愛想に言った。

「俺が昨夜、お前に電話しただろう。ジェファーソン郡のケープ・ビンセント保安官事務所の助手がお前の通話を調べて、それでこっちに状況を知らせてきたというわけだ」

ジェイソンは唖然とした。とりあえず、理解できた部分の情報にとびつく。

「俺の通話を？　そんな権利はない！」

「小さな町の捜査機関には独自の流儀があるものだ」

「俺は逮捕されてはいなかった。たとえ逮捕されてたって、法的にそんなことをする権利はない」

許しがたい行為だが、様々な出来事の後で、まともな抗議をするだけの気力を呼び起こすこともできなかった。

「あの島で一体何があったんだ？」

聞かれたジェイソンがざっと説明すると、ケネディの渋面《じゅうめん》は暗く、さらに暗澹《あんたん》としたものになっていった。

ジェイソンの長い説明の後、ケネディはしばらく沈黙していた。

「……まったく。増援を要請するべきだったぞ、ウエスト。何に足をつっこんだかわかっていないだろう。一歩間違えれば――」

そこで言葉を切る。

ジェイソンはあっけに取られた目を向けた。

「本気ですか？　シプカが島から出たかどうかたしかめるのに、保安官たちを呼べって？　あの時点ではそれだけの話だったんですよ」

ケネディがよこした目つきは渋いものだったが、二人ともジェイソンの論理が正しいのはわかっていた。最悪の事態にそなえる理由はなかったし、いざその最悪が明らかになった時には、すでにジェイソンは現場で事態のただ中にいた。

例によってケネディは、それ以上の議論に無駄な時間を費したりはしなかった。同情の言葉にも。前夜の体験がジェイソンにとってどれほど異常なストレスだったのか、気付きもしていないか。

「どうして保安官事務所は現場でお前の事情聴取をしなかった？」

「しましたよ」

「ならどうして拘留された」

「地元に無断で、彼らの庭で捜査をしてたと疑われたから?」

「縄張り争いだと?」

「わかりませんが、別の可能性として、誰かがバーナビー・デュランドに連絡し、バーナビーから俺を足止めするよう指示されたのかもしれない」

ケネディの眉が、疑いをあまり隠しもせずにひょいと上がった。

「バーナビーが仕組んだことだと?」

「シプカが、パリス・ヘイブマイヤー失踪の裏にデュランド兄弟がいると見ていたのは話したでしょう。シプカの昨日の行動内容は知りませんが、少なくとも島の住人から話を聞くつもりでいたことはわかっている。デュランドは、シプカの取材に勘付いたのかもしれない」

ジェイソン自身の耳にもじつに薄っぺらく聞こえる論理だったし、ケネディも納得した顔ではなかった。

「デュランドにとって一番の脅威はＦＢＩの捜査だろう。なら、どうしてお前ではなくシプカを排除する?」

ジェイソンは首を振った。

「ひとつだけは言えます。俺の考えでは、あの霊廟に俺を閉じこめた人間はシプカを狙ってたんです」

ケネディがどっちつかずに何かうなった。

　問題は、鈍だか何か、シプカ相手に用いられた凶器を振りかざして誰かを追いかけるバーナビーの姿など、ジェイソンにも想像できないという点だ。その上、バーナビーはカークの死を聞いて慄然としていた。恐れと、そして——動転。彼はたしかに、カークが殺されたという知らせに心の底からショックを受けていた。それがいきなりシプカめがけて殺人衝動を叩きつけに向かったとは、いささか信じがたい。

「違うな」ケネディが、己の中で結論を出した。「お前が拘留されたのは、もっとも有力な容疑者だからだ」

「は？　どうしてそんなことを？　俺の動機は一体？」

　ケネディの目つきは気短かだった。

「捜査で動機は重要じゃない、それはお前も知っているだろう。動機は、ケーキの飾りにすぎない。ケーキの本体は機会と手段だ。お前はシプカの隣の貸しコテージに滞在していて、どうせコテージにはナイフなど使える武器が山ほどあったことだろう。お前には機会と手段があったということだ」

　そこまではすでにジェイソンも分析ずみだったが、それでも自分が殺人容疑者として本気で見なされていると思うと頭にくる。

「ならどうして、簡単に撃ち殺してすませなかったんです？」

「支給の銃でか？」ケネディは首を振った。「それに加えて、お前はあそこでシプカを知る唯一の人間だし、となれば、拘留された理由はおのずから明白だ」

それで全て片付いたとばかりに、ケネディがイグニションキーを回し、車が短気なうなりとともに息を吹き返した。

二人は会話もないまま、日陰の道を数ブロック進んだ。ケネディは何か考えこんでいたし、ジェイソンは単に茫然としていた。だが、川に面した小さなホテルの駐車場に車が入ると、ジェイソンは口を開いた。

「俺は島に戻らないと」

ケネディに視線を向けられて、説明する。

「持ち物は全部島に置いてあるし。パソコンも。あそこにフレッチャー＝デュランド画廊の捜査メモがすべて入っている」

「デュランドの手出しを心配しているなら、あの一帯は保安官事務所の捜査員がうようよしているはずだ。捜査員のほうを心配しているなら、どんな田舎者だろうとそのノートパソコンが連邦政府の所有品であることは見ればわかるはずだ」

「昨夜の後では、そう安心できませんね」

ケネディはじっと、感銘を受けた様子もなくジェイソンを見据えていた。ジェイソンは鋭く息を吸った。

「わかりましたよ。そう。ひとつ……潜在的な問題があって」

ケネディの目は灰色に見えた。ほとんど色などついていないかのように。

「どのような潜在的問題だ？」

「ここの保安官事務所がどのくらい強硬に俺に容疑をかけたがっているかによりますが、俺が泊まったコテージに物的証拠があります。様々な解釈が可能な物証が」

ケネディが、少しの間ジェイソンを眺めた。

「あらゆる証拠が解釈次第だ。説明しろ」

「主寝室のシーツです。一昨日の夜、俺はシプカと寝ました」

ケネディは筋肉ひとつ動かさなかった。

いや、その奇妙なほどの凝固はジェイソンの気のせいか？　一拍置いて話し出した時には、ケネディの声はいつもどおりだった。

「シプカのことは知らないいんじゃなかったか」

「知りませんでしたよ。少なくとも、覚えてはいなかった。ですがこの月曜の夜以来、あれこれやりとりがあって」

シプカとセックスしたことを、言い訳したり自己弁護しなければならない気がして、それが嫌だった。漠然とした罪悪感も嫌でたまらない。ジェイソンと別れたのはケネディの側だ。何ひとつジェイソンが後ろめたく思うようなことも、申し開きする必要もない。

ケネディもそこはわかっているのかもしれない。すぐ、肝心の点に話を戻した。

「そうか。性的関係があれば当然、決定的な対立に至る可能性がより高いと見なされる。加えて、このような地方の社会政治的価値観では、ゲイ同士の関係というものが偏見をもって差別的に見られている可能性は常にある」

ジェイソンだってケネディに嫉妬してほしかったわけではないが、この言い方は客観的すぎるにもほどがあるだろう。分析アリガトウ、ミスター・ロボット。

「ええ。その可能性はついて回ります」

「あわてて物証を破棄しようとするのは、無実だという主張を裏付けてはくれないぞ」

「物証を破棄しようとしているわけではないですよ。俺はシプカの死には何の関係もない。島に戻って自分の持ち物を回収するのは自然なことだ。そして、戻った時にコテージを掃除するのも自然なことだ。普通の状況なら必ずやることです」

ケネディはフロントウィンドウごしに、セント・ローレンス川の上流へゆっくり向かう船を見つめていた。

「俺の意見を聞くか？　一刻も早くＬＡ行きの飛行機に乗るのが、一番利口な手だと思う」

ジェイソンはまじまじと彼を見た。

「待って下さい。まさか俺が──違います、何も隠していることはない」

「理解している。それでも──」

「り、理解している？」ジェイソンはさえぎった。「俺はさっぱりです、サム。まさか俺がやったなんて思ってないでしょう、俺が——俺が彼を、殺したなんて……」

自分の反応を隠せない。どれほど情けなくてつらくとも。できればケネディにはそれが疲労のせいだと取ってほしい。ケネディの疑いに傷ついたせいではなく。

実際、ジェイソンは疲れきっていた。昨夜の緊張とショックもあるが、まぎれもなく心痛もあった。クリス・シプカを愛していたわけでもなければファーストネームで呼び合う仲ですらなかったが、彼との間にはつながりがあって、たしかに何かを分かち合った。セックスを〝親密な行為〟と言うが、まさにそのとおり。シプカの身に起きたことに、ジェイソンは打ちのめされていた。あんなふうに死んでいい人間などいるものか。ましてや、情が深すぎたことだけが罪だったようなシプカみたいな男が。彼は誰からも忘れ去られた事件を心にかけ、思いが返ってこなくとも人に気持ちを向けてくれた。

ジェイソンは泣いてはいなかったが、それもギリギリだった。呼吸を乱さず表情を消そうと必死の姿は、結局のところ感情をむき出しにしているのと変わらないのかもしれない。喉があまりにもきつく締まり、それ以上の言葉が出せなかった。

ケネディが身をのり出してきたように思ったが、目の前がいきなりかすんだせいで勘違いしたのだろう。ジェイソンが自分の肩でそそくさと顔を拭った時、ケネディは元通り運転席に座っていた。身じろぎもせず。きっとさっきからずっと。そのまなざしは手術用のメスに負けぬほど鋭くまばゆい。

「いや、ジェイソン。お前が殺したとは思っていない。だがお前は、これ以上ここにいても役に立たない。それに俺もオレゴンに戻らなければ。捜査官の負傷と、片付けなければならない捜査をかかえている。保安官たちがお前をまたひっつかまえに来ても、次はかばってやれない」

傷口に塩を擦りこむような言葉。ジェイソンは刺々《とげとげ》しく言い返した。

「かばってもらう必要なんかない！」

ケネディが笑った。あまり気持ちのいい笑い声ではなかった。

「そう思うか？　保安官たちから見て、シプカ殺しへの容疑者はろくにいない。と言うか、まさに一人しかいない。お前だ。この郡でシプカと知り合いだったのはお前だけで、殺される前の晩に彼とセックスをしていて、死体の第一発見者だ。お前のアリバイは、墓地のそばの霊廟に一日中閉じこめられていたというもので、それもシプカが殺されたことを発見するのに丁度いいタイミングで解放されている。これだけで、地方検事によっちゃ逮捕状を出すだけの状況証拠がそろってる」

「嘘なんか言ってない」

「馬鹿馬鹿しすぎて、真実でしかありえんだろう。そうは言っても、愉快なアリバイをひねり出した犯人がこれまでいなかったわけじゃないがな」

「とにかくアリバイにはなる。バーナビー・デュランドが証言できる」

「奴に証言できるのは、お前を墓から出してやったことだけだ。どれだけ長いこと中にいたのか、どうやってわかる？　お前を閉じこめたのが自分だと認めれば別だが。青二才の検事だって、お前がシプカを殺してから馬鹿げたアリバイを捏造しようと霊廟に自分で入ったって主張してくるだろうよ」

「俺が自分で入ったなら、どうやってバーナビーがわざわざ俺を出しに墓地まで戻ってきたんです？」

「わざわざとは限らん。バーナビーが言ったとおりだったのかもしれないぞ。散歩に出たら、犬がお前の匂いを嗅ぎつけた」

ジェイソンは首を振った。くたびれすぎていた。ケネディの攻撃に耐えるだけの論陣を張ろうとするのは、流砂から車を出そうとするようなものだ。実現不可能。ジェイソンは、ほとんどただ意地だけで言った。

「俺は戻らないと。島に帰らなければ、もっと怪しい目で見られる」

ケネディが溜息をついた。ひどく疲れた息だった。

「今日の午後か、明日の早いうちに島へ渡る手配がつけられるだろう。うまくいけばな。急かそうとすれば疑いを招く。許可を待ってからだ。それでお前の……所有物を回収したら、俺もお前も、空港に向かわないと」

ジェイソンはうなずいた。

「注意するべきは、すでに向こうはコテージの捜索令状を取っているかもしれないということだ。それどころかコテージのオーナーの許可さえあれば、いつでも中を見られる」

「わかってます」

ケネディは少しの間、ジェイソンを眺めていた。

「いいか、ジェイソン」口調が変わっていた。「お前には睡眠が必要だ。今にも倒れそうだ。それに俺は十八分後に電話会議がある」と腕時計へ視線をとばした。「十七分後に。このホテルに部屋を取ってある」

ジェイソンはまたうなずいた。まともな声が出せる気がしない。

ケネディは何か言いかけ、やめた。かわりに言う。

「一度にひとつずつだ、いいな?」

「ええ」とジェイソンは答えた。

二人は車を下りて、二階建てのホテルへと駐車場を横切っていった。バッカニアーズ・コーブホテルは、ピンクと白の壁板の建物で、きっと元は目を引く洒落た海賊風の赤色だったのだろう。高い木々と木陰の芝生に囲まれている。海賊旗とアメリカ国旗が隣り合って立っていた。緑色のアウトドアチェアや、枯れたか休眠中の花の鉢たちがホテルを囲んで配置されている。ホテルの中は……古臭かった。海賊《バッカニア》の時代ほどの昔ではないが。せいぜい毛足の長いカーペットや編み地のソファカバーという程度の時代遅れ感。海のテーマに偏ったインテリア。時代物の救命胴衣、丸い船窓風のアート、それに地元のアーティストが描いたらしい海の絵。

チェックインはあっという間で、オフシーズンにはあまり客がいないようだ。

二人が泊まるのは一階の、隣り合った部屋だった。ジェイソンが自分の部屋の鍵を開けて顔を向けると、数歩先でケネディも同じようにこちらを見ていた。

「まだお礼を言ってなかった」とジェイソンは言った。「あそこから出してくれて。ありがとう。本当に」

サムの口元がぐっと歪んだ。

「少し早いが、誕生日プレゼントがわりだ」

そういえば、そんな話もあった。ジェイソンが忘れていた宇宙のどこかでは日常が続いている。姉たちはジェイソンが嫌がる誕生日パーティーを企て、父と母は一人息子が殺人容疑者にされていることにも気付かずのどかにすごし、上司のジョージ・ポッツは今ごろきっとジェイソンの身柄引受の正式書類を書き上げている。

「ジョージは――俺の上司は――このことを知ってるんですか？」

「勝手に乗りこんできたわけじゃない。メドフォードを発つ前にポッツと連絡を取ってある」

ジェイソンはうなずいた。

またもや、ケネディが何か言いたそうにしているのを感じる。正直なところ、優しいケネディは、辛辣なケネディよりなお始末が悪い。

ジェイソンはまた礼儀正しくうなずいて、部屋に入ると、ドアが閉まった。

「最高だ」と呟く。

だがケネディの言葉どおり、一度にひとつずつだ。檻からは出られた。まずはありがたい——それにあのオニール捜査官といるくらいなら、迷いなくケネディといるほうを選ぶ。

ケネディが言っていたことが当たっていて、ジェイソンに強い容疑がかけられているとしても、状況証拠だけのことだ。たとえ島でのあの物証——シプカとジェイソンが捜査上の協力以上の行為を、一晩だけにせよ、した証拠——の始末が間に合わなくとも、やはりすべては状況証拠のままだ。

バスルームへ入って顔に冷水をかけ、コップに水を入れると、配管臭い水を二杯飲んだ。

ベッド脇の時計は九時を示していた。ロサンゼルスは朝の六時。ジョージの家にかけてみると妻が出て、ジョージは別の電話の最中だと教えられたが、ジェイソンから連絡があったことは伝えておくと言ってくれた。

就業時間の前から会議の電話？　いい知らせとは思えない。

まあ、ジェイソンがここでじたばたしても何も始まらない。

オフィスのジョージの番号にかけると、ジェイソンは自分が釈放されたこと、今日の午後に自分の所持品とノートパソコンを取りに島へ向かうつもりであること、できれば夜には帰りの飛行機に乗るということを留守電に述べた。

それから届いているメールに目を通しながらジョージからの折り返し電話を待ったが、携帯電話は沈黙したままだった。

約束したとおり、シプカがパリス・ヘイブマイヤー失踪についての取材メモをジェイソンにメールしてきていた。メールの文面にはこうあった。〈人はブルーベリーマフィンのみにて生きるにあらず。ディナーはいかが。五時においでを〉

ジェイソンは、そのメッセージを長い時間見つめていた。

調子よくサムからクリス・シプカにのりかえるなんてことはありえなかったが、ディナーを一緒に食べられたらよかったと願う。そこにいて、シプカへの襲撃を止められたならと。

自分が霊廟に閉じこめられていたのは二つの目的あってのことだと、ジェイソンはほぼ確信に至っていた。シプカ襲撃の邪魔にならないように、そしてシプカ殺しのアリバイがないように。だが完全な確信ではない。この仮説の弱点は、相手側に事前の情報と計画が——あらかじめの計略が、必要だったという点だ。

事前の情報。ジェイソンとシプカが何者であるか、そして二人が協力しているという知識。不可能ではあるまい、バーナビーの家の使用人たちのきっと全員がジェイソンの職と島に来た目的を知っているし、シプカは以前にも何回かこのあたりに来て、取材をして回っていた。

一番難しいのは、シプカを襲う計画だ。あの日、ジェイソンとシプカが別行動をとることは誰も知らなかったし、ジェイソンがあの霊廟へのこのこ入っていくことなどわかっていたはずもない。

筋が通る唯一の仮説は、ケネディが追う連続殺人犯が、この島までジェイソンを、もしくはシプカを追跡してきたケースだ。どちらの場合でも、その犯人は捜査状況をよく把握していたことになる。それも一つではなく三つの捜査を。ジェイソンによるフレッチャー＝デュランド画廊の捜査、行動分析課《BAU》によるモネ絡みの連続殺人の捜査、そしてパリス・ヘイブマイヤー失踪の真相と正義を求めるシプカの取材。

かなり信じがたい話だ。第一に、犯行の手口が違いすぎる。シプカの殺害現場にモネの贋作はなかった。後頭部つけ根への無慈悲で手際のいいアイスピックの一撃、なんてものもない。シプカを襲った人物は、怒りに我を失っていた。

そんな犯行が、たまたま出くわした無関係な殺人狂によるものだとは、なおさら考えにくいが。

ジェイソンはベッド脇の時計に目をやった。ジョージからの電話はまだない。

深く考えるほどのことではないのかもしれない。ジョージはまだ部長や支局長と話し中だとか。あるいは電話相手はワシントンDC支局のカラン・キャプスーカヴィッチでもあり得る。思えばジェイソン自身、カランに電話して何があったか残らず報告するべきだ。

だが、後で。

ケネディはここでも正しかった。今この瞬間、ジェイソンに何より必要なのは睡眠だ。

枕の上に倒れ、目をとじて、ジェイソンは一瞬で意識を失っていた。

17

ドアの下側から血だまりが広がっていく。

クリムゾンのように暗く艶光りながら。それはほとんど油絵の具かと見まごうような――その臭いさえなければ。

ドアの向こうに何が横たわっているのか、わかっていた。このドアを開けなければならないとわかっていた。だが吐きそうなほどの恐怖で体が動かない。ドアノブに手をのばせない。背を向けることもできない。

その時、クローゼットの内側からシプカがドンドンとドアを叩きはじめた。その音が大きく、もっと大きくなって――。

はっと息を呑んで、ジェイソンはとび起きた。鼓動が暴れ、目に髪が入っている。茫然としていて、本当に誰かがドアを叩いているのだと気付くまで一瞬かかった。ホテルの部屋のドアを。ベッドをとび出し、ジェイソンはよろよろとドアに向かった。

廊下にケネディが、猛々しい渋面で立っていた。その刺々しさが、ジェイソンの寝ぼけたような様子を見てやわらいだ。

「大丈夫か？」

「ええ。もちろん」

ケネディはまだ眉をひそめ、じっとジェイソンを観察していた。

「俺は廊下で一分近くドアを叩いていたんだぞ」

「ただ……寝ていたので。何かありましたか？」

ケネディは一睡もしたようには見えなかった。それどころか、到着してから上着すら脱いでいないように見える。あれからずっと電話か？

「島へ行く許可が下りた」

その一言で、意識の曇りが晴れた。

「それはよかった。靴を履いてきます」

ケネディがそのままドアを押さえている間にジェイソンは靴をつかみ、ホルスターを装着し、上着に手をのばした。

「シーポート・スループスがきっと船を出してくれますよ。あそこのオーナーから話も聞きたいし」

「いいだろう。さっさと終わらせよう」

ケネディの口調は厳しく、ジェイソンはさっと顔を上げた。

「何も、ついてきてもらわなくてもかまいません。俺の不始末です。自分でケリをつける」

はっきり言って、そのほうがありがたい。

「俺も行く」とケネディは告げた。「自分の目で島を見ておきたい」

「何だかおかしな感じのところですよ」ジェイソンは認めた。「あの空気はどうにも説明できない。平穏と不吉の間のような」

ケネディに短く笑われた。

「まあそうなんですけど。でも本当に。島にいる間、ずっと気が落ちつかなかった」

「それだけの理由もあったろ」

「ええ。シプカは、ヘイブマイヤーはあの島で殺されたと信じていた」

「根拠は？」

「あまり。基本的には、前の年にあったレイプと誘拐の訴え。ただ、気になることとして、島にはネイティブアメリカンの埋葬地を含む三ヵ所の墓地があります。死体を隠す場所には事欠かない」

「墓地がなくとも死体はいくらでも隠せる」

あの暗い森と岩だらけの岸を思い出すと、ジェイソンも同意するしかなかった。

シーポート・スループスへと車で向かう間、シプカから明かされた情報をすべて聞かせろとケネディが要求した。ジェイソンはマルコ・ポベタと彼が取り下げたレイプの被害届について話し、シェパード・デュランドをめぐるさまざまな噂について話した。

話が終わると、ケネディが言った。

「シェパード・デュランドが昨日どこにいたかたしかめておくのもよさそうだが、お前の目星は兄のほうだな。バーナビー・デュランド？」

「シェパードの関与を否定するつもりはありません。ですが、ええ、画廊に対する告訴の被疑者はバーナビーです。バーナビーも、絵画を売却したことは否定していない。もっともバーナビーに関しては何の噂もない——つまり、シェパードのような噂は。シプカに聞く前から俺はドラッグや荒っぽいセックス、ＳＭクラブについてシェパードの噂は聞いていました。湯水のように金をばらまくという評判です。プレイボーイだとも。実際、そういう評判を当人は自慢に思っているふしがある。一向に聞かないのはシェパードがビジネス向きの頭をしているという評価だけですが、俺は彼のオフィスを見ました。話もした。外から思われているよりはるかに切れる男です、名実ともに画廊の共同経営者でしょう。本当の問題は、バーナビーの企みをシェパードが知っていたか、ではないんだと思います。むしろ核心は、シェパードの企みを、バーナビーがどこまで知っていたのか」

「お前はどう見る？　バーナビーは知っていそうか？」

「まだわかりません。つきとめます」

「話が出たついでにだが、お前の仲良しのオニールが、バーナビー・デュランドは早朝とっと島を出たと言ってたぞ」

「俺のアリバイについて証言する前に？」とジェイソンは語気を強める。

「そうだ」

「くそ。偶然なわけがない」

「だろうな」

「それで、保安官事務所はそっちの筋を追う気はあるんですか？　放っとくなんてことはしませんよね？　バーナビーはどこに？　それはわかってるんですか？」

「落ちつけ」とケネディがたしなめた。「デュランドはロサンゼルスに戻った。その確認は取れている。それと、ああ、オニール捜査官によればこのまま放置するつもりはないそうだ」

「デュランド家は、町に住む人間全員の首根っこを抑えこんでる」

「何を言ってるんだ。少し芝居がかりすぎてないか、それは。オニールとじかに話をしたが、デュランド一家に好意的という感じではなかったぞ」

「俺にも好意的じゃないですけどね」

「ああ。だが彼は自分の仕事はするだろう。するべきことはきっちりやる男だ」

ジェイソンは窓の外をにらみつけていた。

ケネディがちらりと彼を見る。次の言葉は、かすかな笑いのようなものを含んでいた。

「何にせよ、まだお前にもいくらかいい風は吹いている。まず、ジェファーソン郡の保安官事務所の誰も、お前がゲイである可能性に思い至っていない。お前がシプカとつき合っていたとは思いつきもしないだろう」

「つき合ってはいませんでした。セックスしただけです。一度」

ジェイソンは言い返した。どうしてその点をはっきりさせておきたい気に駆られるのか――いや、当たり前のことだ。真実なのだから。

ケネディは、目の前の道から視線を外さなかった。

「二つ目は、お前はＦＢＩ特別捜査官で、ほとんどの部外者にとってＦＢＩ捜査官がセックスするという発想自体がまずない」

ジェイソンは鼻を鳴らした。それは、たしかに。ジェイソンだってサム・ケネディがセックスする図なんて思い描けなかった――サムから誘いをかけられるまでは。


「今日あなたが来ないかしらって思ってたのよ。町の皆はずっとあの話ばっかりしてるわ」

シーポート・スループスのオーナー夫人――デイジーという名だと今回わかった――が二人

を歓迎した。彼女はレンタルショップの唯一の客、ピーコートとネイビーの縁無し帽姿の腰の曲がった老人の会計をすませるところだった。

奥の事務所からブラムが出てくると、ほがらかに言った。

「あそこにいたんだろ？　ＦＢＩが、事件の時すぐ隣にいるなんてな。まったくすごいよ」

たしかにすごい。キャリアの足しにはなるまい。

「保安官事務所から、コテージを捜索する許可がほしいって言われてて」とデイジーが言った。

ジェイソンと視線を合わせた彼女の目は、うかがうようだった。

「基本の手順ですよ」とジェイソンは答えた。「俺が被害者を発見したので、だから」肩をすくめて、好奇の表情で見ているケネディへ目をやる。「こちらは俺の、ええと、ボスだ。サム・ケネディ主任」

「心配いらないよ」とブラムが言った。「令状を持ってこいって言っといたから。郡の保安官に嗅ぎ回られるのは気に入らないね。今から島に戻るのかい？」

ブラムはジェイソンからケネディへ目を移し——そしてまたケネディを見直した。ケネディには人にそうさせる何かがある。

「荷物を取りに行くだけ」とジェイソンは答えた。

「はいどうぞ、ミスター・バンディ」デイジーが客に明るく言った。「いい一日を！」

ミスター・バンディはチョコレートミルクと小さなドーナツと煙草の袋を取ると、名残惜しそうにちらちら振り向きながら出ていった。

ブラムがぼそっと呟く。

「あの詮索好きのジイさんめ。これで町じゅうに今の話が広まるぞ。保安官があんたを逮捕したってのは本当かい？」

「いや」ジェイソンは否定する。「事情聴取をされたんです。当然のことだ」

「そりゃそうだ、その場にいたんだからな」とブラムが信じがたそうに首を振った。

「あなたには何もなくてよかったわね」とデイジーが言った。「島にそんな異常者がいるのなら……」とブラムを見やる。

ブラムはとがめるような視線を返した。

少し気になる夫婦のやりとりだったが、ジェイソンが求めていた話題の糸口になった。

「そういえば二十年くらい前に島で起きた騒ぎについて、ミスター・シプカから話を聞かれたでしょう？　島に監禁されていたと主張する若者を、シーポート・スループスの誰かが船に乗せたとか」

「えっ、そんな！」デイジーが叫んだ。「殺されたのはあの人だったの？　あの記者の人？」

「何だってあんな話を蒸し返そうとしたんだか」そう言うブラムのほうは、シプカがその記者だとよくわかっていた様子だった。「何十年も前のことをさ。つついて何の意味があるって言うんだ？　当人も死んでるのに」

「被害者のポベタが死んだのをどうして知ってるんですか？」とジェイソンは聞いた。

一瞬、ブラムは虚を突かれたような顔になった。

「ああ──あの記者が言ってたんだよ。俺たちに話を聞きにきた時に。あの若者はもう死んだから、話を裏付ける証言が必要だと言って」

それはそうか。明白。当たり前。

ケネディが言った。

「昨夜の事件こそ、その意味なのかもしれないな」

シーポート・スループス夫妻は、滝水《かんすい》ポンプがいきなりしゃべり出したかのようにぎょっとしていた。

「まさか」とブラムが言う。「昔のは全然違う話だ。あれはシェプの仕業だよ」

「ブラム」と妻が鋭く言った。

「シェプの仕業だろうと見なされている」

ブラムはそう言い直して、趣味のＦＢＩの映画鑑賞で培った言い回しを披露した。

「ミスター・ポベタを島から出る船に乗せたのはあなたですか？」

ジェイソンはブラムにたずねる。二十年前のブラムは十代終わりか二十代はじめだっただろう。ポベタとそう変わらぬ若さだ。

ブラムが「……いや」と口ごもった。

「難しい立場なのはわかります。デュランド一家はこのあたりの権力者だ。だが二つの犯罪がつながっていたら？　なら捜査機関は知らねばならない。一つ目の事件はもう追及するには遅すぎるし、あなたが裁判の場に立たされるようなことはない」

「つながりなんてあるわけない」とブラムが反論する。

「それはわからない。現時点では――」

そこにケネディが割って入った。

「ポベタを船に乗せたのはあなたか。だな？」とデイジーに向かって言った。

デイジーの茶色の目がぎくりと見開かれた。ブラムのほうを後ろめたそうに見やる。ブラムがあきれ顔をした。

「いいだろ」と言う。「しゃべっちまえ、おしゃべり娘。今さら何の意味があるかはさっぱりだけど、いいから話すんだな」

「そんなに大した話じゃないのよ」デイジーが認める。「私はあの古い砦に観光客のグループをつれて行ってたの。ランチをして島を回るプランで、夏にはよくあるやつね。そうしたら、私と同じくらいの歳の男の子が茂みからとび出してきたの。真っ裸で、枝で股間を、こう、イチジクの葉か何か持つように隠して」とうわずったクスクス笑いをこぼす。「その子は、デュランド家の墓室に何日も閉じこめられていて、その、いたずらされたって言うのよ」

「いたずら？」とジェイソンはくり返した。

「レイプされたって。監禁されてたって言ってた。性奴隷として。シェパードに」

「その時、ほかに彼の言葉を聞いていた者はいたのか？」とケネディが確認した。

「いいえ。その時は私しかいなかった。皆がいなくなるまで待って、私が船を出そうとしてた時に船着場を駆けてきたの。あいつらに殺されてしまうって言ってて――」

「あいつら？」とジェイソンが問い返す。

「シェパードと誰か。バーナビーのことじゃない？　それで彼が――その子のことね――船に乗せてくれってたのんできて、私はそうしてあげたわけ」彼女がブラムへ投げた視線はかすかに挑戦的だった。「私はあの子を信じたからね」

「墓室にとじこめられてたなら、どうやって逃げられたって言ってました？」

「誰かが扉を開けてくれたんだって。誰なのかは見えなかったって。最初は罠かと思って出るのが怖かったそうよ。『デンジャラス・ゲーム』みたいに」

「んん？」とブラムが言った。

「あのお話よ。映画版かもしれないけど。高校の時に読んだでしょ？」

ブラムが首を振る。

「読んだわよ。ミセス・デ・ハーンの英語のクラスで」

ブラムがまた首を振った。

「いーえ、読んでるわ。あの話好きだったでしょ？」

ケネディが溜息をついた。

ジェイソンが話を戻す。

「ポベタは、その開いた扉を罠かもしれないと思ったんですね？」

デイジーが意気込んでうなずいた。

「そうなの。でも結局は、逃げるチャンスはこれしかないかもって気付いて、森に駆けこんだわけ」

「誰が扉を開けたかは言わなかった？」

「見なかったって。お屋敷の召使いの誰かだろうと思ってたわ、人殺しまでは見逃せなかった誰か。でもはっきりとは知らなかった。ひとつだけ言えるのは、あの子は死ぬほど怯えてたってこと。芝居なんかじゃない」

ブラムが顔をしかめていた。

「自分が殺されると、彼はどうしてそこまで信じてたんです？」とジェイソンがたずねる。

「シェパードから、殺すしかないって言われたんですって。起きたことを人に話されると困るって、あいつらが――」

「またあいつらか」とケネディが口をはさんだ。

デイジーは申し訳なさそうな顔をした。

「だって、すごく昔の話だから。あいつら、って言ってたと思うけど、一言一句ちゃんと覚えてるわけじゃないの。シェパードのほかにも誰かいるような言い方をしてたと思うけど、名前を言ってたわけじゃない。聞けば覚えてるもの」

「ああ。聞きゃ覚えてるな」とブラムが言った。

「あなたがたがケープ・ビンセントまで帰ってきた後、どうなったんです？」

「なにも。そうね、船に置いてあった古着をその子にあげたけど。彼はお金も何も持ってなかったし。ＩＤも。少しラリッてて、シェプにドラッグを飲まされたって言ってた。とにかく、あの子はありがとうって私に言って、警察に行ったのよ」

シプカによれば、その警察からたちまちデュランド家に囚人脱走の知らせがとんだということになる。

ポベタの判断ミスは責められまい。ケープ・ビンセントの警察署にまともな捜査部門がないことなど知るよしもなかっただろう。壁にかかげたポリシーとやらの一部が何を言っているか――〝地域の要望を大事にし、そのバランスを取りながら〟――も。

そう。言い換えるなら、騒ぎは起こすな、他所者に用はない、と。

重大犯罪はジェファーソン郡の保安官事務所が対処するのだが、ポベタの訴えをケープ・ビンセント警察の誰もそちらに上げるほどのものだと見なかったのは不運だった。一方、少しラリッた他所者が、地元の有力者一家相手にとんでもない告発をしたところで、ろくに相手にされなかったのもよくわかる。

正しいことではない。許されていいことでもない。だがしばしば、物事はそんなふうに流れていく——今もなお、悲しいことにそれは変わっていない。


前日の雨と霧の後では、今回の島への船旅は予想外に晴れてさわやかだった。

ジェイソンとケネディは、ジェファーソン郡保安官事務所の面子ひとりずつについて、ブラムから詳細な解説を聞かされた。まさしく解説としか言いようがないものだった。

ケネディはほとんど何も言わず、ブラム相手に「へえ」とか「それはまた」などの相槌を打つ役はジェイソンにまかされた。

コテージそばの船着場が近くなると、黒と金のパトロール船が数隻繋留された列が見えてきた。シプカのコテージが活動の中心地で、制服姿の捜査員たちが犯罪現場にうようよいた。

ブラムの目が楽しげに輝き、ここで待って帰りも送ろうと二人に申し出る。

「そこまでしてもらわなくても。どれかの船で帰れるから」とジェイソンは遠慮した。

「このほうが楽だよ」ブラムがニヤッと、いたずらに笑った。「それに、どんな捜査をしてるんだか見てみたいし」

たしかに。地元のゴシップを円滑に回すには材料の供給が欠かせない。

ジェイソンがちらっと見ると、ケネディは考え深げにブラムを眺めていた。ジェイソンの視線を感じて、眉が問いかけるように上がる。

ジェイソンは軽い調子でブラムにたずねた。

「使ったタオルとシーツはどうしたらいいですか？」

「洗濯機に放りこんどいてくれればいいよ」

ブラムはまだ隣のコテージに目を据えたまま肩をすくめた。

見るまでもなく、ケネディがいい顔をしていないだろうとわかる。

船が着岸し、三人が下船すると、ブラムは保安官助手たちの仕事ぶりをじっくり見物しにいそいそとそちらへ向かった。

ジェイソンはケネディを先導してコテージへ向かう。ケネディが石を踏む鋭い足音が、まるで非難がこめられているかのように聞こえた。

ジェイソンは肩ごしに後ろを見た。

「だから、これは物証じゃありませんから。俺は関与してない。隠すようなことは何もない」

「誰だろうと隠したいことはある」

「あなたも？」

ケネディが金の眉の下からやけにきっぱりとした視線をよこした。

「決まっている」

その返事にジェイソンは意表を突かれていた。返事そのものというより、むしろその率直さにか。

「これは、初動四十八時間の問題です。保安官事務所が俺だけを注視していると、貴重な初動捜査の時間が無駄になる」

「口出しをする気はない」

「でも気に入らないんでしょう」

ジェイソンが――もしかしたら二人ともが――驚いたことに、ケネディが奇妙な笑い声を立てた。

「ああ、気に入らん。だが多分、本当に気に入らないのは……」

ケネディは最後まで言い終わらなかったが、暗い告白まがいの言葉にジェイソンの心臓がはねた。

コテージに着いた。ジェイソンが鍵を開け、二人は中へ入る。

寝室へまっすぐ向かったジェイソンは手早くシーツを剝いだ。

「お前がシプカと仲良くなるまでにあまり時間はかからなかったんだな」とケネディが戸口から言った。

「あなたと仲良くなるのにもそう時間はかかりませんでしたよ」とジェイソンはぴしりとはねつける。

一理あるというようにケネディはうなずいたが、すでにジェイソンは今の発言を後悔していた。ケネディとの関係は、シプカとの関係と根本的に異なるものだ。もっとも、ケネディにしてみれば似たようなものなのかもしれない。

「疲れてたし、落ちこんでたんで。ボトル半分のワインの勢いの助けもあって」とジェイソンは肩をすくめた。「助けと言っていいのかはともかく」

「自分の行動を俺に言い訳する必要はない」

「ええ、ないですね」

ジェイソンはバスルームのタオルと一緒にシーツを丸めると小さな洗濯スペースへ運んでいった。洗濯機に詰めこみ、洗剤を足して、スイッチを入れる。

キッチンへ入ると、ケネディがフォーク類の引き出しを調べているところだった。

ジェイソンの心臓が止まる。

「何、してるんです?」

ケネディは顔も上げなかった。

「お前の留守に殺人の凶器が仕込まれていないかたしかめている」

ジェイソンの唇が開いたが、何かの言葉を見つけるまでに数秒かかった。

「……ドアと窓には、鍵がかかってました」

「だな」ケネディが引き出しを閉めて次の引き出しに移る。「だが借り家だし、何年もの間には何百人という人数に合鍵を作るチャンスがあった」

呆然とした一瞬の後、ジェイソンもキッチンの逆側にあるキャビネットを調べに取りかかった。

「じゃあ、俺が霊廟に閉じこめられたのはシプカ殺しのアリバイがないようにするためだという話、信じてくれたんですね」

一つ目の棚には空の容器だけだった。

「かもな。もしくは、お前に邪魔をされないようにか。それとも、お前を閉じこめたのは衝動的なもので、その機に乗じてシプカを殺す決断をしたのかもしれない」

決断というのは、シプカの身に振りかかったあの惨状に対してあまりに理性的な言葉に思えた。

「シプカを殺した人間は返り血まみれだったはずです。現場には山ほどの科学的証拠がある」とジェイソンは指摘した。

「ならそれに賭けるか？」

「いいえ」

二人は沈黙のまま捜索を続けた。キッチンを調べ終えると、ケネディが言った。

「オニールは、現場の暖房の設定温度が死亡推定時刻を狂わせる狙いで上げられていたことぐらい、ちゃんとわかっている。お前にとっては損得抱き合わせた話になる。ＦＢＩ捜査官であれば一般人よりその手の発想をしやすいと、オニールは信じているようだ」

「あなたはどう思ってるんです？」

「世間にはＣＳＩのドラマのファンが多い」答えて、ケネディはつけ足した。「リビングを見てくる。お前は寝室と風呂をたのむ」

「はい」

コテージの中を徹底的に、サンルームから暖炉の煙突まで調べ上げた。屋内に、何の凶器も隠されてはいなかった。

「ひと安心ですね」とジェイソンは捜索の終わりに言った。

「そうだな」

ケネディは何か考えこんでいる。

「違うんですか？」

「こうなると疑問は、何故凶器がここに隠されていない、ないのかということになる」

「時間がなかった？　コテージの中に入れなかった？　自分が島を出る必要があったから？」

ケネディはうなずいたが、同意というより相槌に近い。不意に言った。

「現場の捜査状況を見てくる」

「了解」

現場にいる捜査員たちにはさぞやありがた迷惑なことだろう。

「帰る準備ができたら声をかけろ」

ジェイソンは無言でうなずいた。

荷物をまとめるのにさしたる時間はかからなかった。自分とシプカの使ったジュースのグラスと皿、コーヒーカップを洗い、洗濯機が回転とすすぎのくり返しを終えるまで待った。ブザーが鳴ると、シーツ類を乾燥機に放りこんでボタンを押す。バッグを持ち上げ、コテージの前庭へ進み出た。

冬の草と岩が広がる中、ケネディが現場主任の捜査員と話していた。ジェイソンに気付いたケネディは制服姿の相手に別れの言葉を告げ、草地を横切ってくる。足を止め、唇に指を当てると鋭く澄んだ指笛を鳴らした。はぐれた子牛に合図を送るように。

そして実際、ブラムが二つのコテージを隔てる垣根の向こうから出てくると、小走りに、船着場へ向かう二人へ追いついてきた。

「信じられないよ！　現場検証を見ちゃ駄目だって言うんだ。向こうは俺の敷地をずかずか踏み荒らしてるのに！」

ジェイソンは適当にうなずいた。ケネディが何をつかんできたか聞きたかったが、ブラムがじっと聞き耳を立てているのもわかって、口から出たがる山ほどの質問をこらえた。

「現場の検証は適切に進行している」

ケネディがそう述べた。何かの暗号かもしれない。そうなら、ケネディに関しては珍しくないことだが、ジェイソンは理解できずにいた。

「検死結果はまだですか?」

「ああ。だが出血と血痕からすると、シプカは大きく鋭い凶器で叩きのめされたと見られる。大鎌や斧。俺もその見解に同意だ」

「エリック・グリーンリーフ」とジェイソンは言った。「彼は斧を持っていた——態度もそれにお似合いで」

何も考えずに言ってしまったので、ブラムが発した「エリック? エリックが容疑者なのか?」という言葉にジェイソンはひるんだ。

「違う」とあわてて言う。「あれこれ考えているだけです、根拠はない。まあ、気になる男だけども」

「わかるよ、シェプよりエリックのがずっと人をぶち殺しそうだと俺も思うさ。でもエリックが殺すなら、まず別れた彼女だろうけどな。別にあいつの名前が出たからって気にしないよ」

「エリック・グリーンリーフというのは誰だ?」とケネディが聞いた。

「あれの持ち主」

ジェイソンはカムデン城を指した。空を背に、黒いシルエットと化した建物を。

ケネディはゆっくりとうなずいた。

「おもむき深いな」と一拍置いて言う。

そのかすかな皮肉っぽさがあまりにもケネディらしくて、ジェイソンは笑っていた。

それを聞いて、ケネディの口元も曲がった。

コテージの片付けと自分が嵌められていないかどうかの捜索の間だけジェイソンを最大出力で動かしていたアドレナリンは、ケープ・ビンセントへ戻る短い船旅の間に尽きていた。また、あの奇妙に空虚な気分に支配されている。凍えて気が滅入り、自分でも認めたくないほど心が乱れていた。

これからどうなる?

さっぱりだ。

風が出てきて、流れが不安定だった。ジェイソンは目をとじ、顔に当たる陽光と波としぶきの感覚をただ受けとめようとした。

「船酔いか?」とケネディがいきなり聞いた。

ジェイソンはぽかんとして顔を上げる。

「俺が?　いいえ」

「紙のように顔が白いぞ」とケネディは眉を寄せた。

声は低かったがブラムが聞きつけた。「顔を船の舷から出して」と言ってくる。

ジェイソンは苛々と言い返した。

「吐いたりしない。船なら子供の頃から慣れてる」

ブラムは信用できない様子だ。ジェイソンはケネディに向かって言った。

「大丈夫です。疲れてるけど、それだけだ」

ケネディは何も言わず、ただじっと、真剣な目でジェイソンを眺めつづけていた。

やめてくれないか、とジェイソンは願う。にじみ出る気遣いと心配は、事態を悪くするだけだ。

ブラムは、ジェイソンのさっきの発言がまだ頭から離れない様子だった。

「島の全員が斧を持っているよ。あのコテージの納屋にも斧があるし」

まだ保安官事務所に押収されていなければ、だが。

「あれは飛躍した発言でした」とジェイソンは答えた。「グリーンリーフは失礼で非協力的な態度で、だから、まず連想してしまった。彼を疑うような理由は、何についても、ひとつもない。本当に。忘れて下さい」

「うん、でも言われて考えてたんだ。思い出してた」

「どんなことを？」とケネディが聞いた。

「エリックは本当に変わった奴で。グリーンリーフ家は全員がネジがすっかり外れてイカれてた。もしあの島に殺人狂がいるってんなら、あいつが俺の第一候補だね」

「グリーンリーフはこれまで誰かを脅したことが？　誰かを襲ったとか？」

「あいつはいつも誰か脅しつけてるよ。特に前の彼女を。ついにキレたのかもな」

「ならどうして赤の他人を殺すんです。元彼女を殺さずに」とジェイソンは反論した。

ブラムが肩をすくめた。

「赤の他人じゃなかったのかもな。あの記者は何回かここらにやってきてデュランド家のことや昔々の出来事について聞き回ってた。少ししつこすぎたのかもしれないさ。エリックの癇にさわるような何かをしたとか。ありそうなことだ」

「情報に感謝する。調べてみよう」とケネディが言った。

ブラムが陽気に笑った。

「力になれてうれしいよ」


ホテルまで車で向かう間、ケネディが言った。

「もしシプカの殺人で容疑者になるのが心配なら、もう気にしないことだ。疑いは晴れただろう」

「どうしてです？」

「シプカの死はＦＢＩの管轄になるかもしれないと、いくらか匂わせておいた。州をまたいだ俺の捜査に関連していそうだと」

ジェイソンはぎょっとケネディを見た。

「シプカ殺しまで同じ犯人の仕業だと思ってるんですか？　行動パターンがまるきり違いますよ」

「同一犯でなければあまりにも偶然がすぎる」と言ったケネディの表情はひどく寒々しいものだった。

「同一犯でもちょっと偶然がすぎるでしょう」

「俺が言っているのは、お前が恋人殺しでつかまる心配はもういらないということだ」

ジェイソンはぴたりと静止した。

「こ、恋人？」

「忘れろ」

「恋人なんかじゃなかった。この四日間しか知らない相手だ」マサチューセッツでケネディと彼は何日間のパートナーだった？「俺に恋人がいるとしたら、それは――」

ジェイソンはそこで言葉を切った。みっともない話だ。かわりに、声から感情を削ぎ落とそうとしながら言った。

「その場合、あなたの犯人が、島までシプカを追ってきたことになる。それか島にいる誰かが犯人か。少しありそうにないことでは？」

「そうだな」

「じゃあどういうことです？」

「どの方向から見ようとしても、ここには偶然が多すぎる。ありそうかどうかはともかく、これらの事件はつながっているように見える」

ケネディがちらりとジェイソンを見た。口元が上がる。

「つまり、俺たちの事件がつながっている可能性が高いということだ」

それにはなんとも返事のしようがなかった。ジェイソンはなんとか「……はっ」とだけ弱々しく絞り出した。

ケネディが珍しくユーモアを発揮して「うまくまとめたな、ウェスト捜査官」と返した。

数分後、車はホテルのほぼ空の駐車場に入り、ケネディがエンジンを切った。少しの間、二人は青くきらめくセント・ローレンス川を凝視していた。

ケネディがサングラスを外して指で鼻梁をつまむ。「まったく、疲れた」と呟いた。

ジェイソンは驚いて彼を見た。ケネディが人間らしい弱さを認めたところを見た記憶がない。疲労も含めて。四十六歳のケネディはまだ定年まで十一年を残していたし、大量の残業をこなして自分の半分の年齢の捜査官にも負けない体力を証明していた。

「では、今夜の飛行機で帰りますか？」

「お前次第だ。一晩ぐっすり寝ていっても害はなさそうだがな」ちらりとジェイソンを見た。

「上司に連絡は入れたか？」

「まだジョージと話せなくて。留守電を残しただけです。部屋に行ったらまたかけてみますが」

　不安がにじみ出ていたのだろう、ケネディの唇が上がった。

「心配するな、ウエスト。ＬＡ支局が知っているのは、お前が地元捜査機関との面子争いに巻きこまれたというところまでだ。お前の出世街道への花道は、まだ無事だよ」

　さっきまでの気遣う顔から、このいささか辛辣な態度へのケネディの手のひら返しには、心が乱される。ジェイソンは言い返した。

「あなただって、さし出された昇進を蹴とばしたようには見えませんでしたけど」

「そうだ。俺にそんな真似をする余裕はない。敵を多く作りすぎた。できるのは、手出しできないところまで行くか、狙いを定められないよう全力で仕事をし続けることだけだ。昇進したほうが動きやすそうだと思ってな」

　どうせそんなところだろうとジェイソンも見当をつけていたが、ケネディがはっきりそれを認めたのは初めてだった。

　ためらいがちに、ジェイソンはたずねた。

「後悔してますか？」

「まあな」とケネディが答えた。「後悔なら山とある。色々とな」車のドアを開けた。「もしもう一度やり直せるとしても、同じ選択をする」

18

無論、ケネディがそうするからといってジェイソンまで一泊する必要はない。だが実際、肉体的にも精神的にも感情的にも疲弊しきっていた。邪魔の入らない八時間の睡眠というアイデアが、まるで天国に思える。ロサンゼルスに戻って上司と対面する時のためにも、頭をすっきりさせておかねば。

少なくとも、それが一泊する本当の動機であることを願った。ケネディのそばにもう少しいたいから、などではないようにと。

翌朝の便を予約し、留守電やメールをチェックして——受信メールの数を見て、やめておけばよかったと後悔した。なのにジョージからは何もない。電話も、メールも。キリキリと胃がねじれた。

そんな。クビになるとか？　警告もなしで？　事情も聞かずに？

ベッドサイドの時計へ目をやる。四時半。つまりロサンゼルスは一時半。ジョージはランチに行っているか。あるいは違うか。今もオフィスの机の前で、しくじった美術犯罪班《ACT》の捜査官から連絡が入らないのをいぶかしがっているのかもしれない。

もし解雇なら、今わかったほうがマシだ。ジェイソンはジョージに電話をした――そして保留で待たされながら、唇を噛んで窓から釣り船を見つめる八分間をすごすことになった。

電話口にジョージ・ポッツが出た。

『放蕩息子からやっと連絡か。こっちから電話しようとしてたところだぞ』

その口調は……実のところ、まったくいつもどおりに聞こえた。陽気で気安く、リラックスしている。

『きみは大丈夫か?』

「ええと、はい。問題ないです」

『だろうね。きみをブタ箱からさっさと出せる人間がいるなら、あの主任様だけだろうと思ったさ』

「あなたがケネディに連絡を?」

ジェイソンは驚愕を隠せなかった。

ジョージの笑いはほとんど吹き出したようだった。

『私が彼にか? そりゃあ事件だ』

「でも、ならどうして、ケネディが俺を釈放させる役目をすることに?」

『釈放ってのは冗談だよな? 正式に逮捕されたわけじゃないよな?』

「ええ、冗談です」

そこでジョージががらりと口調をあらためた。

『ケネディの決断だ、嘘じゃないぞ。きみの電話からわりとすぐに、ケネディから電話が入ってね。すでにニューヨークへ向かっていると言ってた。きみが彼の要請に基づいて捜査を進めていた以上、自分の班の人間のかわりにきみをあんな事態に巻きこんでしまったと責任を感じていたんだ』

「いや……それは……」

はっきり言って、でたらめもいいところだ。

『ああ、予想外だったよ』とジョージが同意した。『だから、彼はきみを気に入ってると言ったろ？ それに、捜査官たちが彼のチームに入ろうと熾烈な競り合いをしてるのには、それなりの理由があるってことだ』

「捜査官たちが？」

『そうだよ。ジョニーの話ではそういうことらしい。デュランドから聴取はできたのか？』

「はい」

『よかった。きみの報告書を読むのが楽しみだよ』

「本当に？」

ジョージが笑った。

『いつの便で戻ってくる？』

「明日の朝です。七時発の便で」

『安全な旅をな。地元の捜査機関とこれ以上角突き合わせんでくれよ、いいな？』

「心がけます。保証はできません」

ジョージはまた笑いをこぼして、電話を切った。

手にした携帯を、ジェイソンは茫然と見つめた。

一体、ケネディはジョージに何を吹きこんだのだ？　ジェイソンをクビにするどころか、ジョージはほとんど上機嫌な声だった。まるで、事情聴取につれていかれたことでジェイソンがとても笑えることでもしてのけたかのように。

ジェイソンが事態を深刻にとらえすぎていたのか？

違う。深刻な状況でなかったなら、ケネディが自分の捜査を放り出してジェイソンの救出に駆けつけたはずがない。今回のジェイソンと保安官事務所との衝突が、組織間の壊滅的な亀裂ではなくただの大人げない脱線だと見なされているのは、ジェイソンの上司をケネディがうまいこと言いくるめたからとしか思えなかった。

恋人としてはお粗末かもしれないが、ケネディは間違いなく誠実な友人だった。

携帯のアラームが鳴ると、ジェイソンはぼんやり陰った天井を見上げてまばたきしながら、数秒、自分はどこにいるのかと考えこんでいた。

ああ、そうだ。バッカニアーズ・コーブホテルだ。ケープ・ビンセントにある。夕食にサムと、いやケネディと落ち合う約束が――ジェイソンは携帯画面をのぞく――あと三十分後にある。頭を枕に戻し、目をとじて、約束をキャンセルしようかと考えた。ケネディに会うたび、厄介で不要な感情がかき立てられる。

だが、できない。そんな真似は。ケネディには恩があるし、そのケネディがディナーに行きたいならジェイソンも、せめてほかの同僚相手と同程度の誠意で応えなくてはなるまい。

起き上がると、ジェイソンはランプのスイッチに手をのばした。

いい面を見るなら、清潔な下着も自分のひげ剃りも取り戻したし、今すぐ失職する心配もなさそうだ。熱いシャワーとまともな食事、それですっかり元通りになれるだろう。

実際、熱いシャワーは奇跡のように効いた。ジェイソンはジーンズと白いシャツ、そして元はバーナビーと対面するために持参したネイビーのジャケットを羽織った。

隣の部屋に行き、ノックする。反応がなかったのでもう一度ノックした。

ドアが開いた。

「すまん、電話が長引いた」

ケネディは上半身裸だった。ジーンズと靴までは身に付けていたが。金髪はシャワーで濡れて黒ずんでいた。彼がドア口から下がり、ジェイソンは部屋へ入った。

ジェイソンの部屋とそっくりそのままだ、ベッドの向こうに掛かった古びた舵輪や白黒の舟遊びのヴィンテージ写真に至るまで。ケネディの旅行鞄が、テーブルの上に開いて置かれていた。ネイビー色のベッドカバーには皺ひとつ付いていないので、昼寝もしていないようだ。

ベッドサイドテーブルに置かれた茶革の携帯用のフォトフレームに、ジェイソンは目を引かれた。

写真は二枚。一枚は、とても若く笑顔のケネディが、黒髪の若者にふざけてヘッドロックをかけているところ。もう一枚では同じ黒髪の若者が、真面目な顔でこちらの世界を見つめていた。

ある種、腹をドンと殴られたようだった。予想もしていなかったし、ただ硬直するしかない。数秒、その瞬間的な肉体の反応以上、ジェイソンには何も考えられなかった。

ひとつたしかなことは、この写真立ても写真も、マサチューセッツでは目に入る場所にはなかったということだ。だが今ここで、ケネディの部屋で、写真ははっきりと存在感を主張して置かれている。

思い出の品？　誰に見せるための？

バスルームにいるケネディが、顎に手早くシェーバーを当てながら言った。

「随分元気になったように見えるな」

ジェイソンは写真を見つめつづけていた。ショックが、段々と腹の底に冷たく積もっていく。ケネディと一緒に写った若者は、表面的にはジェイソンに似て見えた。黒髪、明るい瞳、そして〝鋭い顔立ち、細身の体〟とイカれたカイザーなら評するだろう容貌。

ケネディはシェーバーを切り、エセントリック・モレキュールズ03の瓶に手をのばした。ベチバーとジンジャー、サンダルウッド、シーダー、甘い樹脂に麝香《じゃこう》の混じった独特の匂いがジェイソンの立つ部屋までふわりと漂う。

ジェイソンは言った。

「兄弟じゃないですよね」

ケネディの眉が寄ったが、ジェイソンの視線を追って、たちまちその顔から表情が消えた。

「違う」

聞かなければならなかった。無視はできない。これを聞かずに流すのは、すでにこのおかしな状況での一番おかしな態度になる。

「あなたが深く踏みこみたがらない理由は、彼ですか？」

「そうだ」

ケネディの声は奇妙に静かだった。

一拍置いて、ジェイソンは言った。

「わかりました」

この怒りに正当性はないかもしれないが、それでも本物だった。動揺して当然だろう。誰ともつき合っていないというのは、サムの嘘だったのだ。それは納得できない。サムに誰かがいたのなら、ジェイソンは彼と寝たりはしなかった——少なくともしなかったと思いたい。心に決めた誰かがいたなら。

ケネディはジェイソンを眺めていた。用心深い目で、とジェイソンには見えたが、その口元は厳しく引き締められてもいた。ジェイソンが傷ついて怒ると見て、感情の激発にそなえているのだ。

自尊心がジェイソンに救いの手をさしのべた。自尊心と、冷静な理屈が。

ジェイソンに怒る権利があるだろうか？　セックス、それに何本かの深夜の電話、いつかディナーデートに行こうという未来の約束……ディナー抜きになりそうな予感のデートの約束。彼とケネディの〝関係〟の中身など、あえて並べたてるならそれだけのものだ。決まった約束などなかった。もしケネディが誰かを裏切ったというなら、その相手は写真の中の若者だろうし、ジェイソンの知る限りケネディと彼は束縛しない関係のようだ。それか、あの時には別れていたか。

知ったことか。

そしてどうしてこんなに気になる？　もう気にするようなことじゃないのに。

はっきりしているのは、ケネディがジェイソンとの関係を望んでないという事実で、なら本当に、理由なんかどうでもいいのだ。理由がわかったところで何も変わらない。

「そろそろ行きましょうか」

ジェイソンはてきぱきと言い、ケネディの見せた驚きに優越感を覚えた。

それでも、まるでまだ動いている心臓を胸から引きずり出されたような気分は消えなかったが、ケネディの予測を裏切ったことにはささいな満足があった。

「ああ」

ケネディはバスルームのドア裏に掛けたハンガーからシャツをつかんだ。湯気で皺を取っていたのだ。ジェイソンも知っているコツだ。

ケネディが最速でシャツのボタンを留め、ロサンゼルスでも着ていた黒いジャケットを羽織った。荷物は多くないが、様々な状況への準備は万端のようだ。思えば、いつもあらゆる状況にそなえのある男だった。

二人は、押し黙ったまま廊下を歩いていった。

ホテルのロビーまで来るとケネディが聞いた。

「ここで食うか、店を探すか。どっちがいい」

「どっちでも。食べてベッドに入りたいだけです」自分の言葉の響きを耳にして内心ひるみ、ジェイソンは言い直した。「眠りたいだけです」

ケネディは何も反応しなかった。その手の話題にはさわりたくないというわけだ。先に立って歩くと、夜の波止場の絵のような風景が臨める、人のいないダイニングルームへと入っていった。

受付カウンターの後ろに立つ娘の胸の名札は〈ブランディ〉と読めた。『ブランディ（きみは素敵な娘）』という昔の歌があるが、彼女もきっと五十代以上の酔った釣り人たちから「きみは素敵な娘さ、とてもいい嫁さんになるよ」と散々歌でからかわれてきただろう。

ブランディはスマートフォンからちらっとだけ目を上げて、好きなところに座ってくれと二人に言った。ケネディは、窓際の大きな丸テーブルへ向かった。

二人の間に白いテーブルクロスと銀の船用ランタンをはさんだ、その戦略的な安全地帯に、ジェイソンは辛辣に微笑した。

受付係のブランディはウェイトレスでもあったらしく、メニューを持ってきてドリンクの注文を取った。ケネディがジンジャーエールをたのむ。ジェイソンはカミカゼを注文した。

飲み物はすぐに出てきた。ケネディは自分のグラスを無視してメニューをにらんでいた。金縁のリーディンググラスをかけているせいで、より年上の学者肌に見える。ジェイソンはメニューを横に置くと、ウェイトレスが立ち去るより早く自分のグラスを一気にあおった。

ブランディが目を大きくする前で、ジェイソンはグラスを示す。

「もう一杯たのむ」

「オーケーイ！」と彼女がニコニコした。

ケネディが目を向け、その眉が上がった。何もコメントせずメニュー解読に戻る。メニューを盾にしているのだ、とジェイソンは苦々しく考えた。

「オレゴンの状況はどうなってます？」

知りたいというより、ケネディの意識を引きたくて、ジェイソンはそうたずねた。

ケネディは、未解決事件《コールドケース》が一気に新展開を見せた話を始めた。十代の少女の捜索、イカれた生存主義信奉者《サバイバリスト》たち、昔のインディアンの儀式を自分のおぞましい欲望に合わせてねじ曲げた連続殺人犯《シリアルキラー》、そして自室の前から拉致されたＦＢＩ捜査官。

十五分後、食事が出てきて――シーフードサラダを注文した記憶すらほとんどない――ジェイソンはやむなく言っていた。

「そんなことになっていたとは知りませんでした。その状況で、ここまで来てくれたなんて、感謝しないと……」

実際、感謝している。だが、ベッドサイドにあった写真の記憶がジェイソンの喉をふさぐのだ。だとしても、この狂乱の事態のさなか――まあ真っ只中ではなく嵐の後ではあったが、それでもケネディがあえてジェイソン救出に駆けつけてくれた事実は変わらない。それは親切とか誠意を超えたものだ。まるで自分の家族にするような――あるいは大きな罪悪感を抱いている相手にするような行為。

ケネディには、ぼそぼそとしたジェイソンの言葉が聞こえなかったようだった。

「うちの班に空きがあってな。アダム・ダーリングに入ってもらいたいんだ。向こうが受諾するかはわからんが、いい直感を持つ男だと思う。はっきり言うなら、我々の仕事向きの才能がありそうだ」

「怪物を狩る仕事」

「相手は、充分に人間だ。そこが恐ろしいところなんだ。残念なことに、ダーリングはド田舎の保安官助手に熱を上げているようだが」

たしかになんと残念なことか。仕事よりも優先するような感情を誰かに抱くとは。

「いや、彼なら受けますよ」とジェイソンは言った。「この六ヵ月ずっと死体安置所《モルグ》めぐりをさせられてなかったとしてもね。野心的な男だし、偉大なるサム・ケネディと働けるチャンスなんてなおさら、誰だってとびつくでしょうよ」

傷心が言わせた言葉だったが、口から出てみると、ただ辛辣に響いた。

ケネディが物思わしげにジェイソンを眺めた。

「どうも……俺はきみの不興を買っているようだな、ウエスト」

きみの不興を買っている？　皮肉か。喧嘩に持ちこみたい気分だとか？

それとも、喧嘩を売りたいのはジェイソンのほうか。そうなら二杯目のカミカゼの仕業だ。

ジェイソンは結局、そっけなく「いいえ」と返した。

あの写真を見たのは短い時間だったが、ジェイソンの脳裏にその絵は勝手に焼き付いていた。

古い写真だ。ケネディは今より若い。ずっと若い。つまり、あの二人の関係は昔からのもので、最近始まったものではない。最近の関係でもつらいが——物事は、起きてしまうものだ。だが昔からの仲ということは、ジェイソンと初めて寝た時、ケネディにはすでにほかの相手がいたということになる。

どこからどう見ても、不実な行為だ。ジェイソンに対して、ではないかもしれないが。だからって気分は良くならない。

ただ……ケネディは不実な人間ではない。鈍器のごとき容赦ない正直さと直截さを持つ男だ。なら、一体？

現在進行中の関係ならば、最近の写真を飾るだろう。

ボストンでの二人の最初の夜——。

（で、お前は結婚しているか決まった相手がいるか、どうなんだ？）

ケネディのほうが、ジェイソンにそうたしかめたのだ。

この八ヵ月、クワンティコの家にいようが出先だろうが、ケネディの人生に他人がいる気配はかけらもなかった。いや。ワイオミングにいる母親のことは数回話していた。だがそれを除けば、曲がりなりにもケネディが親しいといえる相手はジェイソンだけだった。ジェイソンの命を賭けて言い切れるくらい確実に。

話がまるで嚙み合ってこない。何より、誰あろうケネディが、誘惑をしりぞける護符か何かのごとく古い写真を大事にかかえてアメリカ中をとび回っているというところが、一番わけがわからない。

ケネディが長い息を吐き出した。その目は青く燃えるようだった。キャンドルが照らす室内で唯一のリアルな色。慎重に言葉を選んだ。

「ウエスト――ジェイソン……俺は友人同士でいたい。お前のことは友人として考えている。お前が……気に入っている」

ジェイソンは彼を凝視した。どうしてこれほど苦しいのだろう。拒まれた痛みが、今の言葉でやわらいでもいいのに。ケネディが本気で言っているのがわかるのだから。本気だと、その思いが伝わってくる。なのにどうして、ケネディが友人でいたがっていると知って痛みが増す？

「そう言ってもらえるのはありがたいです。俺は――今日してもらったことには全部感謝してます。でもあなたも自分で言ったでしょう。現実的な関係じゃないって……」

そこで言葉を止めるしかなかった。これが、ケネディとのすべてのつながりを断ち切るための自傷行為のように感じられて。ならやはり……それは、ここで腕ごと切り落とすべきだということじゃないのか。

ケネディの喉が動いた。うなずく。顔に刻まれた線のほうがずっと雄弁だった。

これもそうだ。どうしてケネディが苦しそうだとジェイソンの胸が締めつけられるのか――

ケネディから傷つけられている今も。

「全然わからないんです」

ジェイソンは呟いた。ごくシンプルな真実。心の底からの吐露。

二人が何ヵ月も電話で語り合ってきた、そのつながり。ただし互いの気持ちについては話さなかった。色っぽい誘いの掛け合いだけはあったが、しかし、今のこれは……これは、そんな会話の裏にあるとジェイソンが感じていたものを、言葉にして引きずり出すようなものだ。

「わかっている」

そしてそれ以上の説明はない。

だがジェイソンはさらに踏みこんだ。挑まずにあきらめるにはあまりにも大事なことだ。すでに敗北の道しか残っていない気がしていても。

「俺は……多分、聞く権利はないと思いますけど、それで少しでも理解できるなら……」

「聞け」とケネディが言った。

「あの写真に写っていた彼は――死んでるんですね？」

ジェイソンはケネディの顔を見つめた。

ケネディがきっぱりと揺るがない声で答えた。

「そうだ」

「でも彼が理由なんですね。あなたがもう俺に……興味がないのは」

「正しい」

問え、されば与えられん。

だがさすがにケネディから見ても冷たすぎる答えだったらしい。彼はつけ加えた。

「俺の、お前への気持ちとは関係ない。お前が気に入っていると言ったのは本心だ。キングスフィールドで言ったことも、変わってはいない」

ジェイソンはうなずいた。ケネディの無感情な口調に自分の口調も合わせようとする。

「そうですか。しかし、仕事以上の関係を作るのをあきらめた理由は彼なんですよね。あれは古い写真だ。二人とも、そうですね、大学生の年頃？　彼はどうして死んだんです」

ケネディがためらうところを見たのは数えるほどしかない。今回がそれだった。

ジェイソンは助け船を出すことにする。

「彼は殺されたんですか？」

ケネディはジェイソンを凝視した。おかしな表情で。これまで見たことのないジェイソンの顔を見たとでもいうように。それを扱いかねるように。

「そうだ」

「彼が殺されたことが――」

「彼の名はイーサンだ」とケネディが険しくさえぎった。

「イーサンが殺されたことが、あなたがＦＢＩに入った理由ですか？　連続殺人犯《シリアルキラー》の追跡に生涯を捧げるため？」

ケネディがゆっくりうなずいた。

筋は通る。個人的な思い入れ。珍しくもない。だがこんなわかりやすい背景があるかもしれないとは、これまでジェイソンの頭には一度たりとも浮かばなかった。

「なるほど。イーサンの死が契機だったと。俺がわからないのは……一体、何年前のことなんです。それが今、どう関係してくるのかが理解できない。どうして俺たちが——」

ケネディは静かに、猛々しく言った。

「それは、お前に気を散らされていては、俺が自分に求める形で仕事をこなせないからだ」

「気を散らされる？」ジェイソンはぽかんとくり返した。「どうやって？　俺はそんなに時間も労力も奪っているつもりはないですよ」

ケネディはまだ気圧されるほどの、ほとんど怒りのような激烈さで話していた。

「いいや、奪われている。お前が自覚してなかろうと。たとえば今日のことだ。負傷した捜査官に二人の死人、何人ほかの被害者がいるかもわからない状況で、マスコミも大騒ぎだったのに、俺はすべてを投げ捨てて国を横断してきた。お前を助けなければならなかったからだ」

二人は抑えた声で会話をしていたが、ここでジェイソンの声がはね上がった。

「助けてくれなんてたのんでもいない！　そんなこと——力を借りる気なんか」

「だがこうして俺はここにいる」ケネディは苦々しく言った。「だから終わらせなければならないんだ。お前のことが頭から離れないからだ。四六時中。お前がどうしているか、何をしているか。警戒を怠っていないか、まだ克服できずにもがいているのか」

「待って下さい。俺は別にもがいたり――」

ジェイソンは割りこもうとしたが、ケネディがそのまま話を続けていた。

「一日の中で一番好きな時間は、どんな日でも、お前と電話で何時間か話せる夜だった」その告白に、ほとんど気まずそうな顔をしていた。「段々と、休暇を取ろうかとか、あまり危険を冒しすぎるのをやめたほうがいいのかとか、未来の計画を立てたいような気分にもなってきた」

「未来のことを考えるのは悪いことじゃないでしょう」

「年金がどうとかいう未来《さき》じゃない。お前とすごしたくなっていた、そういうことだ。それをあまりにも楽しみにしすぎていた」

また怒ったような顔になって、ケネディは結論づけた。

「あんな風な気持ちのままでは、俺は必要なレベルでの仕事をこなすことができない」

ジェイソンは声を荒げた。

「さっきからそれを言ってますけど、どういう意味なんです？　仕事をこなしながらＦＢＩ以外の生活も持つ人なんてざらにいますよ」

「俺は違う。ＦＢＩ以外での生活を持っていたら、今のような成果は達成できない」

すっかり唖然としているジェイソンへ、ケネディは言った。

「イーサンが死んだ時、俺は、彼の死を無駄にはしないと誓った。残る人生で、ああいう獣《けだもの》たちを狩り、ほかの誰も傷つけさせたりしないと。俺たちの人生のように、誰かの人生が引き裂かれないようにと。俺は誓ったんだ。一生の誓いを」

殺人と結婚したのだ。マジか。マジだ。俺たちの人生、という言い回しをジェイソンは聞き逃さなかった。

これ以上ないほどはっきりわかる。これは反論できるようなことではない。反論したくもない。怒りと悲しみで、ジェイソンは少し気分が悪くなってもいた。ケネディの見事な業績の底にあるのが執念だと、たしかにもっと早く気付くべきだったが、これはただの仕事熱心なんてレベルと話が違う。理解できない。手も出せない。

ジェイソンの理解など、そもそも求められてすらいなかったが。ケネディにとって、二人が実際の恋人になれる可能性はきっちりつぶされたわけだ。残るは友情。それを取るか拒むかだけ。

そしてジェイソンは拒むしかない。なにしろ心理学の学位をいくつも持ってるくせに、ケネディはわかってすらいない。今自分で吐き出したような思いを本当にかかえているなら、二人が友人として適切な距離を保ちつづけるのは不可能なのだ。そんな関係を思い描いているなら。

すでに感情は絡み合って、ひどいことになっている。抑えこまれた欲望とその緊迫感が、ほとんどもう一人同席しているくらいの存在感を放っている。それともそれを感じているのはジェイソンだけなのか。

「何かほかにご注文は？」とブランディが聞いた。

ケネディが目でジェイソンに問う。ジェイソンは首を振った。

「勘定をたのむ」とケネディが言った。

二人は黙ったまま、ブランディが伝票を持ってくるのを待った。ケネディがそれを取る。どうでもいい。ＢＡＵの経費につけてもらおう。

二人は立ち上がり、ロビーに出た。

「明日は何時の便だ？」

「七時」

寄せ木張りの床を部屋のほうへ横切りながらケネディがたずねた。

「俺は六時の便だ。ウォータータウンまで車に乗って行くならかまわないぞ。五時に出る」

「五時。しんどいですね」とジェイソンは言った。

本音では、時間などどうでもよかった。空港までケネディの車に乗っていきたくなどない。

今、ケネディのそばにはいられない。

ケネディの気持ちがまだ残っていると知って、気分が慰められるべきなのかもしれない。ジェイソンが何かやらかしたわけではないと——ケネディの問題であって自分のせいではないと。

だが気分が軽くなったりはしない。これは……絶望的だった。ケネディにまだ好かれているとわかったところで、結論が変わらないのならそこからどう慰めを得ればいい？　それどころか、ケネディが虚しく苦しい徒労の道を選んだと知って、余計に気が滅入る。二人に先などなかったのだ。ケネディは死んだボーイフレンドの復讐だとか何かの使命に身を捧げている。ジェイソンはそのとばっちりを食った、ただの一時的な気晴らし。

さっきまでのが苦しみだと思っていたなら、今のは……。

考える時間ができたら。じっくり向き合い、受けとめたなら――十年や二十年かけて――いつかケネディと友達付き合いができるかもしれない。だが今は？　ありえない。

「じゃあこうしましょう」とジェイソンは言った。「空港まで送ってもらいたければ、五時に顔を出します。でなければ、その分の睡眠を取ったと思って下さい」

「わかった」ケネディがためらった。「じゃあ、ここでおやすみと言っておこう」

それは、どんな気持ちがあろうと今日一緒のベッドに入る気はない、というじつに婉曲なメッセージだった。ジェイソンがすでにバットで叩きこまれたメッセージを受け取り損ねている場合にそなえてか？

「おやすみなさい」とジェイソンは答えた。「それとあらためて、何もかもありがとうございました。夕食もこみで」

ジェイソンは足を止めていた。ケネディも立ち止まり、問うように彼を見た。

「散歩してこようかと」とジェイソンは言った。「できればどこかで一杯」

ケネディがそれを気に入らないのは明らかだった。どうするべきか迷っている様子だ。

「そうか」とやっと言う。そのためらいは、ジェイソンの気のせいではない。「連絡する」

ジェイソンは儀礼的にうなずくと、ホテルの正面ドアへ向かった。

ジェイソンが夜の中へ踏み出した時もまだ、ケネディはロビーに立ちつくしていた。

19

ずかずかと、冷たく湿った夜気の中を歩いていると、気が安まってきた。

ほんの少しだけ。

ケネディはかつて、ジェイソンが過剰に反応しがちだと批判した。

いいや、「芝居がかった傾向あり」と彼は言ったのだ。「好奇心旺盛、想像力豊か、芝居がかった傾向あり、口数が多く根っから小生意気で、作られた筋書きにはすぐ飽きる」と。

人生この先ずっと、サム・ケネディに言われた言葉を反芻しながら生きていくつもりか？

とにかく、芝居がかっているかどうかはともかく、ケネディの告白にジェイソンが感情的に反応するのは仕方ないだろう。知ったところで何も変わらないが、少なくとも何が障壁になっているのかはわかった。ジェイソンが何をしようと、しなかろうと、結果を変えることはできない。マサチューセッツで、ケネディは深い関係を持ちたくないとはっきり自認していたのだし、主義に反して踏みこんでくれたことには、奇妙に自尊心をくすぐられるものがあった。

あれは肉欲だけではなかった。八ヵ月の間、二人はただ語り合った。それも長距離電話でだ。慰め。ケネディは本心からジェイソンを気に入っている。この点もまた、ジェイソンのエゴに対する慰め。そしてジェイソンが苦境にいると知ってからのケネディの行動すべてがその好意を物語っている。地元の捜査機関をねじ伏せ、ジェイソンが証拠を――いやまあ、証拠でない物品を――始末するのを手伝って。

ケネディは、いい友人であろうとしている。ジェイソンを傷つけまいとしている。精一杯やっているのだ。彼なりのずれた、視野の狭い、固執したやり方で。正しいことをしようと。

ある意味では、ジェイソンはその努力がありがたくもある。たしかに。本当にありがたいと。

別の意味では……ただ、苦しい。

耐えがたいほどに。

どうして――いつの間にか、こんなに感情移入してしまっていた？　はじめから、一日目から、ボストンですごした一夜の時にはもう間違いなく、サム・ケネディとの関係に未来はないとわかっていた。

この何ヵ月か。ずっと、立場はわかっていると自分に言い聞かせてきた。本気になんてなっていないと。誰をごまかしてるつもりだった？　自分自身を、か。ほかの誰もだまされやしない。真実は、初めからジェイソンは深入りしすぎていたのだ。キングスフィールドで、もう。別れを言った後、サムがホテルの部屋を訪れたあの時から。

キングスフィールドの町を去るより前に、ジェイソンはサム・ケネディに恋をしていたのだった。

恋に落ちていた。

そしてそれから八ヵ月の日々も、何ひとつ、その思いを変えはしなかった。変わっていて当然だったのに。

怒りをぶつけるなら、自分自身にだ。自分の愚かさに。良識に反した選択をしたことに。よりにもよってサム・ケネディへの恋に落ちた自分に。

いいとも、こうなれば姉が紹介したがっている友人の美術教師に会ってやろう。どんと来い。いくらでも。バースデーケーキの中からの登場だってやってやろうじゃないか。もしジェイソンが家族や友人の忠告に耳を傾けていたなら——それどころか上司のジョージ・ポッツの忠告を聞いていたなら——せっせと普通の人間相手のデートに出かけていたはずだし、そうしたらあの救いがたい、冷たく干からびたサム・ケネディに対する免疫もついていただろうに。ケネディは仕事と結婚しているだけでなく、非業の死を遂げた恋人の幽霊とも結婚しているのだ。

そんなものに誰が勝てる？　誰が挑戦したいと思う？

誰もそんなことを、ジェイソンに求めてすらいないのに。


そのパブの名はマーメイド・テイルと言った。

ついキングスフィールドにあったブルーマーメイドを連想する、暗く、すすけた酒場だ。十数年も誰もここで煙草を吸ってないだろうが。その上ジュークボックスが、耳を傾けるレギュラー客――ツナ缶やシリアルの箱のキャラクターも含めて――相手になつかしの名曲を流している。貝殻で飾り立てた漁網が低い天井を覆い、まごうことなき全裸の人魚を描いた油絵が、バーカウンター向こうの壁のほとんどを覆っていた。

そのマーメイドに、ジェイソンは目を奪われた。まとっているのは鱗といたずらな笑みだけで、感心したことに、青緑色の尾びれに至るまで解剖学的に正確だった。

ここまででもう、自分を袋小路に追いこんだ。物理的にではなく、感情的に。ジェイソンは冷えて疲れ切り、すっかり落ちこんでいた。ビールを一杯飲んでからホテルに戻ろう。うまくすればその頃には眠れるくらい疲れ果てているだろう。

バーテンダーがベルギービールのステラ・アルトワの瓶と、不吉な埃をかぶったピーナツの小皿をジェイソンの前に置いた時、向かいの椅子がガタンと引かれ、ケネディがそこに腰を下ろした。

そしてこの、四十五分間の苦々しい反芻と自己嫌悪があってなお、ジェイソンの愚かな心臓は、主人の帰宅に喜ぶ仔犬のように胸の中で熱心にはね回る。いまいましい。

ケネディが厳しい顔でテーブルごしにじっと見つめてきた。

「どうも」とジェイソンは言った。「寝る時間をすぎちゃってませんか？　夜更かしは悪人をつかまえる邪魔になったりはしませんか？」

ケネディはニコリともしなかった。

「一体ここで何をしている、ジェイソン？」

ジェイソンはウインクを返した。

「ビールを飲んでるんですよ、サム。この二十四時間ストレスまみれだったもので、落ちつく時間がほしくて。あなたこそ何をしてるんです？」

「お前を追ってきた」

ホテルからここまでの道を思い返し、ジェイソンは月下の道をせっせと歩いてくる間に何もぶつぶつ呟いていないよう願った。後ろにケネディがいるとわかっていたなら……。

小馬鹿にしたように言い返した。

「俺から離れてられないってわけですか」

海賊の洞窟風の照明ではっきりしなかったが、ケネディの顔にさっと色がのぼったように見えた。目に強く苛立ちがともる。

「お前は武装してないだろう。銃を持ってない。夕食の時に気付いた」

たしかに。ジェイソンは夕食の席に銃を持っていかなかった。食後に部屋に戻るつもりで、どこに出かける予定もなかったからだ。

「ボディーガードですか？　給料下がりますよ」

怒りがケネディの目を青々と光らせた。

「利口な真似じゃない。銃も持たずにうろついて酔っ払っても、何の役にも立たないぞ」

「かもね。でもご心配なく、酔っ払うつもりはないんで。そんなに酔いたければまたカミカゼをたのんでますよ。あなたがどう思っていようと、俺は不注意でも無謀でもない」

「そうだと言ったつもりはない」

「でもそう考えてるんでしょう？」

ケネディの声が低く落ちた。

「俺はお前が不注意だとも無謀だとも思っていない。ただお前が、自分を認めさせたいという衝動に駆られているかもしれないとは考えている。理由はお互いよくわかっているだろう」

「またそれですか。俺たちのヒットフレーズ。八ヵ月前のキングスフィールドで、俺が硬直したとあなたが考えてるから」

ケネディの視線は揺らがなかった。

「ああ、キングスフィールドでお前は硬直したと、俺は考えている。だがこの間サンタモニカでは、お前は硬直しなかった。それに昨夜も、話を聞く限り問題はなかったようだ」

それなりの高評価のつもりで言ったのかもしれないが、ジェイソンにはそう聞こえない。サンタモニカや昨夜のシプカのコテージで、誰かに発砲されたわけではないのだ。

「それも要因のひとつかも」と考えこみながら呟いた。

ケネディが眉をひそめる。

「何が何の要因だ？」

「俺が職務中に殺されるだろうってあなたが信じてることが。俺にこれ以上関わるのを避けたい気持ちの一部はそれかも。あなたは一度彼氏を亡くしてる。癖になると思ってるのかも」

またも照明のせいかもしれないが——鱗の青を透けた不気味な濃淡の——ケネディは顔色を失ったようだった。そっと言う。

「まさか、ジェイソン。そんなことは考えてない、お前が——一体どうしてそんなことを言う？」

ジェイソンは肩をすくめた。

「それもあるかもって思って」

「そうか。だがな、違う。心理分析はプロにまかせておけ」

ジェイソンは微笑んだ。丁度よく酔いが回っている。意識も認識もはっきりしているが、自制はどこかへ飛び去っていった。いつもの礼儀正しさや仕事上のケネディへの遠慮から、のびのびと解放された自由を感じる。

気軽に言った。

「心理学者といえば、ドクター・ジェレミー・カイザーから手紙が来たんですよ」

ケネディの超人的な平常心が砕け散るところを見たいという、子供じみた衝動あっての一言だったが、その願いは叶えられた。

「何だと？」

「ご注文は？」と薄暗がりから現れたバーテンダーが聞いた。

ケネディは機械的に「ウイスキーサワー。あるならカナディアンクラブで」と応じたが、その間もジェイソンの顔から目を離さない。

「おかわりは？」バーテンダーがジェイソンに聞いた。

「同じのを」

ついでに二日酔いの薬も追加するか。だがもうどうでもいい。In vino veritas《イン・ウィーノー・ウェーリタース》――〝酒は人の真実をあらわす〟と言うだろう？

バーテンダーは立ち去った。ケネディが言った。

「一体全体どういう了見で、お前はカイザーから接触されたことを俺に黙っていた？　いつからだ」

「十月から。ハロウィンにカードが送られてきて――」

「カード――！　ハロウィンにカードなんか送る奴がどこにいる！」

「――ごく当たり障りない中身で。その後、誕生日カードを送ってきた。だからストーキングとは言いがたい」

「言いがたいわけがあるか」

ケネディの顔は固くこわばり、どうにもはっきり分類できない感情があった。わかりにくいのはケネディには珍しい表情だからか。警戒？　不安？　驚転？　そんな言葉はあっただろうか。

だがそこには、そんな感情があった。ありがたくないことに。ずっと、カイザーからの接触は心配するほどのことじゃないと自分をごまかしてきたジェイソンにとっては。

「まあ、ストーキングにしたって遠距離ですし。彼はバージニアにいる。あなたの庭だ」

「お前はどういうつもりでずっと黙っていたんだ」

ケネディは心底気がかりな様子だった。

「ハロウィンカードのことは、次に電話があったら話すつもりで。でもクリスマスまで機会がなかったし、実のところ、その頃にはすっかり忘れてて」

ケネディの口が開いたが、そこにバーテンダーが二人の飲み物を持ってきた。

「信じられん」

ケネディが呟いた。渋面でグラスの半分を一気にあおる。

「俺もわくわくはしませんけど、カイザーはアメリカの向こう側に――いつもは――いるし、カードの中身にもおかしなところはありませんでした。マサチューセッツの事件に彼は無関係だと、あなたも言ったでしょう。変人でいることは犯罪じゃない」

「そのカード、捨ててないだろうな」

「もちろん」

「見せてくれ」

「喜んで。でも正直言って、今夜はカイザーのことは考えたくないですね」

ジェイソンは椅子にもたれて、唇にビールのボトルを当てた。

ケネディがあきれた様子で首を振り、少し体を引くと、酒がどこに消えたのかいぶかしむように氷入りのグラスを振った。

ジュークボックスから流れるデュエット曲が歌い上げた。

〈それは生まれた時からのさだめ
自分の足跡をこの世に刻むのが〉

まさにケネディだ。大きな使命を負った大きな男。ほかのことにかまける時間などない。

だが、もしジェイソンが誘惑に屈してテーブルの向こうへ顔を向けたなら、ケネディが今こちらを見ているだろうとわかっていた。重く沈んだ、まるでジェイソンが解けない謎を出したかのような目つきで。

なら、それはお互い様だ。ジェイソンにだってケネディに問いたいことはある。イーサンを殺した犯人は逮捕されたのか？　禁欲しようとするのは俺にだけで、ほかの他人とはセックスを楽しんでいるのか？　俺がイーサンに似ているのは顔だけ、それともほかの面でも彼を思わせるところが？　心に入りこみすぎていると恐れる相手と友情を続けようなんて、そのジレンマがどうして見えない？

だがジェイソンは、その問いを心にしまっておいた。ケネディを立ち去らせたくなかった。酒か、それとも立て続けに流れるラブソングに誘われたか。とにかく二人の間の緊張感がゆるみ出し、空気が軽くなってきた。

ジェイソンはケネディのほうを見やり、言った。

「足りないのは、水槽に入った人魚の女の子だけですね」

ケネディはうっすら笑い、頭を動かして同意した。

少しの間、二人は曲を聴きながらグラスを傾けた。ケネディの口元が抑えた笑みに歪んだ。

「オニールに、あの霊廟の窓から脱出なんてできるわけがない、どれだけ貴重な窓だと思ってる、と言ったのは本当か？」

ジェイソンはさっと座り直した。

「当たり前でしょう、ティファニーのステンドグラスですよ。二十五万ドルは下らない。かけがえのない品だ」

ケネディは、ジェイソンがイカれているかのように首を振ったが、口に出してはただ言った。

「お前もかけがえがない」

今、本当にそう言ったのか？　ケネディはさっさと人魚の油絵のほうに顔を戻して酒を傾けている。「お前もかけがえがない」なんて言いそうな男にはまったく見えない。

やっとここ十年以内の曲がジュークボックスから流れてきた。イマジン・ドラゴンズの『Ｄｅｍｏｎｓ』。

ジェイソンは言った。

「この曲を聞くと、毎回あなたを思い出す」

ケネディは少し耳を傾けてから、首を振った。

「わからんな」

そう、わからないだろう。そして二杯目のビールは飲みすぎだったかもしれない。

不意にケネディが頬を歪めて言った。

「お前は潜入捜査が得意だろう」

「ええ。どうしてです？」

ケネディの笑みは苦かった。

「お前は、嘘がとてもうまい。今日の様子を見てるとな。不自然な強調も余分な説明もしない」

ジェイソンの顔に血がのぼった。

「あなたに嘘はつきませんよ」

「ああ、わかってる」

それで気分が良くなったという顔ではなかった。

またバーテンダーがやってきた。ケネディは二杯目を注文する。ジェイソンはパスした。

ケネディは、ジェイソンの両手を見つめているようだった。そう興味深いものには見えないが。ケネディのことだ、指紋についてあれこれ思いふけっているというところか。だがそんなことを考えていたら、サンタモニカでカークの泊まっていたホテルを捜索した時のことを思い出していた。

ケネディにとっては二人の関係がとうに終わっていたと知った夜……いったいどれだけ前から？　だがそれを、ジェイソンにずっと言い忘れたまま。

ついに受容の段階までたどりついたのか、ぼんやり遠い痛みしか感じなかった。もう古い痛み。それかビールのおかげか。あるいはそこにケネディがいて、ジェイソンの視線がよそにそれるたびにこっそりジェイソンのことを凝視しているからか。

「あのカフリンクス、結局どうしても見つからなくて」

ジェイソンは呟いた。ケネディが妙な目つきをする。

「カーサ・デル・マールホテルで俺が落としたカフリンクスですよ」

「ああ」

「わかってるんですけど。ただ……あのカフスは祖父にもらったものなんです。今にして思えば、十六歳の子供にやるにはちょっと変わったプレゼントですけどね。とにかく、思い出の品でもあるもので」

「それは、お前がＦＢＩに入る理由になった祖父か？」

「そうです。ある意味でね。祖父は、俺が芸術や文化の遺産を守るために戦いたいと思うようになったきっかけです。その戦いにＦＢＩを選んだ理由は、ハニー・コリガンでした」

殺された少女の名を聞いてケネディの目に理解の光がともり、ジェイソンは歪んだ笑みを浮かべた。

「マサチューセッツのあの捜査まで、多分、自分でも気付いてなかったことですけど。だから、わかります、サム。あなたの使命感はよくわかる。ただそんな修行みたいな生き方をする必要はないだろうとは思うけれど。仕事をこなしながら自分の人生も持てると思う。俺とってことではなく、誰かと。あなたの生き方を受け入れられる誰かとね」

ケネディはしばらくの間、ただジェイソンを見つめていた。グラスを下ろす。

「問題はだ。俺が欲しいのは誰か、じゃない。欲しいのはお前だ。いつも変わらず」

それは真実だった。すぐそこに、青い目の中に、激しく燃えさかる渇望の炎がある。ジェイソンは筋肉ひとすじ動かさなかった。口もきかない。何か言えば、何かすれば、この流れを変えてしまいそうで怖い。

ケネディが吐き出すように言った。

「行くぞ」

20

ボストンでの初めての夜がもう一度くり返される。

ただ今回、ケネディがホテルの部屋の鍵を開けて一緒に中へ押し入った時、二人はランプを叩き落とした。もう服は半分脱げていたせいかもしれない。相手を手伝おうとする手で、むしろ事態をややこしくしながら。

ケネディはジェイソンの向こうへ手をのばし、ドアをバンと閉めた。また腕をジェイソンへ回す。その熱い口がジェイソンの唇にきつくかぶさり、ジェイソンとのキスがこの世で何より甘いかのような呻きをこぼした。

ケネディは安っぽいウイスキーの味と、彼そのものの味がした。暗くて危険な。ジェイソンはすべての状況を忘れて、飢えたように唇をむさぼってくるケネディの口の感触に溺れた。ケネディの舌が押し入ってくる。

手を下げてホルスターの留め金を外しながら、ケネディはまだキスを続けようとしていた。ジェイソンはそのキスの中に喘ぎ、ケネディのジャケットを脱がそうと悪戦苦闘する。堤防のように広くたくましい肩なのだ。ケネディがちょっと胸を張れば、上着もシャツのボタンも全部一度に吹きとばせるんじゃないだろうか。

ケネディがホルスターを外し、何回か肩を上下させると、上着も床に落ちた。ジェイソンの上着はきっと今ごろ廊下あたりだ——靴と、靴下も。ケネディの大きな両手がまたきつくジェイソンの肩をつかんだ。

ジェイソンは、キスの中に揺れる笑いをこぼした。

「ちょっと待って。痛てッ……」シャツの縫い目が裂ける音を耳にして呟く。「おかげでまたドライクリーニング代が浮きましたよ」

ケネディのベルトのバックルで指が滑る。鍵か何か掛けてあるのか、これは。数字錠？　ちっとも開きやしない……。

よし。やった。

「やっとか」ケネディが唇を引きはがして、ざらついた声で囁いた。「さわってくれ、ジェイソン」

ジーンズの開きから、やわらかな綿地を張りつめさせて突き出たその熱く固い勃起に、とてもさわらずにはいられない。信じられない——ありえないくらいの気分だ。またもう一度、ふれて、抱きしめて、キスできるなんて。永遠に失ってしまったと思っていた。

ランプが落ちたせいで明かりが消えている。部屋は塗りつぶされたような暗闇で、水辺のコテージホテルらしいじめついた匂いが漂っていた。だがまだケネディのシャワーとアフターシェーブローションの匂いもする——そして数秒先のセックスの。

膝の裏がベッドのへりにぶつかり、支えを求めて手をのばしたジェイソンを、ケネディがぐいと引き上げる。だが今回は二人の重さを支えるドアも壁もなく、バランスを失った彼らはベッドに勢いよく倒れこんでいた。

ドラマや映画でFBIは色々と描かれているが、この動きはなかっただろう。今の騒音はホテルのフロントまで届いたかもしれない。さっき飲んでいた店、マーメイド・テイルまで。ジェイソンはどうでもよかった。笑い声を立てていた。

ケネディが「俺はこんなことをするほど若くないんだ。背中をやっちまった気がする」とぼやいたが、彼もまた笑っていた。静かに。その笑い声がジェイソンの心までまっすぐ届く。ケネディがこんなふうに笑うのは初めてだった。なんとも……幸せそうに。

「こればっかりは年齢制限なしですよ」

「まったく」

ケネディの手が、ジェイソンの頰を包む。闇の中でも見えるかのように。

「ずっと欲しかった――お前がな。サンタモニカの海岸で、歩いてくるお前を見た時から」その声には微笑があった。「よりにもよって、タキシードでだ」

「俺は、キングスフィールドで別れを言った朝、あの時からずっとあなたが恋しかった」

「ああ。俺もだ」

熱く濡れた舌がジェイソンの左乳首にふれ、ジェイソンは息を吞んでとび上がった。頭がヘッドボードにドンとぶつかる。

「痛てて。デジャヴだ」

「覚えてるぞ」ケネディが囁いた。「あの夜起きたことは、全部。お前のことは全部」

たまらない。ジェイソンは呻いて背をしならせた。乳首の先端をこするケネディの舌のざらついた感触でどうかなってしまいそうだ。えもいわれぬ刺激が背骨から脳髄まで駆けのぼり、ケネディをもっと欲しいと、その切迫感がほかの思考を焼き尽くす。

もうひとつの乳首に舌の愛撫が移り、ジェイソンはまた呻いた。

「お前の立てる声が好きだ」ケネディが囁いた。「その動きも」

たしかに、ジェイソンはセックスの最中に声を出すほうだ。ケネディは普通よりも静かだ。ただ集中している――強烈に。何も見逃さない。ひとつたりとも。

ジェイソンの手がケネディの腰をつかむと、ケネディが身をのり出して体勢を取りやすくした。

「しゃぶってくれるか？」とケネディがざらついた声で聞いた。うなるような調子とは裏腹に、その要求はどこか遠慮をはらんでいた。

「ええ、もちろん。欲しいなら何でも」

ケネディがジーンズを蹴り脱いでいる間に、ジェイソンはマットレスの下側へ体をすべらせて位置どりを変えた。とてもやりやすい体勢とは言えないが、そんなことはひとたびケネディのペニスの先端をくわえたら問題にもならなかった。

ケネディが、ほとんど追いつめられたような解放の声を立て、つい腰をぐいと押しこんだ。すぐに「すまん」と呟いたが、ジェイソンはほとんど気にせず、耳にも入らない。可能ならケネディのものをつけ根まで呑みこみたいくらいだ。熱っぽい口でやわらかに、それから強く吸った。リズムを変えながら。優しくやわらかく。きつく激しく。すべての経験と技量をつぎ込んで、ケネディにとって最高の、得難い体験にしたい。自分の存在を記憶に焼きつけ、唯一無二にするために。

「いいぞ」ケネディが呻いた。「すごくいい……そうだ、それでいい、それで……」

ジェイソンは、あの晩のシプカの思いを手に取るように理解する。セックスを通して己の存在を主張しながら。体と肌を通してすべてを語り、性的な熱を言葉として使おうと――そしてジェイソンも、今夜をケネディの人生最高の夜にしたくてたまらない。

ふれられていないジェイソン自身のペニスは立ち上がり、きつく張りつめて、ケネディの尻をかすめた。自分のことはどうでもいい。ケネディのための行為だ。ケネディに求めるものを与える――当人が知らずに求めているものまでも。

ケネディの呼吸は大きく、激しかった。何も言わなかったが、沈黙がいつになくすべてを物語る。拳をジェイソンの頭上のマットに食いこませた腕が震えていた。

ジェイソンは喉をゆるめ、もっと深く呑みこむ。ケネディが小さな、絞り出すような声をこぼした。清潔で甘やかな、石鹸と男らしい汗の匂い、そして先走りの塩味がする。

「もうすぐだ」

ケネディが警告した。またも、ジェイソンはシプカのことを思い出す。祝祭の場に出てくる亡霊。

（すまない、クリス）

ジェイソンは頭を引き、ケネディのペニスの先端にキスをして、割れ目を舌でいじり、またくわえこんで強く吸い上げた。

ケネディが呻いて背をそらせた。熱く粘ついたしぶきを放って、激しく達する。ジェイソンは飲みこまなかった。自分は不注意でも無謀でもないとケネディに言ったのは、本当のことだ。八ヵ月会っていなかったし、ケネディは関係は終わったと思っていたのだ。いいや、ケネディのミルクを舐める気はない。胸や額から精液をぐいと拭って両手をケネディに回し、すべて手放せとうながした。ケネディがドサッとジェイソンの上に崩れた。

ジェイソンはその背に腕を回し、耳元に、髪に、顎に、唇を這わせた。ケネディのこめかみに濡れた、塩っぽい痕があった。汗？　精液？　涙？　馬鹿みたいなことを言ってしまいそうで、口元をぐっと固くしてそれを呑みこまなければならなかった。

(これで最後にはしたくない。これっきりは嫌だ)

だがケネディは、ジェイソンの気持ちなどもう知っている。ジェイソンの望みなど。ジェイソンに言えることなど、すべてケネディにはわかっていることだけだ。

少しの間、二人はゆっくりと、抱き合って、おだやかに呼吸していた。息のリズムがひとつになるとまではいかないが、かなり近い。

ふとケネディが頭を上げた。

「お前はどうする？　どうしたい？」

その息はジェイソンの顔に温かく、ウイスキーの苦味があっても驚くほど甘かった。

ジェイソンは唇をなめた。

「あなたの中に入りたい」

「そうか？」ケネディの声は思案含みだった。「俺も、準備万端とは行かないが、そうだな。なんとかなるだろう」

「本当に？」

よほどあっけに取られていたのだろう、ケネディの声は愉快そうだった。

「もちろん。どうしてだ？」

「いえ、特には。まあ、勝手な思いこみというか……」

ケネディが保守的、あるいは昔ながらの考えに固まっていて、行為の主導権にこだわると思っていたか？　だがたしかに、ケネディの人生に対する姿勢を思うと、役割や習慣に縛られるたちではない。仕事においては効率と適性重視だ。捜査を自分で仕切るのは、どの現場でも自分が一番経験をつんだ専門家で、多くのものが懸かった仕事で周囲の顔色を気にして大事な時間を無駄にはできないからだ。

だが、仕事を離れたケネディは……決して自己中心的や狭量には見えなかった。

「お前とすることなら、何だろうと気持ちがいいだろうからな」

そのケネディの言葉に、ジェイソンとしてもうなずくしかない。

「それに大体、俺ももう二十代じゃないからな。そんなに早く回復しない」

ケネディの言い方は嫌味がなく、事実の指摘にすぎなかったが、たしかに。それもそうだ。

二十分前には背中が痛いと文句を言っていたとは思えぬなめらかな動きで、ケネディが起き上がった。バスルームへ入っていくと、明かりが点き、ガサガサと物をあさる音がする。細く洩れるライトが、ベッドに戻ってくる彼の大きくたくましいシルエットを照らした。

ジェイソンはベッドカバーとブランケットを剝がしていた。ケネディがナイトスタンドに何か小さなものを置き、小袋をジェイソンに放った。気楽な、くつろいだ優雅さで、マットレスを包むシーツにうつ伏せに体をのばす。

ジェイソンがコンドームをつけるスピードは、弾丸や機関車の突進を止めるスーパーヒーロー並みだった。それからケネディの背の上に身をのり出す。うなじにキスをすると、ケネディが小さく、気持ち良さそうに身を震わせた。

ケネディの髪や、うなじから肩へのカーブのやわらかさに、ジェイソンは思いもかけない脆さを感じていた。

ナイトスタンドの小さなプラスチックボトルに手をのばした。ホテルのアメニティのローションで、どこかキュウリとココナツのような、そしてみずみずしいビーチのような匂いがする。

ローションは指先にぬらついて冷たかった。

ケネディの締まった尻の丘を片手で開き、もう片手で、きつい穴を軽くつつく。

信じられない、この熱く狭い入り口の感触。急がず、自重するのがやっとだった。

きゅっとすぼんだ筋肉に指先を押し当てると、ケネディの体がこわばり、低い呻きをそっとこぼした。

快楽からだ、痛みではなく。だがジェイソンは囁きかけた。

「大丈夫ですか」

「お前の手は随分と優しいな」

ケネディ相手に優しくするような手間をかける人間が、どれくらいいたのだろう。

ジェイソンは身をのり出し、ケネディの背骨にそってやわらかなキスをくり返しふらせた。筋肉の小さな輪に、指先を幾度も軽くくぐらせる。

ケネディにこんなことを許されているというのが、途方もなくて、信じられなかった。だが思えば、ケネディがジェイソンに同じことをしたのだって信じられないようなことだ。ジェイソンの屹立はすでに張り切っていたが、ケネディにああも深く、徹底的に慣らされたことを思い出してさらに質量を増したようだった。最高に気持ちよかったし、今からすることもすごくいいだろう。ケネディの言うとおりだ、一緒にするなら何だって気持ちがいい。

ジェイソンは時間をたっぷりかけ、ケネディはその間ずっと考え深い、じっくりとした沈黙を保っていた。二本目の指を足してほぐしながら、快感の膨らみを探すと、ケネディが切羽つまった声をこぼして押し返し、ジェイソンの指をさらに深く呑みこんだ。

この熱くきつい内側に自分のものを沈めるのだと考えただけで、ジェイソンの喉元で鼓動がはねる。

「随分静かだな。セックスの時にお前がそんなに静かなのは、初めてだ」

ケネディの声には笑みがあって、ほとんどからかっているようだった。

「気分を壊すんじゃないかと思って」

「俺はそう簡単には怖じ気づかないぞ」とケネディが笑いをこぼす。

たしかに。ケネディが怖がるようなものなんて、そうは思いつかない。

指を曲げるとケネディが息を呑み、少し背をそらした。

「くそ、いいな。もっとだ」

もう一度愛撫をくり返し、ジェイソンは身を屈めて、難しい体勢でケネディにキスしようとしながら、丁寧な指でやわらかい膨らみをさすっていく。ジェイソン自身のペニスは岩のように固く、陰嚢も張りつめている。穴にペニスがふれた瞬間に達しかねない。

それでも挑戦あるのみだが。ジェイソンはケネディの背に体を重ね、自分の下のたくましい肉体の感触を味わった。

「二人で、今ここにいるなんて信じられない。一緒に……」ケネディの締まった肩に囁いた。「今夜、もう駄目かと……」

ケネディは会話の気分ではなかった。尻をジェイソンの陰嚢に押しつけてくる。ジェイソンはおとなしく指を抜くと、かわりにその湿った熱の中へ、自分のペニスを沈めた。

とても——とてもいい。ケネディの内側にぐっと締めつけられて、ジェイソンは声を立てていた。

「凄い、これは——いい」熱い暗闇へ向けてつき上げ、腰を引く。「ああ、凄い、サム」

とてもじゃないが口を閉じていられない。

サムが深い、うなりと呻きの中間のような声を立てて激しく押し返しはじめた。その体へ突きこんで、サムの肩に指を食いこませ、ジェイソンは新たなリズムを取り戻すのに少しかかった。すべての思考を、不安を振り払い、濡れたなめらかな圧力だけに意識を集中させ、もっと深くと突き入れながらつながりを、絆を求める。炎がさらに熱く、灼熱に燃えさかった。サムの没頭した沈黙、それと対照的にジェイソンは切迫した声を立てながら突き上げ、深く、深く、解放を求めて――。

そしてついに……度を超えた、最高に気持ちのいい奮闘の末……ついに――砂漠の秘された泉のごとく湧き上がってくる。突然で甘美なその流れが、まるで一生分のような渇望をうるおして満たしていく。全身が絶頂に脈打った。

「サム……サム――」

止められない。ただ命綱のようにサムにしがみつき、なすすべない声をこぼして達しながら、厄介な感情まみれのものを体からあふれさせる。筋肉が溶け、屹立からゴムの安全袋の中へと白く熱いものがほとばしった。

ジェイソンはサムの上へ崩れ落ちる。空気を求めて喘ぎながら、爪先まで体が震えていた。

長い、長い時間の末、サムが身じろぎ、ごろりと体を返しながらジェイソンを抱きこんで、ベッドカバーを引き上げた。ジェイソンは頭をサムの胸元にのせ、両腕でぴったりと抱かれて体の力を抜いた。サムがジェイソンの額にキスをし、何かよく聞きとれないことを呟く。

ジェイソンは微笑んだ。時に、中身より言い方のほうが雄弁な時がある。

シプカの残った片目はよどんで凝固していたが、その口が動いた。

「ロドニー・バーグアンに聞くんだ……」と囁く。

せり上がる恐怖を、別の声が切り裂いた。

「ジェイソン、大丈夫だ」おだやかで静かで、有無をいわせぬ声。「ただの夢だ。お前は安全だ。それは現実じゃない」

この声を知っている。

ジェイソンは瞼を開け、荒々しい呼吸を抑え、身震いをこらえようとした。混乱しながら、状況を確認していく。強い腕に抱かれていて……ジェイソンの顔は広くたくましい胸に押しつけられている。サム。

ホテルの部屋に、サムといるのだ。夢ではない。夢だったのは――。

鼓動が耳の中で荒れ狂い、肌は冷や汗でぬらついていた。ジェイソンはかすれ声を絞り出した。

「てっきり――今、夢を――」

「わかってる。もう終わった。お前は安全だ」

サムにはきっと、本当にわかるのだろう。

ジェイソンはうなずいた。もう体を引くべきだと頭では知っている。もう動揺していないところを見せるべきだろうと。殺人の被害者を見たのはあれが初めてではない。これまで知人はいなかったが、それでも——やはり。

サムの顔はジェイソンの髪に押し当てられ、その息の、低い静かなトーンが耳に届く。サムの鎖骨で打つ鼓動は、安定していて揺らぎがない。もしかしたら、彼独特のアフターシェーブローションの匂いすら、ジェイソンは好きになりはじめている気がした。

あと、もう何秒かだけ。安全を、守られている実感を噛みしめてから。

こんな一瞬を求めて——必要としていることなど、この職業の人間なら男だろうと女だろうと決して認めはしないだろうが、ズタズタの肉塊にされたシプカの記憶は……ジェイソンを揺さぶっていた。あの過剰で異常な暴力。正気の行為ではない。いやたしかに、殺人という手段に出た段階で正気ではないのだが、あれは別種の狂気だ。

それが恐ろしかった。

心から。

さらに一分後、ジェイソンはサムの腕から抜け出し、仰向けになった。

「すみません。ほんとに。あれは、ただ……眠ろうとするたびに、彼が見えるんです」

「段々と消えていく。その記憶は。そのうち夢も見なくなる」

経験者ならではの確信がそこにはあった。ジェイソンはうなずいたが、頭の中では、忘れてはならないのかもしれないと考えていた。シプカ殺害の凄惨さは忘れたい。目をとじるたびにあの光景を見るのは、終わりにしたい。だがシプカ当人のことは覚えておかねばならなかった。シプカが何のために奮闘したのか——失踪したパリス・ヘイブマイヤーへの正義のための戦いは、忘れられてはならない。

サムに返事をしていないのに気付いた。闇の中、どんな動きも仕種もただの物音にすぎないが、どうせサムならジェイソンのことを昼だろうと夜だろうと読みとるだろう。

「あなたの犯人ではありえない」とジェイソンは言った。「今回の犯人。同一犯のわけがない。性向が違いすぎる。でしょう？」

「たしかに、同一タイプの犯罪ではない。今回の犯行は憤怒の殺人だ。だが俺の追っている犯人は単独行動ではないかもしれない。パートナーがいるかもしれない」

「パートナーですか」

サムがうなずくのを感じた。

「二人なら楽しみも倍？」

ジェイソンの声は自分で聞いても上ずっていて、サムがのばした手で優しく胸元をなでてくれた。

「いいか。お前はもうこの件から離れろ。これは俺の捜査だ、お前のではなく」

ジェイソンはあきれた笑いをこぼした。

「いや、ある意味で俺の捜査ですよ。シプカは俺に話しに来たんだ。情報を持ってきてくれたことを、ただ忘れるわけにはいかない。俺の捜査にも関わりがある」

「だから、その方向からの捜査は続けてくれ。窃盗と詐欺のほうは。安全なロス支局から」

頭を上げ、ジェイソンは暗闇でサムの表情を読もうとした。管轄やら権力という議論にはしたくなかったが、もし「安全なロス支局」にジェイソンが喜んで引っこむとサムが思っているのなら、主義を変えねばなるまい。

ジェイソンは言った。

「シプカはドナルド・カークのことは知ってたけれども、カークに取材したとは一言も言ってなかった。バーグアンに取材をしたかどうかも」

「バーグアンとは？」

「ロドニー・バーグアン。ヘイブマイヤーが消えた日、カークと一緒にいた目撃者です。この三人は、画廊のパーティーから一台のタクシーに乗って帰った。ヘイブマイヤーはまだ遊び足りないと言い、それでカークとバーグアンはそのまま帰った。この二人が、失踪前のヘイブマイヤーの最後の目撃者です。ヘイブマイヤーが数日経っても姿を見せなかったので、バーグアンはカークと一緒に失踪人届けを出した」

サムが曖昧な相槌を打った。

「シプカならこの二人から調査を始めそうなものですが、カークやバーグアンに取材した話は一言もしていなかった」

「カークはアメリカにいなかったし、バーグアンの居場所まではわからなかったのかもしれない。随分と昔の話だ」

「あるいは死んでいるのかも」とジェイソンは言った。「皆、死んでしまった」

「お前は生きている」サムが答えた。「俺も」と身をのり出し、ジェイソンにキスをする。

「二度と、こんな時は来ないと思ってました。ロサンゼルスであんな話になって……」

サムが首を振った。あまり安心できる仕種ではない。

何秒か待ったが、サムは何も言おうとしなかった。

ジェイソンの喉が苦しくなる。だがはっきりさせたほうがいい。問いを押し出した。

「じゃあ、ここまでですか？　これは、別れの挨拶？」

それに続いた沈黙は、永遠のように思われた。ついにサムが言った。

「こんなに苦しいとは思っていなかった」

「どの部分が？」とジェイソンは固い声で聞く。

「楽な部分がどこかあったか？」

サムの答えには苦いユーモアがこめられていた。

「たしかに」

ゆっくりとサムが、

「自分では割り切れたつもりでいた。お前に次の相手ができることにも、覚悟はあった。避けようのないことだ。だが」

「だが？」ジェイソンはそっと呟いた。「ああ。シプカ」

　ジェイソンがシプカと寝たことを知ったあたりから、サムの態度が微妙に変わり、距離を置かれたのだ。しかもサムらしくない当てこするような言葉も発していた。ジェイソンも気付いてはいたのだが、その大元がごくありきたりの、単純な、人間らしい嫉妬だなんて、どうにも信じられずにいたのだった。

「そうだ。あれは……ああなってほしくはなかった。覚悟もできてなかった。それが、一体どれほど――」

　苦しいか。

　ようこそ、傷心クラブへ。

　ジェイソンはたずねた。

「今の話、この八ヵ月、あなたが行く先々で出会った相手をベッドに引きずりこみまくってきたと取りますけど、いいですか？」

　サムが息を大きく吸い、咳込みはじめて、幾度か咳払いせねばならなかった。やっと言う。

「……いいや。むしろ俺は、その時初めて――いいや、違う」

「初めて、何ですか？」

サムが首を振った。

「そうですか」

ジェイソンはじっくり考えこんだ。まったく。ここまで来ると、もはや謎などどこにもない。なのに一週間も、二人してただ悩み苦しんでいたというのか。

「なら、俺から言います。この八ヵ月分――悲惨な一夜はもちろん――考える時間はあった。俺たちみたいな仕事では……いや、とにかく、言わなかったら後悔するから」

息を吸い込み、ジェイソンは思いきって言った。

「愛してます、サム」

サムが頭を上げた。

「わかってます」ジェイソンは続けた。「ディナーでのあなたの独立宣言を聞いた今は、特に。でも愛してます。そんなつもりはなかったし、どうしてこんなことが起きたのかわかりませんけど。特に、こ、こ、こんなことは望んでもいなかった。俺の気持ちが嫌なら……俺に言えるのは、あなたが言いたいことは全部ちゃんと聞いたってことだけです。理解もした。だからって、賛成だとかそれでいいってわけじゃないですが。ただ、とにかく、この一週間は俺には地獄でした。それも、殺人事件や墓に閉じこめられたり容疑をかけられて尋問されたのとは別に」

「すまない。お前がそんなに気にするとは思っていなかった」

「思って――なかった？　は？」とジェイソンは口から唾をとばした。

サムに引き寄せられ、頭をその胸にのせる。

「そして、お前の気持ちがわかっても……やはりどうすることもできなかった。今でも、考えは変わらない。関係を持つのはお互いどちらにとってもいいことじゃない」

「でも持ってしまったんですよ、サム。あなたはこの関係を好きに呼べばいい。友達だとかセフレだとか。でも俺にこの先も長距離電話をしてくるなら――」

「正しく呼べばいい」サムが言った。「怖いのは言葉じゃない。お前を愛している。クリスマスには、もうはっきりわかっていた、お前に電話したい気持ちを止められなかった時に」

自嘲気味に、

「俺はただ、お前の声を聞かずにはいられなかった」

そのクリスマスの電話を、ジェイソンも覚えていた。どうしてか、電話すらかかってこないクリスマスよりも苦しかった。それとも本当は違うのか。

「だが、夕食の席で言ったことは本気だ。お前と、何らかの関係を続けたい。お前を失いたくはない。月曜、去っていくお前を見送って――とても無理だった。決して取り返しのつかないことをやらかした気がした。それに、お前がシプカと寝たと聞いて。無理だ」

また黙った。それから言った。

「この先は、お前が何を望むか次第になるな」

ジェイソンは首を振った。どう答えればいい？　口を開いた。

「俺の望みはマサチューセッツで話した時と変わってません。ためしてみたい」

サムも首を振った。

「俺は、自分という人間を知っている。俺は仕事そのものだ。常に仕事が優先される。それはつまり、家族のディナーの席にもいないとか、クリスマスやロマンティックな息抜きもないということだ。誕生日や記念日も覚えない」

イーサンのためならそこにいただろう。イーサンの誕生日なら忘れはしないだろう――。

だがジェイソンはその考えを振り捨てた。こんな考え方の先には狂気しかない。大体、正しいかもわからない。

かわりに軽い調子で言った。

「結婚式のドタキャン宣言なら、せめて俺がプロポーズするまで待ってくれませんか」

だがサムはジョークにつき合う気分ではなかった。

「お前が求めるものが何であろうとだ、ジェイソン、俺はきっと適した相手ではない」

「違うでしょうね」ジェイソンは物憂げに認めた。「それに俺も、あなたがどれだけクズなことをしてもどこまでもついていくとはとても約束できないし。どこまで痛みに耐えられるかはわからない。ただ、今さよならを言うなんて、とてもできない」

「今さよならを言うのは、俺には耐えられない」とサムが呟いた。

この数日間の痛みがやわらぐには随分とかかりそうだ。

「俺たちにはまだ――」言葉を切ってジェイソンは時計をのぞきこんだ。「次のさよならまで何時間かある」

二人はキスをした。

「ほらね」ジェイソンは囁く。「そんなにひどいことにはなってないでしょう」

「今はまだ」サムが静かに答えた。「だが、いつか必ず」

21

ジェイソンが相変わらずラバブ・ドゥーディの居場所をつきとめようとしている最中に、携帯が鳴って、サムのＩＤが表示された。

そう言えば、このアイコンは変えたほうがいい。ちょっと気の利いた思いつきのつもりで、ハリー・キャラハン、つまり〈ダーティハリー〉の写真をサムの連絡先に貼りつけたままだった。

「どうも」とジェイソンは出た。声ににじむ温かな響きを消せないまま。今朝のウォータータウン国際空港で交わした、短い、ぎこちない別れのキスのことを思う。短くてぎこちなく、だが真心がこもったキス。

　サムは無愛想でビジネスライクだった。

『今、話をする時間はないが、念押ししたくてな。カイザーからのカードをこちらに送ってくれ。実物のカードだ。コピーではなく。捨ててなければ封筒も』

「カードは家です。今オフィスなので、明日発送します」

『それでいい。忘れるな』

「決して、サー！」精一杯、海兵隊の新兵の真似をしてみせた。「忘れたりなどしません、サー」

　サムは何も言わずに切った。無言のコメントというやつか。

　ジェイソンは首を振り、なかなかつかまえられないラバブ・ドゥーディ氏を探す作業に戻った。ラックスに聞いた名だが、この間から期間を置かずにまたラックスにたよるのは気がすまない。もっとも近いうちにちゃんと話をしないとならないが。

　時差のおかげで、今朝ジェイソンは十時半にロサンゼルスに着き、ロバート・ウィート部長のオフィスでウィートとジョージ・ポッツとのきまり悪くなるくらいなごやかなミーティングの後、ワシントンＤＣのカラン・キャプスーカヴィッチと長い電話会議をした。

『てことは、フレッチャー＝デュランド画廊は示談で片付けにかかる気か』カランは、この三日間の出来事をジェイソンに報告されるとそう言った。『やだねえ』

「オンタリオ夫妻と示談にするつもりでいるようには聞こえました。オンタリオ夫妻が応じるかは別です」

『応じるね』カランは陰気に言った。『最初から、夫妻は法廷には持ちこみたがってなかった。避ける道があるなら――』

「そうであっても、デュランドたちはアーシュラ・マーティンの訴えのことはまだ知らない。彼女は和解には応じない」

『マーティンはまだ公式には告訴してない。そこが多くの被害者にとってのハードルなんだ。実際に法廷に出るかどうかが。言わせてもらうとね、ジェイソン。この件はもう我々の手からすり抜けていってる気がするよ』

ジェイソンはひやりとした。

「そこまで悪い状況とは思えません。情報源のひとつによれば、オンタリオ夫妻と同様の状況にある顧客はほかにもかなりいるとのことです。全員と和解はできないでしょう。そこまでの金銭的余裕があるなら、ひそかに顧客のコレクションを売ったりはしない」

『その情報源、もう死んでるんじゃない？　あの記者？』

「クリス・シプカ。そうです」

『自分の情報源をあなたには明かしたがらなかった記者か』

ジェイソンは渋々それを認めた。

『贋作のほうは？　そっちからは何か出た？』

「まだです」と言うしかなかった。「調べ出して日も浅いので」

カランが不服げに『ふーん』と洩らした。

「手がかりをいくつか追いはじめたところです。情報屋から、ラバブ・ドゥーディという名を聞きました。彼についてはＦＢＩにもあまりデータがありませんが、その情報だけでもかなり匂う。二〇〇三年にドゥーディはヨセフ・ザリツキーの贋作を個人的にイーベイで販売した罪でＦＢＩに逮捕されている。六十点以上の贋作を、一九〇万ドルに近い金額で売買してます。彼の供述では、一九九九年にハンコック・パークの地下室を片付けた時、ポロックの絵がひと山出てきたということでした。ドゥーディは連邦刑務所に五年入ってました」

『出所してからは何をしてた？』

「今調べてます」

『それはたしかにいい手がかりだけれど。でもね』

でも。常時「でも」はついて回る。ジェイソンは待った。

『言うまでもないけれど、あなたは山積みになるほどの案件をかかえているでしょう。時間と手間をどこに振り分けるか、優先順位を付けたほうがいい。今回フレッチャー＝デュランド画廊を仕留められなかったからと言って、永遠に自由の身にしておくわけじゃなし。いずれ必ずつかまえる』

「それはわかってます。よく」

『悔しいだろうけど』カランの同情は心からのものだった。『今回の案件には時間と努力を注ぎ込んできたからね。ただ、この仕事が長い私から見て、この案件はもう持ちそうにない。あなたの努力が足りなかったからじゃない、ただ、物事の星回りがよくない時もあるだけだ』

「そうですね。はい」

パリス・ヘイブマイヤーの失踪事件を持ち出そうかと思案したが、話す前からカランの反応は想像がついた。根拠が薄弱すぎるとか、捜査するほどの材料ではないとか。人員がこれほど限られている今は。たとえカランがヘイブマイヤー失踪事件は調べるに足ると判断しても、捜査は強行犯係に引き継ぐしかない。

ジェイソンとしては心底悔しいが、カランの懸念もよくわかった。激動の数日だったというのに、月曜にシェパード・デュランドのオフィスに贋作が掛かっていると気付いた時から捜査はろくに進展していない。あれ自体は何の犯罪でもない。その贋作をジェイソンに売りつけてきたわけでもないのだ。

実際、バーナビーへの半端な聴取——しかも予想内の中身の——を除けば、カムデン島でわかったことは、ジェイソンの捜査よりも行動分析課《BAU》の捜査に役立ちそうなことばかりだった。

さらに数分カランと話した後、ジェイソンは山盛りのメールボックスの中を確認していった。遠回しに山積みの案件を心配されたのもよくわかったし、今週ほかの担当事件がすっかり後回しになっていたのはたしかだ。それでも、シプカから来ていたメールを見ると、ジェイソンは手を止めてヘイブマイヤー失踪事件についてのシプカの取材ノートを読んだ。

シプカはいい記者だった。取材の詳細をきっちり記録し、洩らさずメモを取っている。どうやらドナルド・カークにも何回か取材を試みたようだが、カークは「何も話すことはない」と言いつづけた。パリス・ヘイブマイヤーに何があったかも知らないし、推測もしたくないと。

そう不可解な反応でもない。カークがずっとデュランド兄弟の友人だったことを思えば。

もう一人の証人ロドニー・バーグアンは、シプカと話そうとすらしなかった。

少し調べてみて、ジェイソンはバーグアンが沈黙を守っていたのは、現在ニューヨーク州のウォータータウンに住んでいるせいかもしれない、とにらんだ。まさにデュランド家の裏庭あたりの場所に。

ジェイソンはその事実を熟考する。ウォータータウンには二万七千人以上が住んでいるのだから、ロドニー・バーグアンがその一員になっていけない理由はない。デュランド家の地所から石を投げて当たるような場所にわざわざ引っ越してきた以上、おそらく、デュランド兄弟を恐れてはいないのだろう。バーグアンが、カークのように何も知らないと主張するのではなく、シプカと話すこと自体を拒否していたのは興味深い——気がする。まあ記者が嫌いな人間もいるが。シプカをうさんくさいと思ったのかもしれない。バーグアン本人に聞くまで本当のところはわからない。

バーグアンから話を聞く——。

そうだ、聞いて何が悪い？　バーグアンは特に何も知らないのかもしれないし、ならFBIから質問されればちゃんとそう答えるだろう。そうじゃないか？

バーグアンへの連絡手段を探している——電話番号が登録されていなかった——最中、ジョニーから電話がかかってきた。

『どうも！　ニューヨークで大変な目に遭ったたってね。調子はどうよ？』

ジョニー・グールドは、マリブ・バービー人形のような愛らしさという特大級の不運に恵まれた捜査官だった。アダム・ダーリングとパートナーを組んでいた頃、二人は「バービーとケン」とあだ名されていたものだ。だが軽薄なバカンス娘のような見た目の裏で、ジョニーは切れ者でやり手の捜査官だった。そして同時に、ジェイソンの知る誰よりも性格がいい。彼女が同じFBI捜査官と結婚して退職した時、ジェイソンはとても残念に思ったものだ——そして後にサムの捜査班にスカウトされたと聞いて、もっと気の毒になった。

「大丈夫だよ。そっちはどう？　アダムの調子は？」

『私はくたくた。もう帰りたい。ケネディは一体どうして平気なのよ。FBIに入ってから一度も病欠したことがないのよ』

「ロボットだからさ」

冗談のつもりかどうか、言ったジェイソン自身にもわからない。

『アダムはロスへの帰り道についてる頃ね。まともな神経の持ち主なら、何日かは傷病休暇を取るでしょ。ケネディが自分の班に彼をスカウトしてんのよ』

「また一緒に組むんだな」

『そうねえ』ジョニーは曖昧な口調だった。『どうかなあ。アダムがしたいことはこれじゃない気がする』

「死体安置所《モルグ》めぐりに戻りたくもないだろ」

『あれはもうおしまい。今回はゴールドスターものよ』

ゴールドスター、というのはＦＢＩ関係者たちの隠語で、表彰のことだ。出世街道への一歩。

『アダムは、あっちで男との出会いがあったのよ』

「出会い？　アダムに？」

冗談めかしつつ、本気の驚きもあった。アダム・ダーリング以上に自分のキャリアにこだわる者はいない。献身的な、あるいは野心的なその生き方で、すでに一度長くつき合った恋人と別れている。ケネディがアダムを理想的な人員と見るのも当然だ。

『でしょでしょ？　それはともかく、私が電話したのはね、あなたのフレッチャー＝デュランド画廊事件の捜査ファイルをケネディが見たいって言ってるの。それと、あの記者、クリス・シプカからもらった情報も全部送ってほしいって』

「どうしてまた――」

警戒心が頭をもたげる。

『うちの事件の被害者とデュランド家に何かつながりがないか、私がずっと調べてたんだけど、いくつか出てきてね。一人目の被害者、美術評論家のジェミニ・アーンストは、バーナビー・デュランドの昔からの顧客で友人だった』

「二人目の被害者、美術教師については？」

『ウィルソン・ラファムは画家でもあって、シェパード・デュランドは彼のパトロンだった』

「パトロン？」

『そうなのよ』

「そうじゃなくて、その単語は正確にどんな意味なんだ？　つまり、私的、かつ性的な関係を含むパトロンなのかどうか。噂によると、シェパードは息をしてるものなら何でも押し倒すらしいし。それともあくまでビジネスとしてのパトロン？」

『個展を約束してたんですって』

「ラファムの作品の個展？」

『そういう話だったようよ。あなたの専門分野よね、その個展が実現する可能性は？』

「まったくのゼロだ」と言ってから、ジェイソンはつけ足した。「いや、ラファムの絵を見てないからそこまではわからないが。実は天才画家だったのかもしれないし。だが、フレッチャー＝デュランド画廊は画家個人の個展はやらない。やったことがない。彼らはテーマや、時代、流派で展覧会を組む。あの画廊が無名の画家の個展をするとは……俺なら信じない」

『それは気になるわね』

ジェイソンは覚悟を決めて、ずばりと聞くことにした。ケネディが自分のかわりにジョニーに電話させたのはこのせいかと勘ぐりながら。

「俺の事件をかっさらってくのか？」

冗談めかして響かせようとしたが、笑いごとではないと、ジョニーはよく知っている。

『まさか。そっちはそっち側から捜査をして、私たちはこっち側から捜査をするのよ。同じチームじゃない』

「そうか」

そうとも言えまい。たしかに同じ組織の一員ではある。同じチーム？　それは違う。

ジョニーがくじけない陽気さで言った。

『悪人が倒される限り、誰がタックルしたかはどうでもいいことじゃない？』

「そのとおり、と言えたらな」とジェイソンは答えた。「正解はそれだと思うし」

ジョニーが同情したように小さく笑った。

『ねえ、気が楽になるかは知らないけど、今のところシェパード・デュランドには、アーンスト、カーク、それにあの記者の殺害時刻のアリバイがある。兄貴のバーナビーも、ラファムとカーク殺害時刻のアリバイがある。だからもしかしたらあの兄弟は無関係かもね。彼らとの関連はただの偶然かも。あなたもよく言ってたわよね、アート業界は排他的で狭いって』

「言ってたか？」

『ウォーホールは過大評価だとか、二日酔いに何より聞くのはマクドナルドの朝食サンドイッチ、それもできればソーセージだとも言ってたわよ』

「ああ……」

『あなたが心配してたって、ケネディに伝えとくわ』

「いいんだ」素早くさえぎった。「ただ……情報をこっちにも共有してくれれば」

『あのねえ、言っとくけど、ケネディから、あなたには丁寧に接しろって言われてるの。誰かの気持ちを思いやるケネディなんか初めて見たわ。だから、まあ、そんなところで』

「そんなところだな」とジェイソンも同意した。


ロドニー・バーグアンは家に電話回線を引いていなかった。公開されているものも非公開のものも。携帯電話を持っているとしても、その番号をジェイソンは通常の——そしてそれ以上の——やり方では発見できなかった。もっとも、現在の住所はわかった。まだやはりニューヨーク州のウォータータウンに住んでいる。

ニューヨークへの再度の出張の言い訳をどうひねり出すか考えこんでいた時、LA市警のヒコックから電話があった。

『驚いたよ、ウエスト。ヴァレー・ボイス紙で、あの気の毒なクリス・シプカの話を読んだよ。お前さんが泊まってた隣で殺されたんだって？』

そうだった。ヴァレー・ボイス紙。記者が電話で二回、ジェイソンに取材を申しこんできたのだった。あそこからの電話はもうジェイソンまで通らない。時に、代表番号や受付というやつは救いの神だ。ではあるが、もっと大きな新聞がこの話を聞きつけるまでどれくらいある？　じき記者が家まで押しかけてくるだろう。

また。

「そうなんです。事件の時、俺はそこにはいませんでしたが。でも、たしかに。誰かが押し入って、シプカを殺した」

ただ殺したというより、死ぬまで細切れにしたというところだが。サムはもうジェファーソン郡の監察医から検死内容を聞いたのだろうか？　ジェイソンにその情報を教えてくれるだろうか。

『なんてこった。一体あいつがお前さんと一緒に何してたんだ』

「一緒に行ったんじゃないですよ。シプカは自分の取材に来てた。たまたま、俺とかち合っただけで」

ヒコックの声はすっかり唖然としている様子だった。

『あいつのことは好きじゃなかったが、でもな……もしかしたらあいつのイカれた陰謀論、あながちイカれてもいなかったってことかもな』

「ですね」

ヘイブマイヤーの失踪について訴えようとしてヒコックには相手にもされなかった、とシプカが言っていたのを思い出さずにはいられなかった。それだけではない、シプカは疑っていた——少なくともほのめかしていたのだ、このヒコックの関与を。たとえ、ほんの一端だけでも。そして、シプカの論にも理がないわけではない。ヒコックは三件の捜査すべてに精通している人間だ。それも表面上だけでなく、それぞれの動きを把握している。

「陰謀論と言えば、ヒック、シプカから美術学生の失踪について話をされたことがありますよね？」

ヒコックがうんざりしたうなりをこぼした。

『ニューヨークのヤツだろ。だな？　フレッチャー＝デュランドのニューヨーク画廊のパーティーの後で消えたドイツのガキの件だ。ああ、シプカが何年か前に話を持ってきたよ。二年ぐらい前か。調べてほしいって』

「それで？」

『ああ、こういうことだな。シプカに言われたろ、俺が捜査を断ったのはデュランド兄弟と馴れ合ってるからだって。そうだな？』

「俺は確認してるだけですよ。死んだ男が調べていた事件だから――」

いつもじつに気さくで機嫌のいいヒコックの怒りの声は、ジェイソンを驚かせた。

『お前ちゃんと考えたのか？　あいつは犯罪記者だったんだ。あちこちの事件や捜査に首をつっこんでた。そのどれかに噛みつかれたのかもしれないだろうが』

シプカの話をまともに取り合わなかったことで、ヒコックは罪悪感を抱いてるのかもしれない。それともほかに理由があるのか。ジェイソンは自分の口調を中立に保った。

「シプカに助力を求められて、それでどうなったんです？」

『あいつに、これは昔の未解決事件《コールドケース》で、しかもニューヨークでの昔の事件だって言ってやったさ。俺の管轄じゃない。腕利きの探偵か記者を探せって言ってやった』

ヒコックが溜息をついた。

『あいつが気にくわなかったんだよ。LA市警について書いてる記事の中身がさ。俺たちはお前さんみたいなスター扱いは受けられなかったんだ、ウエスト。あいつはいつも俺たちのことをネチネチ書いてた。たしかに俺もいい態度じゃなかったが、あいつに言ったこと自体は本当だ。ニューヨークでの失踪事件なんて俺に手出しできるかよ』

たしかに。シプカは、シェパード・デュランドが被疑者となればLA市警が動けるだろうと思いこんでいたが、ジェイソンにはヒコックの立場がよくわかる。市警は、州をまたげるFBIとは違うのだ。

「彼の話を信じましたか?」とジェイソンはたずねた。

ヒコックはうんざりした息を立てたが、渋々と言った。

『どうだろうな。シプカは何かあると信じていた。それは見ればわかった。だからって、あいつが正しいとは限らんさ』

「カーサ・デル・マールホテルで遭遇した時、彼に気がつかなかったみたいでしたけど」

『気がつかなかったんだよ、最初は。身分証を見るまではな。歳も食ってた。前はもっと細かった。その上、ほら、泥棒みたいな格好までしてたろ』

まさしく。

ヒコックは言いづらそうに続けた。

『それで、あいつが誰かわかった時、まあ、救い出してやろうって気分にはなれなかったんだよ。そもそもあのテラスにいたのがおかしい。好きな相手じゃなかったが、俺はアメリカを横断して殺しに行ったりはしてないし、調べりゃすぐわかる』

「たしかに、それは想像できないですね」とジェイソンも認める。

『そいつはまったくありがたいね』ヒコックは少々渋い口調だった。『とにかく、俺が電話したのはだ、お前、まだラバブ・ドゥーディを探してるのか?』

ジェイソンは背をのばした。

「彼の情報があるんですか?」

ヒコックが歪んだ笑いをこぼした。

『ああ、あるのさ。それどころか、あいつのとこまで案内してやるよ』

22

その家は、ヴァンナイズの静かな通りにある黄と白のランチスタイルの家だった。高いブロック壁が片側を、もう片側を高い生け垣が守っていた。芝生は枯れ果て、ブロックのプランター内に植えられたバラは萎れていた。

ヒコックの話によれば、ドゥーディの彼女がこの家の持ち主なのだ。だが、とても誰かが住んでいる家には見えなかった。

実際、もう長い間、誰も帰ってきていない家に見える。

ジェイソンは家の前の歩道でヒコックと落ち合うと、コンクリートの引込み道を、肩を並べて歩いていった。

『この四年間、あいつは俺の情報屋として働いてきた』とヒコックは電話で言ったのだった。

『その間ずっと俺がコケにされてたんなら、たしかめないとな』

サム・ケネディとの八ヵ月の交流の後とあって、これが手の込んだヒコックの罠である可能性もジェイソンの頭をよぎったが、ヒコックの様子はいつもと同じに見えた。いつもより少しひややかかもしれないが、人殺しじゃないかと遠回しに疑われては友情も台なしになるというものだ。それにこの通りには、数メートルごしに〈隣人見守り隊〉のステッカーが貼られていた。人を襲うのにいい場所ではない。

ジェイソンとヒコックは、玄関に続く煉瓦の階段まで来た。正面ドアの網戸には不動産屋のチラシ、名刺、ノブに引っかける宅配ピザのメニューなどがベタベタ貼りつけられていた。

ヒコックが「畜生め」とうんざり呟く。

ジェイソンは振り返って、死にかけの前庭を眺めた。

「二月に芝生が枯れ死ぬなら、随分前から人はいないはずです。少なくとも一月以上は」

「こいつはガスを止める通告だ」ヒコックがぶつぶつ言った。「こっちは水道」

「帰ってくるつもりはないでしょうね」

ヒコックはまた毒づくと、先に立ってサイドゲートを抜け、裏庭へ回りこんだ。そこの芝もバラも、同じく放置されきっていた。錆びついたガーデンテーブルセットと壊れたバーベキュー道具一式が、コンクリートの段の上に置かれていた。ジェイソンは横開きのガラス戸へ向かうと、両手を丸く当てて中を覗きこんだ。

片側に暖炉がある大きな空っぽの部屋が見えた。黄色いふわふわのスリッパ片方と、包装紙の芯のような段ボールの筒だけが、人がここに住んでいた証だった。

「参ったね」とジェイソンは呟いた。

ごく控え目な言い方だった。詐欺の捜査もすでに瀕死、贋作の捜査のほうも証人が消えてどうやら死亡宣告をくらってしまったようだ。

「そう遠くまでは行かないさ」ヒコックが言った。「とにかく、そう長くはな。彼女の家族はみんなここらにいるんだ」と考えこみながら顎をかいた。「何があいつをビビらせたのか、だな」

「見当つきますね。ＦＢＩの捜査」

「あいつがお目当ての贋作屋とは決まってないだろ。有罪と確定するまでは無罪の原則だ」

「たしかに」

「ま、これは言えるけどな。ドゥーディは本物だ。マジの才能がある。お前んとこのガキ、ラックスに負けないくらいのな」

「ルーヴェン・ルービンの贋作が描けるくらいに？」

「冗談のつもりかよ。あいつはまさに、そのエレツ・イスラエル様式の専門家さ。それでイーベイでやらかした」とヒコックが刺々しく笑った。

「モネは？」

ヒコックが首を振った。

「あんなつまんねえものはドゥーディは描かないさ。あいつは犯罪者かもしれないが、そこまで落ちちゃいない」

「へえ」とジェイソンは鼻を鳴らした。

ヒコックは少しの間、彼を眺めやった。

「勝てる時もありゃ負ける時もあるのさ、王子様。この手の捜査は実を結ぶまで何年もかかることだってあるんだ、わかってるだろ。わかってなきゃならないことだぞ。お前はここまで運に恵まれてきたけどな」

「わかってますよ」

何ヵ月もの労力が水泡に帰するのが嫌なだけではない。ヘイブマイヤー失踪を追ったシプカの奮闘も道連れに一緒に消えてしまう、ジェイソンはそのことを考えていた。そうはならないかもしれないが。サムがあの事件も解決してくれるかもしれない。モネ殺人事件を片付けるついでに。

そう思っても、不思議と心は慰められなかった。どうしてもシプカに借りを返さねばならない気がする。

特にこの捜査は——シプカからの借りだ。

J・J・ラッセル特別捜査官が、ジェイソンがジョージのオフィスをノックしようとしたその瞬間、中からとび出してきた。

ラッセルはジェイソンをにらみつけ、ずかずか去っていった。

「どうしたんです？」とジェイソンはたずねながらオフィスへと入っていく。

ジョージが、まだこめかみを揉みながら顔を上げ、溜息をついた。

「そこのドアは回転扉に替えるか」

「まずい時に来ましたか」

「そうだ」

「手短にすませます」とジェイソンは約束した。

ジョージはあきらめの仕種で首を振り、デスクの前に据えてある二つの椅子を示した。

「なら、聞こう」

「ニューヨークへまた出張したいんです。要請書を出せば今日中にサインしてもらえますか？」

ジョージが右耳に手を当てた。

「耳がおかしくなったようだ。きみがまたニューヨークへ出張したいと言ったように聞こえたぞ」

「言いましたよ。明朝——今夜の便が無理なら」

「いやいやいや、どうしてだ？」

ここが厄介なところだ。ジョージに嘘はつきたくないが、真実をすべて明かせば欲しい許可がもらえないのはわかりきっていた。

「少し前に、捜査にとって重要な証人が、ニューヨーク州のウォータータウンに住んでいることがわかったんです。家に電話は引いていないし、携帯があるとしても番号が見つけられませんでした。メールアドレスも持っていないようだ」

「ジェイソン、証人から話を聞きたくなるたびにアメリカを横断するわけにはいかないぞ。ニューヨーク支局に質問内容を送って、向こうの誰かにまかせるんだ」

ジェイソンは泣き落としにかかった。

「俺の捜査はもう崖っぷちなんです、ジョージ。この証人が最後の望みなんです。他人任せになんてできませんよ」

「勘弁してくれ、ニューヨークの美術犯罪班《ACT》には二人も専属捜査官がいるんだぞ」

「証人の目をじかに見たいんです。どういうものかはわかるでしょう。証人と話をしてからやっと何を聞くべきかわかることだってあるのを」

ジョージは疑いの目でじっとジェイソンの顔を眺めた。父親のような口調になる。

「ジェイソン、すべての事件に感情移入してはやっていけないぞ。フレッチャー＝デュランド画廊の捜査に心血注いでいたのはわかっているが、もし今回手が届かなくとも、次にはこっちが勝つ」

「これで最後ですから」ジェイソンは粘った。「もしこの証人聴取がうまくいかなければ、仕方ない。少なくとも全力を尽くしたと思えます」

ジョージはジェイソンを見つめた。机の上のファイルを見つめた。フォトフレームの妻と子の写真を見つめた。またジェイソンを見つめ――うなった。

「後悔することになると、もうわかっているんだが。ひしひしとそれを感じるんだが。わかった」

ジェイソンは突き上げそうになる拳をやっとこらえた。

「はい。ありがとう、ジョージ」

「ただし。今回はパートナー同行だ」

ジェイソンの安堵が不安に変わった。

「え？　パートナー？　誰です」

ジョージが邪悪な笑みを浮かべた。

「J・J・ラッセルだ」

「ラ、ラッセル？」

「承知するか、行くのをやめるかだ」

「ええ。でも、ラッセル？」

「前回もパートナーと一緒に行っていれば、きみの身にあった事は何ひとつ起きずにすんだんだぞ。だろう？」

まさに反論できない事実だ。そして――ジョージはそれを口に出すには優しすぎたが――もしジェイソンがパートナーとカムデン島に行っていたなら、シプカはまだ生きていたかもしれないと二人ともわかっていた。

ジェイソンは譲歩した。

「わかりました。そのとおりです。でもラッセルでないと駄目ですか？」

「ああ、ラッセルでないと駄目だ。うちは人手が足りていないし、きみらのどちらもパートナーがいない。それにな、頭が冷えるまで彼には遠くに行っていてもらいたい」

いつもは人の良いジョージの顔は、今は断固としていた。

「これが交換条件だ」

ジェイソンは顔をしかめる。

「なら仕方ないですね。このこと、ラッセルにどちらが知らせます？　あなたが、俺が？」

「大変に心はそそられるが、私から言っておくよ。出張申請を五時までに机に出すように。今日は定時で帰るからな」

『……あなたが姉たちに、カポ・レストランでお祝いパーティーを開いてもいいと許可した話ですけど。どうやらあなたの誕生会のように聞こえるのだけれど、今年は大事《おおごと》にはしたくないとあなたが言っていたようにたしかに記憶しているものだから』

涼しげな、洗練された母の声が、玄関から中へ入るジェイソンの耳に聞こえてきた。旅行鞄を下ろして、正面玄関の中にできた手紙の山をまたぐと、ジェイソンは電話をつかんだ。

「どうも、母さん」

『まあジェイソン。いたのね。よかった。シャーロットは、あなたがまた出かけていると言っていたけれど』

アリアドニー・ハーレイ＝ウエストは三つのことで知られていた。非の打ちどころのない血統、卓越したファッションセンス、そして自分に都合の悪い物事を耳から締め出してしまう超人的能力。その超常能力が通用しなかったのは、四七歳にして妊娠しているとわかった時だけだ。すでに二人の娘を育てあげた——そしてうまく嫁がせた——後で、また。

母は、ジェイソンを当惑混じりの、距離を置いた愛情の目で眺め、彼の養育については細心の注意を払って徹底的に監督した。ジェイソンは彼女を同じように見て、一人息子で唯一の跡取りに向けられる家族の期待に応えようとしてきた。

「帰ってきたばかりなんです」とジェイソンは答えた。「明日の朝、また飛行機で発ちます。それで、ええ、ソフィーに、ごく小さな内輪のパーティーならかまわないとは言いました」

『あら』その思慮深い一言には言外の含みがたっぷりとあった。『私は見ているだけだけれど、どうやら〝小さな内輪の〟という部分は考慮されていないようですよ』

「ああ……」

『もし私にあなたからの、その、異存を伝えてほしいなら――』

「いや、大丈夫です。姉さんたちにとってそこまで大事なことなのなら。たかが二、三時間の我慢だ」

『わかったわ。旅はどうでした？』

どう答えるべきか、ジェイソンにはわからなかった。母はあらゆる新聞を〝ゴシップ誌〟と見なし、テレビもほとんど見ない人である。ではあるのだが、息子の身に降りかかった災難について耳にすら入っていない様子にジェイソンは少しばかり驚いた。少なくとも、父と姉たちは外界の出来事に目を配っているのだ。心配をつのらせていく留守電メッセージの数々がその証だ。だが、ジェイソンが殺人容疑で聴取を受けたなどという事実は、もしかしたら母にとって耳に入れたくもない事柄なのかもしれない。

「なかなか思い出深い旅でした」と答えた。

短い会話を交わした。母とはいつもそんなものだ。母が、彼女の父――エマーソン・ハーレイ――をしのぶ話をしている時だけ、ジェイソンは心から、偽りなく母とふれ合えているという気がするのだった。アドリアニーは父親を偶像視しており、ありとあらゆる少年にとって彼こそ最高の手本だと信じていた。

『くれぐれも安全にね』と、母は別れ際の挨拶に言った。

「いつも変わらず」とジェイソンは答えた。

電話を切り、床の手紙をかき集めて手早くより分ける。ありがたいことに、ドクター・ジェレミー・カイザーからの新たなお手紙は入っていなかった。ほかはどれも後回しにできるものだ。カイザーからこれまで送られたカードを見つけてサムに送ること、と脳裏にメモしたが、それも後でいい。

何か食えるものはあるかと冷蔵庫に向かい、一ダースの卵、クリーム入りのハーフの牛乳(傷んでいる)、誰かのクリスマスプレゼント詰め合わせに入っていたタパスソースの瓶を、憂鬱な目で眺めた。

駄目になったハーフミルクをシンクに空けている最中、携帯が鳴り出した。

44マグナムの狙いをつけるダーティハリーの姿が表示され、ジェイソンは携帯に出た。

「どうも。丁度あなたのことを考えてたところです」

『だろうな。ジョニーが言ってたが、お前の事件をこっちにかっさらわれる心配をしているそうだな』

サムの口調は抑えたものだった。ジェイソンは心の中でジョニーを蹴っとばす。

「いいえ、そっちが詐欺や窃盗、贋作の方向に興味がないのはわかってますし——それにどうせ、もうこれも駄目になりそうです」

『そうなのか？』

「そうです」ジェイソンは感情的にならないよう抑えた。「デュランド兄弟が、原告側と和解を始めたような調子で話し出してて。別の被害者も控えてるんですが、彼女は告訴することに二の足を踏んでいて、もう俺の電話にも出てくれない。シプカはほかにも被害者はいると言ってましたけど、情報源は明かさなかったから、そっちも袋小路です。少なくとも今は」

『残念だな』サムの声には真情がこもっていた。『この事件に力を入れていたのは知ってる』

「ええ、まあ。でも手堅そうな事件だってうまくいかないことはありますし、こういう容疑の足元を固めるには何年もかかることもあるってわかってます。それに、今回フレッチャー＝デュランド画廊を取り逃したとしても、次はうまくいくかもしれない」

『どれも正しい。それでも心血注いだ捜査をあきらめなければならないのはつらいものだ』

「ええ」サムからの同情が、どうしてか逆に重い。「オニール捜査官から連絡ありましたか？電話してもつかまえられなくて」

サムが重々しく言った。

『つかまらないか？　相当気に入られたようだな。ああ、オニールから連絡はもらった。何が知りたい？　検死官は、シプカを殺した凶器は斧だと特定した』

「斧ですか」

『そうだ。襲撃者は右利きでシプカより背が高く、力でも相当上回っていた。死亡確定時刻は一時から四時半の間と見られる』

「シプカより背が高く、力が相当上回るとなると、シェパードやバーナビーではないですね。オニールは今もまだ――」

『お前に目星を付けているか？　いいや。彼は、お前が何か隠していると確信しているが、ＦＢＩの捜査絡みだろうとにらんでいる。それで余計に頭に来ている』

サムはそこでためらった。

『……いいか。もし我々がお前の捜査に関連する事実を発見したら、その証拠はお前に渡す』

「ありがとう。わかってます。シプカがパトリック家に取材に行ってたかどうか、オニールたちは調べたんですか？　それで死亡推定時刻を絞れるかも」

『いいや、シプカは島の住人の取材には行っていなかった。どうやら、お前と別行動になってから一度もコテージを出ていないようだ』

ジェイソンは口を開け、もっと私的な話題に続きかねないような言葉を発しかけたが、サムが言葉をかぶせた。

『電話したのはほかにもあってな。あの絵について、お前の知恵を借りたい』

「どの絵です？　例のモネの贋作ですか？」

『そいつだ。一連の絵について、どう思う？』

「不思議ですね、さっきオフィスを出る前に、あの絵の写真を見てたんです。そりゃもうひどい絵ですよ」

『それは、つまり?』とサムの声がさっと張りつめた。

「何と言うか、ありえないくらいひどいんです。何が言いたいかというと、ひどい絵なのに、モネの技法を正確に模倣している。説明しにくいですが。誰かの画風を真似るためには、ある程度以上の技術、知識が必要なんです。なのに仕上がったものはあのひどい絵だ。ほとんど、ひどすぎるくらい」

『どういう意味だ?』

「あえて、ひどい出来に仕上げている」とジェイソンは言った。「戯画《カリカチュア》のように。誰かがジョークとして描いたように。ジョークにしてはこの絵が描いているのは殺人現場ですけどね」

『ああ』サムの口調には満足げな響きがあった。『それが聞きたかった。お前の目にそう見えているのかと』

「あの絵にはユーモアを感じますが、それも……悪意に満ちている」

『悪意に満ちたユーモア』その言葉を頭の中で吟味しているようだった。『ああ。合致する』

合致?

ジェイソンはゆっくりと言った。

「あの絵が、捜査の目くらましのために描かれたと見ているんですね?」

『いいぞ、ウエスト。ああ、そんなところだ。おそらくあの絵は、暴力的で異常な精神の発露と見られるよう演出されたものだ――典型的な連続殺人犯《シリアルキラー》の署名的行動に見せかけてな。だが、俺はあれは実際には、冷酷で計算高い、理論的な脳が考え出した目くらましだと思う。あの絵は、本当に起きていることをごまかすための囮《おとり》だ』

「一体、本当は何が起こってるんです？」ジェイソンは考えこんだ。「被害者たちは全員、フレッチャー＝デュランド画廊と関連がある。だから……シリアルキラーではないということですか？　あのモネの贋作は、殺人の本当の動機を隠すため？」

『いや、シリアルキラーはいる。そいつがタイプの違うシリアルキラーのふりをしているだけだ。こいつはなんともお利口だぞ。サイコパスの基準から言ってもな』

「だから、シプカ殺しも同じ犯人だと考えてたんですね？　犯行の手口の違いは問題じゃなかった。ほかの手口は、演出されたものだったから」

『その通り。正確な把握だ』

ある意味で恐ろしい――本当に。なら、シプカの犯行で解き放たれたあの凶暴な情念こそ本物なのだから。犯人の素顔。無慈悲、無謀、残忍。

「誰だと思ってるんですか？」とジェイソンはたずねた。

サムはその問いに直接は答えなかった。

『あのモネが、バーナビーかシェパードに描けると思うか？』

「バーナビーはクーパー・ユニオンに通ってましたから、ええ。ただ、彼が何か描いていたという記憶は俺にはないです。隠れ芸術家ってやつかもしれませんが。シェパードのほうは、芸術系の学校には行っていません。南カリフォルニア大学でビジネスを専攻してます。絵を描くって話はどこからも聞かない」

『なるほど』

「あの手のユーモアセンスは、シェパードのものかも」ジェイソンはゆっくりと言った。「バーナビーではなく」

サムがまた、どっちつかずの相槌を打った。

ジェイソンは待った。

そして案の定、一、二拍置いてサムがたずねた。

『ブラムウェル・ストックトンのことはどう思った?』

「誰ですか?」

『ボートレンタル店の主人だ。シーポート・スループスの』

降って湧いたような話だった。

「ブラム? あまり、何も思いませんでしたけど」

『そうか? 彼は捜査に関わろうとかなり粘っていたようだが。いささか興味がすぎるくらいに。特にシリアルキラーというものに対して、興味を持ちすぎている。同時に、島の住人のエリック・グリーンリーフへと疑惑を誘導しようとしていた』

「グリーンリーフならいかにもありそうだと考えただけかもしれません。あらゆる面で――俺から見ても――グリーンリーフはおかしな男だ」

『かもな』サムが同意した。『ブラムウェル・ストックトンについてジョニーに調べさせた。彼は国内のあちこちで中古、またはアンティークのボートを修理して回っている』

まあそう聞けば、たしかにシーポート・スループスの店主が怪しく見えてこないこともない。それでも――ブラム？　サムの豊かな経験には敬意を払いたいが、個人的にはブラムに何もおかしな気配は感じなかった。とは言っても、サムから学んだことがあるなら、シリアルキラーが風変わりで孤独好きというイメージはマスコミの生んだ幻像だということだ。驚くべき数のシリアルキラーが地元に溶けこみ、その中心人物とまでなっているのだ。

ジェイソンはたずねた。

「ブラムも、アマチュアの絵描きなんですか？」

『不明だ。くわしい身辺調査を継続中。とにかく』サムの口調がふっとそっけなくなった。『搭乗のアナウンスがかかった』

どこかに移動中でない時があるのか、この男は？

「そうですか」とジェイソンは言った。聞きたいことはあった。それこそ山ほど――そのどれもサムの頭にあることとはほど遠いだろうが。ケープ・ビンセントでサムから言われた、気が散らされるとか仕事優先だという言葉を一言一句残らず忘れていないジェイソンは、サムに劣らずそっけない口調で「いい旅を」とだけ言った。

奇妙な間が、一瞬あった。どちらも、相手が先に切るのを待って。

サムが言った。

『明日、連絡する』

そして電話は切れた。

23

もし飛行機に脱出装置が付いていたなら、ジェイソンはネバダ上空あたりで特別捜査官ラッセルを射出していたに違いない。

ラッセルは頭が切れて出世欲が強い。背が高く、黒髪で美形でもあった。いわゆるサムの好みだ。ラッセルのことは好きではないようだったが。

ジェイソンもラッセルが好きではなかったし、ウォータータウンに着く頃には大嫌いになっていそうだ。ラッセルのほうも同じ気持ちのようだが、彼は今、思いの丈を誰かに吐き出したいところで、手近にはジェイソンしかいなかった。

不満の一部は、ジェイソンにもうなずけるものだ。土曜の早朝六時の飛行機に乗るというのは誰にとってもありがたくない週末だろうし。ラッセルは大変な週を過ごしたばかりだ。休みが要る。明らかに。

ほかの部分の不満は……サム・ケネディが世界中で愛されてはいないのは知ってるが、サムは傲慢で独りよがりのうぬぼれ屋だとラッセルがこき下ろしていくのを聞かされるのは、忍耐力の修行だった。

ついに、ジェイソンはおだやかに言った。

「そうか？　俺は彼と、そこそこうまく仕事をしたけどな」

朝の八時半は、カミカゼを注文するには少し早すぎるだろうか。ニューヨークは今十一時半なのだし。そのニューヨークまであと五時間あるが。

「そりゃそうだ、あんたはあの事件で表彰されたんだし」ラッセルは苦々しく言った。「ダーリングもそうなりそうだし。あいつは組んだ中でも一番話にならない奴だったってのに」

またスイッチが入ったようだ。

ジェイソンは届いたメッセージ類をチェックし、隣席の批評大会を無視しようと最善を尽くした。四列後ろで泣きわめいている赤ん坊のほうが、旅の連れとしてまだマシだ。

ラックスには電話を入れたが、何の連絡も返ってこない。ジェイソンは溜息をついた。あの青年は何かに足をつっこんでいる。一方、ストライプスとは電話でのすれ違いごっこが続いていた。今さら何の意味がある？　サムの捜査はもう解決目前という様子なのだし。ジェイソンに追加捜査や情報が求められているわけでもない。

実のところ、ロドニー・バーグアンに会いに行くこの旅も、おそらく不要だろう。納税者の金と時間を無駄遣いして、ジェイソンはシプカに起きた出来事への罪悪感を晴らそうとしているだけか？　ジョニーからは電話があり、サムが証拠収集班にカムデン島内三ヵ所の墓地を調べさせる手配をつけたと教えてくれた。

『あなたの、行方不明の美術学生が島にいるなら必ず見つけるわ』とジョニーは約束した。

パリス・ヘイブマイヤーが誰かのものだというなら、クリス・シプカだろう。だがジョニーのいたわるような言い方から、これはサムからの気遣いなのだとジェイソンは気付いていた。ここまでのジェイソンの努力を忘れはしないというメッセージ。忘れられると、ジェイソンが心配していたわけではないが。あの島でヘイブマイヤーの死体を見つけたい別の理由が、サムにはあるのだし。

「俺はチームプレイヤーなんだ」とラッセルが言っていた。「チーム全体にとっていいものは、全員にとってもいいものだ。でも皆にとっていいものがチームにとっていいものとは限らないし——」

好きに言ってろ。べらべらべらべらと。ラッセルはまだ本当に青い。耳の後ろから若芽でも生えてきそうなくらい青い。

　ほかの捜査絡みでの返事の電話がいくつか、姉たちからのメールが数本――知りたくもない誕生日パーティーの詳細について――、それにヒコックからの留守電が入っていた。『とりあえず知らせとく』いつもは陽気なヒコックの口調は無表情だった。『ドゥーディがどこに消えたのかはまだ手がかりなしだが、シェパード・デュランドが昨夜パリに発ったそうだ。片道切符でな』

　ジェイソンたちがドアの前に立ったのは午後三時四十五分だったというのに、ロドニー・バーグアンは客を迎える服装ではなかった。ドア口に出てきた彼は、緑のペイズリー柄のガウン姿で、たるんだ白いブリーフにスポーツ用の靴下を履いていた。

　バーグアンはジェイソンとラッセルをじろじろと眺め回し、腰に染みだらけの手を当てると、甘ったるく言った。

「きみらがどこの教会からの勧誘かは知らんが、是非入れてくれ。ハレルヤ！」

　ジェイソンが思っていたより歳を食っている。四十歳より六十歳に近いだろうし、楽ではない人生を送ってきたように見えた。もっともまだまだ意気盛んなようだが。

　ジェイソンとラッセルから身分証を見せられるとバーグアンは仰天し、それから何かの間違いでないとたしかめて、喜んでいるようだった。二人が、本当に自分に会いに来たと知って。

彼はゴミ屋敷のような中を抜け、意外にも居心地のいいキッチンへ二人を案内した。でかい白のペルシャ猫がテーブルで身を丸めてピンクのティーカップからぴちゃぴちゃと何か飲んでいる。バーグアンは気付いてもいない様子で、座るようジェイソンとラッセルに手ぶりで伝えた。

コーヒーを断り、紅茶も断り、しまいにはジントニックの申し出まで断って、ジェイソンはやっとバーグアンの注意を、パリス・ヘイブマイヤーが消えた夜の話へと向けた。

バーグアンは手のひらに顎をのせ、宙をうっとりと見つめた。

「ああ、覚えてるさ。クラウスと僕はもうお開きにするつもりだったけど、あの子はまだパーティーを続けたがった」

「クラウス?」

ジェイソンはさっと聞き返した。新たな人物か?

「ドンのことさ」バーグアンがウインクした。「彼のことをクラウスと呼んでたんだ。彼も気に入ってね」

ラッセルのほうを見る気にはなれなかったが、どんな顔をしているかはひしひしと伝わってくる。

「ヘイブマイヤーはまだパーティーを続けたかったのに、どうして画廊のパーティーから帰ったんですか？」

「さあてねえ」バーグアンがじっくり考えこんだ。「クラウスがつれ出したんだと思う。あの子は、ま、ちょっとべろべろになっちゃってたから。まあ、酒だけじゃなくてね。僕ら三人とも酔ってはいたけど、あの子はやりすぎちゃって。それで……あの手の、パーティーが終わってからのお楽しみ会ってのは、荒っぽくなることもあるからね」

「どんなふうに荒っぽく？」

バーグアンが人さし指と小指を同時に立ててみせた。悪魔の二本角。

「どういう意味かよくわかりませんが」

ジェイソンの返事に、バーグアンの眉が勢いよくはね上がる。

「きみは本当に教会の子だったのか！」

「そうではなく、この話の流れでそれが何を意味しているのかわからない」

「シェパード・デュランドに会ったことは？」

「あります」

「ならわかるだろ。シェプはそりゃあ魅力的になれる。同時にあいつは、絶対に出会っちゃいけないような血も涙もないひどい男にもなれるのさ。遊び相手の子たちを傷だらけ血だらけにするのが好きだった。誇張じゃなくね。僕らもいろいろ見たし、見たくもないような話の噂も聞いたよ。クラウスはシェパードにぞっこんだったけど、同じドイツ人としてあの子を守ってやりたい気もあったんだろうさ」

バーグアンは笑って、首を振った。

「でもね、相手が守られたくない時にはどうしたって無駄なのさ」

「アパートの前で車から下ろされた後、ヘイブマイヤーがひとりで画廊に戻ったと考えてるんですか？」

「違うね」

「違う？」

バーグアンが首を振った。ティーカップを取り、口をつける。ジェイソンはちらりとラッセルを見た。ラッセルはさっきの白いペルシャ猫を抱きかかえていた。スーツの前に白い毛がべったりついていて、地獄で責め苦を受けている人間の顔だった。ラッセルがジェイソンを睨みつける。

バーグアンがやっと言った。

「もう言ってもいい頃だろうな。クラウスも死んでしまったし」とティーカップを置く。「いや、画廊で起きたんじゃなかったと思うよ。警察が画廊を調べたのは聞いてるが、時間の無駄だよ。車を迎えによこしただろうから」

「車？　どんな車？　誰がよこしたんです？」

「あの頃、彼は一九五〇年代のマルーン色のダイムラーに乗っていてね」とバーグアンが答えた。「あの車が大好きで。あちこち乗り回してたものさ。彼は――」

「誰、です？」

ジェイソンは問いただした。バーグアンはあっけに取られたようだった。

「シェパードだよ。だって、これは彼の話だろ？　シェパードは獲物にあの車をよこしたものさ。運転手に、迎えに来させるんだ。それから彼の部屋に行くか、よっぽど特別な相手なら島までつれていった。あの島には行ったかい？」

「はい」

「あの頃、僕らはあそこをフェアリー・アイランドと呼んでたんだよ」バーグアンが身震いした。「でっかい墓場みたいな島さ」それから猫へ顔を寄せてたずねる。「もっとお茶を飲むかな、猫ちゃん？」

猫が目をとじ、ゴロゴロと喉を鳴らしはじめた。

ジェイソンはたずねた。

「あなたは、ヘイブマイヤーがシェパードにカムデン島へつれていかれたと考えてるんですか？」

「うん」

「どうして警察にそう届けなかったんです」

バーグアンがさっと背をのばした。

「クラウスさ。彼が、頑としてそんなはずはないと言い張った。何の証拠もなかったしね。僕の言葉と彼らの言葉――そしてクラウスの言葉との争いになる。デュランド家には影響力があった。今でもある。そして僕は……ただの僕だ」

「ヘイブマイヤーは、シェパードが迎えに来るようなことを何か言っていませんでしたか？」

「どうだろうねえ。もう覚えてないよ。あの子はクスクス笑って、浮かれて、ラリってた。特別な秘密があるみたいに振舞ってたよ。わかるだろ」

十九歳であるのがどんな感じか、ジェイソンも覚えている。バーグアンがカークと一緒に出した失踪人届けのことを考えた。

「最後にヘイブマイヤーを見た時、彼は自分のアパートに入ろうとしてましたか、道のほうへ歩いてましたか？」

「正面の階段に立って、ただ僕らに別れの手を振ってたよ」

となるとたしかに……何の確証もない。はっきりした証拠はひとつもない。

ジェイソンを見つめて、バーグアンが不意に言い出した。

「どうしてシェパードの仕業だと思ったか、教えてあげよう。僕らのタクシーが角を曲がる時、振り向いたら、でかいマルーン色のダイムラーがヘイブマイヤーのアパートに向かって走ってくるのを見た気がしたんだ。クラウスにもそう言ったんだよ。あの時はすごく愉快な話に思えたから」

バーグアンは肩をすくめた。

「後になると、愉快とは言えなかったけどね。でも、ほら、絶対に見たとは言い切れない。自信がなかった。裁判で証言するような自信は」

ジェイソンはうなずいた。

「それだけのことを疑いながら、どうしてあなたがここに引っ越したのか聞いてもいいですか？　デュランド家の住み家の、これほど近くに？」

バーグアンは眉をひそめた。

「別に彼らはマフィアとかじゃないぞ、いやいや。スパイでもない。僕の母が隣に住んでるんだよ。母はずっと、ここだけで暮らしてきた。僕もここで育った」

得てして、物事はかくも単純なものなのだ。

ラッセルが猫を下ろし、刺すようにジェイソンを見た。ジェイソンもうなずき、立ち上がった。だが何かが記憶に引っかかっている。何かがあった——くわしく聞こうと思った何かが。

何だ？

思い出していた。

「運転手だ。あなたは、シェパードが運転手に獲物を迎えに来させてたと言いましたね？」

バーグアンは、今さらながらローブの前を合わせて体裁を取りつくろおうとしているところだった。

「うん。おかかえ運転手でね。ま、本当のところはシェパードのいとこだったのさ。いやあ変な奴だったよ。あいつも美術学生だった、もちろんね。あの頃僕らはみんな美術学生だった。彼は、昔のロックスターとかボッティチェリの描く天使みたいなくるくるした髪で。ただ二十年くらい時代遅れだったねえ」

「いとこ?」ジェイソンは鋭く問い返した。「名前は?」

「運転手の? 待ってくれ。考えるから。あそこは愛憎混じった関係だったよ、あの二人は。もちろんカネを持ってたのはデュランドのほうだけどさ、平和な親戚付き合いの下地とは言いがたいだろ。アーロン、だっけな? そうじゃない。エリックだ。そう! 彼の家族も島に住んでたから覚えてるんだよ、島にぴったりの名前だと思ったんだ。グリーンリーフ。エリック・グリーンリーフだ」

サムの携帯はすぐ留守番電話になった。

これはまずい。いつも電話をしているようなサムが、どうして電話に出ない?

ジェイソンはもう一度かけ、今度は固い声でメッセージを残した。

「電話を下さい。緊急です。すぐにお願いします」

「俺たちがケープ・ビンセントなんかで何をすりゃいいんだ?」

ラッセルが、すましたGPSの声にかぶせてたずねてきた。

「いいから向かってくれ」

レンタカーの車首が揺れた。

「あんたは俺のボスじゃないんだ、ウエスト。サム・ケネディみたいに頭ごなしに命令とばせる立場じゃない」

それもほとんど耳に入らず、ジェイソンはジョニーに電話をするので忙しい。

出てくれ――電話に出てくれ。たのむから。神様。電話に出るんだ、ジョニー――。

『どうも』ジョニーがほがらかに言った。『どうしたの？』

「今どこにいる？　サムと一緒か？」

『えーと、いいえ。私はバージニアに戻ったところよ。オフの日だから、愛しい旦那とランチ中』

「あの証拠収集班、今、島にいるのか？　サムも一緒に？」

『そうよ。今ごろもう島に入ってるはず。どうして？』ジョニーの声が不安に曇った。『どうかした？』

「エリック・グリーンリーフが犯人だった」

『誰？』

「サムが電話に出ないいんだ。そっちから連絡とってみてくれないか？　彼に、犯人はエリック・グリーンリーフだと伝えてほしい。グリーンリーフは、デュランド兄弟の隣人でいとこだ。サムなら何の話かすぐわかる」

『ジェイソン』ジョニーがムッとした息をついた。『犯人はブラム・ストックトンよ。船のレンタルと修理の店をやってる。サムと私は――』

「いや。聞いてくれ、ストックトンじゃない、グリーンリーフだ。信じてくれ。俺も今回捜査してたし、俺たちの捜査は彼でつながってたんだ。犯人はグリーンリーフで、あいつはタガの外れたサイコパスだ。自分の城にきっと武器庫並みの備えがあるし、鑑識の連中を皆殺しにかかるくらいにはイカれてる」

　ジョニーは一瞬、黙っていた。

『……わかった。サムに連絡つかないかやってみる。島では携帯電波の入りが不安定だって言ってたから』

　大きな安堵が押し寄せ、一瞬で散った。ジョニーが手を打ってくれたところで、島への援護の到着が間に合うとは限らない。ジェイソンは言った。

「ああ、電波は悪い。俺はジェファーソン郡の保安官事務所へ電話するよ」

『今どこにいるの？』

「ラッセルと一緒にケープ・ビンセントに向かっている。そこから島へ向かう船を探す」

「俺たちが何だって？」ラッセルがぎょっとした目をジェイソンへ向けた。「今なんて言った？」

『わかった。すぐかかる。島にいる誰かと連絡をつけるわ』とジョニーが言った。『そっちも気をつけて』

ジェイソンは電話を切ると、ジェファーソン郡の保安官事務所の番号にかけた。

「俺たち、島に行くのか？」ラッセルが聞いた。「冗談だろ」

出てくれ、とにかく電話に出てくれ――。

「聞いてんのか、ウエスト？」

オニール捜査官もジェイソンの電話に出ようとはしなかった。

『ウエスト捜査官、彼は今、取り調べの最中なんです。後でこちらからかけますから』

保安官事務所の巡査部長は申し訳なさそうに言った。少々及び腰に。ジェファーソン郡の保安官たちに、ジェイソンはかなり強烈な印象を残したらしい。

「待てない」ジェイソンはたたみかけた。「人命が懸かっている。それと、もし彼がブラム・ストックトンの取り調べの最中なら、その尋問は後回しでいい。犯人じゃないから」

『あなたのボスの話じゃ、彼が犯人だ。そっちが言うからストックトンを拘留したんだ』

「いいか、たのむよ。大げさに言ってるわけじゃない、本当に人の生死がかかってるんだ。オニールと話をさせてくれ。島で銃撃が起きる深刻な可能性がある」

「畜生がウエスト、はずれならあんたのクビが飛ぶぞ。きっと俺のも」とラッセルがぼやいた。

背後でがやがやと騒ぐ音がしてから、オニール刑事捜査官が電話口に出た。

『特別捜査官、ウエスト？　カムデン島で銃撃とはどういうことだ？』

ジェイソンは大きく息を吸った。簡潔かつ明瞭にまとめないと。さもないと、オニールが喜んで電話を切りにかかる気配がする。

「エリック・グリーンリーフが犯人だ。真犯人《ホンボシ》。彼は、一九九八年にシェパードがドイツ人の美術学生を拉致して殺害するのに手を貸した。しかもその学生が唯一の被害者とは思えない。実際、ほかにもいた。マルコ・ポベタという名の若者が、ヘイブマイヤー失踪の前年にデュランドに対する被害届を出している。グリーンリーフは、デュランドが中心となる贋作の詐欺にも関わっていると見られ、彼らの動きを暴くところまで近づいたクリス・シプカ記者を殺したと、俺は考えている」

『何だそりゃ――』オニールの声は息が切れているようだった。『全部証拠があるのか？』

説明している暇はとてもない。ジェイソンはまくし立てた。

「今、ＦＢＩの証拠収集班が島に上陸してヘイブマイヤーの死体を捜索している」

『それは知ってる。正式な筋から要請があって、うちも協力――』

「あなたが少しでもグリーンリーフのことを知ってるなら――知らないとは思えないが――その捜索がとてつもなく危険な状況を招くのはわかるだろう。もしグリーンリーフが、陽のあるうちにクリス・シプカを襲ったほど無謀だったなら、捜索班に銃弾を浴びせるくらいはしかねない。特に、追いつめられたと感じたなら……」

短く、鋭い沈黙が電話の向こうに落ちた。

『そうだな』オニールが言った。『今回ばかりはあんたが正しいと思うよ』

24

「これほんとにいい考えだと思う？」

デイジーが心細そうに言う間も、ボートは岬を回って、カムデン城のすぐ裏にある古い船着場と崩れかけのボートハウスに向かっていく。

「思わないね」

ラッセルがそう言って、深刻な顔で自分の銃をたしかめた。舞い上がる波しぶきに顔を打たれ、悪態をつく。

船の舳先が灰青色の水を激しく打った。流れが荒い。カナダからの嵐が来ている。おそらく、ひとつと言わず。

ジェイソンはすでに拳銃を三回確かめた後だった。そうせずにはいられない。マイアミで撃たれて以来、とりつかれている癖だ。撃たれたのは自分の銃に問題があったせいではなくとも。

「グリーンリーフは、証拠収集班を見ても勘違いするかもしれない」とジェイソンは言った。この仮説で自分を納得させようと。「鑑識が来たのは、シプカ殺しの追加捜査のためだと思うかもしれない。なら、自分の巣にとじこもったままでいるかも。それが理想の流れだ。そうなら彼を足止めして増援を待てばいい」

ラッセルがあきれ果てた目をとばした。

「FBIのロゴが上着や道具入れにベタベタついてるってのにか?」

そうだった。駄目だ。

「水上パトロールの船が西から来る」デイジーが目の上に手をかざしながら知らせた。「もうじき島は警察でいっぱいになるわね」

「ありがてえ」とラッセルが呟き、ジェイソンもひそかに同意した。

サムからはまだ何の連絡もない。ジョニーからも。それが不安だ――たしかに島での携帯電波の入りは怪しいとは言え。島から銃声も聞こえてこないから、これはいい材料だ。こんな曇り空なら銃声は遠くまで響く。

それどころか、島は不気味なほど静まり返っていた。

「グリーンリーフは自分の船を持ってますか?」

気を少しでもまぎらわせようと、ジェイソンはデイジーにたずねた。デイジーがうなずく。

「あのボートハウスにね」と左舷側に近づいてくる大きな、緑と白の建物を指した。

風で削られた岸辺が近づくと、デイジーが言った。

「あの船着場は危険かも。乗ったら崩れてもおかしくない」

「なるべく岸に寄せてくれ」とジェイソンは答えた。「我々はそこから泳ぐ」

ラッセルが唖然と見た。「いやいやランボー、俺は船着場のチャンスに賭けたいね、よろしければ」

結局は、デイジーの見事な操船のおかげもあって二人は船着場へ無事に下り立った。

「待ってたほうがいい？」

裂けた板の上を銃を抜きながら駆け出すジェイソンとラッセルへ、デイジーが声をかけた。

「いいや！」とジェイソンが返す。「安全なところに。港へ戻って」

わかったとデイジーが手を振り、エンジンを吹かした。

小さな船着場から、岩だらけの岸辺を横切り、冬枯れでむき出しの丘を上ってジェイソンとラッセルが廃墟の裏手へ行きつくまで、神経がすりきれそうな四分間だった。できるだけ何かの影に隠れて進んだが、そもそも物がほとんどない。いくつかの大岩、ところどころの常緑樹。心よりも神経の強さが試される。いつ銃声が聞こえてくるかとジェイソンは身構えていた。

たちこめた静寂が、銃声に劣らず心を騒がせる。

二人は城の裏手へたどりついた。息は切らしていたが、どうやら向こうには気取られず。

「ここ、本当に誰か住んでんのか？」

ラッセルが額を拭いながら低く囁いた。

今日はどこの煙突からも煙は上がっていない。横手の庭にも洗濯物はない。人の気配はかけらもなかった。

もしかしたら、バカンス旅行はいい頃合いだと突然に思い立ったのは、シェパードだけではないのか。グリーンリーフもまた、自分の身辺がキナ臭くなってきたことを嗅ぎ取ったのかもしれない。

「四日前には住んでいた」

狭い石の中庭を忍び足で進むラッセルが、自分は館の東側から回りこむと手ぶりで伝えてきた。

ジェイソンはうなずいた。

ラッセルは城の裏手に沿って進み、並んだ窓の前では低く屈んだ。ジェイソンは別方向へ敷石を歩き出し、土留め壁を通りすぎ、テラス経由で時計塔へ上がる広々とした階段の足元にたどりついた。

振り返ったが、ラッセルの姿はもうなかった。ジェイソンは壁に背をつけ、拳銃をかまえてじりじりと石段を上りながら、枯葉が砕けるかすかな音に凍りついた。テラスにいる誰かがこちらへしのび寄ってきている。ラッセルのわけがない。回りこむには早すぎる。

胸の中で心臓が激しく暴れていたが、アドレナリンであって恐怖のせいではない。いや、少しは怖いが。グリーンリーフとその忠実なる斧への、ごく当然の反応。

階段を一つ目のテラスまで登りきり、耳をすます。

足音が止まった。向こうもこちらをうかがっているのか？

髪の生え際を汗がくすぐり、背すじを冷や汗がつたい落ちる。ジェイソンは身をかがめ、手探りで小石をつかむと、壁向こうの枯れた茂みへ投げこんだ。小さい石にしては充分以上に騒々しい音を立てて、乾いた枝葉の中を落ちていく。

低い足音がテラスの端へ近づいてくるまで待ち、ジェイソンは時計塔の角を、拳銃をかまえて回りこむと――グロック19の銃口をのぞきこんでいた。

その一瞬、思考が止まる。銃をかまえた手は揺らがなかったが。引き金を引け……引くな……状況を分析し、すでに決断に時間がかかりすぎたと気付いていた。

突然、目の前にある顔がはっきりと見えた。

サム。

「ジェイソン？」

サムが唖然とした声を立て、拳銃を下げた。青白い顔のせいで、目がほとんど黒く見える。

「サム？」

こうしてサムを――生きた無事な姿で――目の前にするまで、自分がどれほど心配していたのか気付いていなかった。ほっとしたジェイソンの体は震え出しそうだった。

「お前がここで何をしている？」

サムが問いただした。周囲へ視線をとばす。増援を、あるいは魔法のカーペットでも探すように。

「どうやって島に来た？」

「ジョニーから連絡入ってませんか」

サムが首を振った。

「携帯がろくにつながらなくてな、島についてから一本も通話は入ってない。どうなってる？どうしてここにいる？」

「エリック・グリーンリーフが真犯人です」

奇妙な表情がサムの顔をよぎった。思いのほか、驚きはない。それどころか、ほとんど今の言葉で何かが確認できたというような顔だった。

「あいつが？」そっとサムが問い返す。ジェイソンへ近づくと、階段の影にまた隠れろと押しこんだ。「聞けてよかった。あの野郎が辺りにいるんだ。チームが原住民の埋葬地を調べていた時に、我々を監視していた。それもライフルを持ってな。何を企んでるのかたしかめたほうがいいかと、ここまで尾行してきたんだ。家につく前に奴は姿を消した」

「姿を消した？」

ジェイソンの心臓が大きくはねる。サムが重々しくうなずいた。

「俺たちと同じ頃に、保安官たちも島に到着してました」とジェイソンは告げた。「コテージ前のドックを上陸地点にして」

「俺たち？」

「Ｊ・Ｊ・ラッセルが一緒に来てます」

サムの眉が大きく上がった。口を開けたが、そこでよろめき下がった。遅れてやっとジェイソンも、大きく凄まじい、バン！という音を認識する。その音は石の櫓や塔の間をこだまを引いてはね回るようだった。

宙をつかむように、サムが背後の壁へ手をのばし、銃を落とした。左手で額にふれる。その手がたちまち血に濡れた。低い土留め壁にドサッと腰を落とすと、彼の体はゆっくりと、少しずつ、後ろに傾いていった。

ジェイソンの心臓が止まる。目の前で起きていることが頭に入ってこない。さっと身を翻し、銃を上げると、テラスをこちらへ迫ってくるグリーンリーフと互いに同時に引き金を引いた。

相手の弾丸は大きく外れた。

ジェイソンの弾丸はグリーンリーフの胸元をかすめたが、まるで止まる気配はない。グリーンリーフがまた発砲し、その二発目もジェイソンをそれた。

すべての出来事があまりにも速い。つかみきれないほど。なのにどうしてかスローモーションのようでもあった。もうひとつの現実のように。考えている暇はない。訓練と直感だけがたより。

「FBIだ、止まれ！」

グリーンリーフの背後に現れたラッセルが叫んだ。発砲する。命中したはずだ——グリーンリーフの体がガクンと揺れ、足を止めたのだから。だがかすっただけなのか、それともグリーンリーフの体内にアドレナリンやドラッグがあふれ返っているのか、くるりと振り向きざま、ラッセルに発砲した。ラッセルが物陰にとびこむ。

もっと大勢の声。さらなる銃声。人々。混沌だ。硝煙と迫る雨の匂いで空気が尖る。時計塔へ鳥が飛びこみ、飛び出しながら警告の叫びを上げた。

ジェイソンが背後へさっと目を戻すと、愕然としたことに、サムの体は壁の向こうへ消えた後だった。壁の外、水の中へ。

すべての思考が吹きとぶ。ジェイソンは拳銃をかまえると、今回はグリーンリーフの胸のど真ん中へ弾丸を叩きこんだ。グリーンリーフはたじろぎもしなかった。

防弾ベストを着てやがる——。

グリーンリーフがまたこちらへライフルを向けた。ジェイソンの選択肢は二つ。

ジェイソンは、サムを追って壁の向こうへ跳んだ。グリーンリーフの弾丸が耳元をかすめる。

ヒュンという音がすぎ、頬に熱さが走ったかと思うと、次の瞬間には宙で体がもんどり打って

落ちていく。まばらな枯れ枝の中をすり抜けて。迫ってくる青い水面が見えた。

どれほどの高さだ？　六メートル以上あるか。くそ。できる限りまっすぐ頭から飛びこむ体勢に移り、目をとじて両膝をきつく合わせ、尻をぐっと締めて股間の上で両手を重ねた。

矢が貫くように、ジェイソンの体は水面に刺さった。息を吐きながら入水するのだと、遅れて思い出しながら。水の冷たさは衝撃的で、一瞬にして肺が凍りついたようだった。両腕と両足を広げ、沈下の勢いをゆるめる。だぶついた上着が邪魔でゆっくりとしか動けない。

ライフガードの訓練を受けておいてよかった。子供の頃から水に親しんできてよかった。

瞼を開けると、銀の筋が、目の前の水中を貫いていくのが見えた――そしてまた一筋。

グリーンリーフが水中へ発砲しているのだ。

あのクソ野郎、しつこすぎる。

サムは一体どこだ？　上の枝に引っかかっているのか、水中に落ちたのか。濁った水と、鼻先をかすめる細い銀の泡を透かし見た。

(とっととあのクズを仕留めてくれていいんだぞ、ラッセル？)

空気を求めて肺が熱くなってくる。あちこち見回しながら、一秒ごとにパニックに近い焦りがせり上がってきた。

どこにいる？

耳に鼓動が鳴り響く。あそこだ。数メートル先。白っぽい大きな何かが、水中をゆらゆらと沈んでいく。ジェイソンの心臓が希望にはねた。新たに湧き上がった力で、それをめがけて蹴り泳ぎ、サムの体だとたしかめてほっとした。

サムの顔は見えない。淡い髪がゆっくりと揺れ、海藻のようにたゆたっていた。指先はだらりと弛緩し、動かない。

サムの胸に腕を回して抱えこむと——このＦＢＩのジャケットは二人を溺死させる気だ——ジェイソンはぎくしゃくとした横泳ぎで水面を目指した。サムの体はずっしりと、力が抜けて重く、下手すれば二人ともこのまま溺れかねないとジェイソンは充分承知していた。

すべての力を振り絞り、泳ぎつづける。息を吸いこみたい衝動に抗って。体中の細胞が酸素を求めて悲鳴を上げている。視界の周辺が黒く沈んできた。弾丸の筋はもう現れず、それがありがたい。見上げた頭上に陽光を見て、自由な手で水をかき分けて進んだ。強く水を蹴り、手で水をかき、のび上がって——。

ジェイソンの頭が水面を割り、甘い空気を肺いっぱいに吸って喘いだ。

息を切らせ、立ち泳ぎをしながら、ジェイソンはどのくらい流されたかと見回した。そう遠くはないが、陸にたどりつくとなると厄介そうだ。

銃声はしない。城の方を仰いだが、擁壁の向こうで何が起きているかはわからなかった。

サムの胸を背後から斜めに抱えこみ、サムが息をしているかたしかめようとした。目はとじている。蒼白な顔に対して、睫毛が黒く見えるほどだ。水で血は洗い流されたが、サムの頭部からは鮮血があふれつづけている。表面的な傷だ、穴ではない。三発撃たれた人間から見るとそう大した傷ではなさそうだが、頭部の傷は微妙なものだ。

波しぶきをかぶり、ジェイソンは二人の体が沈まないよう水を蹴った。ボートのエンジン音は、まさしく祈りに応える救いの声だった。

水を蹴りつづけながら振り向くと、ゆっくり近づくデイジーのボートが見えた。ジェイソンが手を振ると――叫ぶだけの体力はもうない――デイジーが熱烈に振り返した。

ドドッとエンジン音を鳴らして、ボートが近づく。

「その辺にいたほうがいいかと思って！」とエンジンを切ってからデイジーが声をかけた。

「そしたら、あの壁からあなたが落ちるのが見えて」

「残っててくれて助かった」

「そうなの、この島からいい男を救出するのが私の役みたい」

オレンジ色の救命浮き輪をジェイソンへ投げながら、彼女は笑っていた。

二人の力を合わせて、ずぶ濡れのサムの体をなんとか水から引き上げる。

「息してる？」

デイジーに聞かれながら、ジェイソンはサムの体を横向きにして口元へ身をかがめた。

耳をそばだてたが、そんな必要もない。サムの胸はすっかり落ちついたリズムで膨らみ、沈んでいた。まるで、川への落下などいつものことであるかのように。

膝をついてしゃがみこみ、ジェイソンは額を拭った。肌を濡らしているのは川の水だけではなかったが、人生で記憶にないほど全身が冷え切り、濡れそぼっていた。

「おっと」とデイジーが言った。「見てよ。この運のいい野郎は生きのびたみたいね」

ジェイソンが見下ろすと、サムの目が開いていた。とんでもなく青い目。セント・ローレンス川よりも青い。空よりも青い。珍しいブルームーンの夜よりも青い。

サムはジェイソンを見て眉をひそめたが、ふっとおかしな微笑みが顔をかすめた。

「どこかで会ったことが?」とサムが囁く。映画のように。

ジェイソンは身を屈めた。

デイジーが呟いた。

「あらあらまあああ。もう忘れようがないでしょうよ。そんなキスをされちゃ」


「それがもう」とジョージが言っていた。「私は彼の上役なのに、いまだにあの島で何が起きたのかさっぱりなんだから」

テーブルで、その話が聞こえる距離にいた全員が笑った。振る舞われている酒の質と量が威力を発揮している。ソフィーとシャーリーについて、これだけはたしかだ——誕生日パーティーの開き方はよく心得た姉たちなのだ。

ジョージがグラスを掲げ、ジェイソンに乾杯まがいの仕種をした。五日前の彼は、そう楽しそうではなかった。

（きみは贋作事件の証人に事情を聞きにいくと言ったんだ。昔の未解決殺人事件のことなんか一言も言ってなかっただろう！）

そう。そしてその贋作事件と殺人事件がつながった大きな事件だったと判明し、しかも行動分析課《BAU》の主任の命を救ったおかげで、ジェイソンのルール違反はかなり大目に見られることになった。もっともしばらくは、出張許可をもらうのにひどく骨が折れそうだが。

結局、グリーンリーフを仕留めたのはラッセルで、カムデン島でのあの騒動によって彼は表彰されることになったのだった。ジェイソンにしてみると笑える話だ。笑えないのは、自分とラッセルが今後もパートナーを組まされることになったという知らせだった。

とにかく。ジェイソンの捜査はもう先がないが、BAUは真犯人をつかまえた。シェパード・デュランドが逃亡したと聞くと、エリック・グリーンリーフはしゃべり出し、ジェイソンの知る限りまだしゃべり続けていた。

グリーンリーフは、アーンスト、ラファム、カークの三人を殺したことは認めたが、シェパードの命令によるものだと言い張った。シェパードが、数百万ドルという贋作ビジネスの崩壊を恐れてやらせたことだと。グリーンリーフは、ヘイブマイヤー殺しは断固として否定した。ヘイブマイヤーの死体は島のネイティブアメリカンの埋葬地から発見されたが、すべてシェパードの犯行だと主張している。そう、たしかにグリーンリーフは「あの頃シェパードのおかかえ運転手として働いてはいた」が、ヘイブマイヤー（彼いわく、どうせすすんで被害者になりにきた若者）が荒っぽいセックスプレイの最中にうっかりシェパードの手で死んだ時、その場にはいなかった。

グリーンリーフは、シプカ殺しは認めた。だが意識が途切れた間の犯行だったと主張した。犯行の記憶は一切ないと。シプカがまた島にやってきて住人たちを取材していると知って、理性がぷっつり切れた。慌てふためいてシプカに、ただ話をしようと会いに行ったのだ。シプカが死んだことに気付いた後、そのノートパソコンを持ち去り、川に捨てた。

『全部デタラメだ』とサムはジェイソンに言った。『あいつは誰の操り人形でもない。大体、誰が話をするのに斧を持参する？　ヘイブマイヤーの死因は後頭部への弾丸だ。グリーンリーフが全員殺した。楽しみながらな。だが、ひとまずこれがスタート地点だ。ここから一歩ずつ、真実を引き出して進む』

グリーンリーフは、偽のモネを描いたことも認めた――いかにも誇らしげに――が、それもシェパードの案だと言い張った。イカれた連続殺人犯《シリアルキラー》が犯人だと見せかけて捜査機関を混乱させる目的だったと（サムが看破したとおり）。

『実際、イカれたシリアルキラーだったわけだがな』とサムはつけ加えた。

サムは、グリーンリーフから得た情報を細かに伝えてくれたが、ほとんどジェイソンの捜査に役立つものはなかった。画廊が売っていた贋作を描いたのは自分ではないとグリーンリーフは主張したし、誰が描いたのかも知らないと言った。その上――ジェイソンの捜査にはこれぞ致命傷――バーナビーはまったく関わってないとも言った。グリーンリーフの敵意はすべてシェパードのみに向けられていた。パートナー、時に友、そして共犯者。シェパードが国外逃亡したことも、その憎しみの火に油を注いだ。この逃亡犯を見つけ出すためならグリーンリーフは喜んでFBIに協力するつもりだ。

「バーナビーは、おかしいと思っていたはずですよ」ジェイソンはそう反論した。「シェパードたちが何をしていたのか、気がつかなかったわけがないでしょう？」

『怪しんでいたのかもしれない』とサムは答えた。『だが知りたくなかったのかもしれない』

そう。それならわかる。カークが死んだと知った瞬間のバーナビーの驚愕を、ジェイソンは覚えていた。

「どうしてグリーンリーフはカークを殺したんです？　どうして二十年も経って……」

『どうやらこれだけの年月が経つと、いかに忠実な友人であっても、さしものカークもパリス・ヘイブマイヤーの身に何があったのか疑いはじめたようだ。くり返しカークに取材を申しこんでいたクリス・シプカのおかげかもな。バーナビーとシェパードとのランチの時、カークがその話題を持ち出し、どうやらそれでシェパードがグリーンリーフに電話で問題発生を知らせたようだ』

「金曜のランチにカークを誘ったのはグリーンリーフだったんですね？」とジェイソンは推測した。

『ああ、その様子だ。ホテルに戻るカークを尾けたか、また海で会う約束をしておいたか』

「でも、あの殺害現場にあった絵——死体が海に浮かんでた絵。あれは、絵の具が完全に乾いてました。カークがアメリカに来たとわかるより前に描き上げられてないと」

『思うに、あの絵はそもそも別の誰かを狙って描かれたものだったんだろう。どうやらお前の捜査が核心に近づきすぎていたようだな。デュランドとグリーンリーフは贋作商売をたたむことにした。そうなると、末端の邪魔者を始末しておく必要がある』

「ラバブ・ドゥーディ」とジェイソンは呟いた。「だから彼はあわてて逃げ出したんだ」

『ドゥーディから話を聞けるまでたしかなことはわからんが、俺もそう思う』

そして続く、だ。次の回まで。

時に、こういうことがある。ジェイソンの捜査は、少なくとも今は膠着状態だし、サムはいずれ来る裁判に向けて自分の担当事件をまとめ上げるのに忙しい。

二人は一緒に素敵な、ただしあまりにも短い一夜を、ケープ・ビンセントですごした。サムがあの受難の出来事から回復しに休む間。だが翌日の午後には、それぞれ国の反対側へ向かう飛行機に乗っていた。

次会う時まで。

楽ではない——それは間違いない。だがジェイソンはすべて承知で受け入れたのだ。サムに会いたい。毎日そう思う。その淋しさには慣れるしかない。サムは何の約束もしないし、ジェイソンの側の世界に今のところやってきてくれるつもりもないのだから。

その一方で、シャーロットの言葉は正しかった。アレクサンダー、最近独り身になったばかりのカリフォルニア大学ロサンゼルス校《UCLA》の美術教師は、素敵な恋人候補だった。ジェイソンにとってではなく、どこかの誰かにとって。アレクサンダーは頭の回転が早く、人好きがして、とても可愛い。巻毛の金髪に青い目、いたずらな笑み。

「今度どこかに遊びに行かないか？」

バーカウンターでばったり三回目に顔を合わせた時、彼からジェイソンをそう誘った。

「俺は、まあ、つき合ってるみたいな相手がいるんで」とジェイソンは残念そうに答えた。残念だ。もしサムがいなければ、アレクサンダーと親交を深めたいと思っていただろうから。

アレクサンダーはその返事に驚き、少しがっかりしたようだった。ニコッと微笑む。潔いい人だ。

テーブルに戻る途中、ジェイソンの携帯が鳴った。

ダーティハリーの写真が表示され、ジェイソンは携帯に出た。

「はい！」

『今ロビーにいる。招待客のみしか入れないと言われてな』とサムが言った。

「今……どこにいるって言いました？」

ジェイソンは耳にきつく携帯を押し当てた。店内は騒がしく、聞き違えたのだと思った。

『ロビーだ。受付エリア』サムはぶっきらぼうに答えた。『カポ・レストラン。違うか？』

「ええと、そうです」

ジェイソンは、すでに人であふれたパーティー会場を抜けてロビーへと足早に向かっていた。

「来たんですか？」

そう、サムは本当に来ていた。会場にいる誰より背が高い。格式ばった黒いスーツに灰色のネクタイをして、誕生日パーティーに来たにしてはいささか人を寄せつけがたい雰囲気だ。だがジェイソンを見つけるとその顔がやわらいだ。それでもまだうっすらと落ちつかない様子ではある。

「どうも」とジェイソンは言った。やっとたどりついて。「来たんだ」

胸が高鳴る。同時に信じられなくもあった。

「ああ」

「誕生日は覚えないんじゃなかったんですか」

サムの口元がくいっと曲がった。

「どうやら、たまには覚えているようだ」

ジェイソンは笑い声を立てる。

「それは光栄ですね。ただ会場に入る前に言っておくと、ロサンゼルス支局の半分がここに来てますよ。だから俺との友情を宣伝したくなければ、後で会うこともできます」

サムが鼻を鳴らした。

「仕事場のちょっとしたゴシップなんかどうでもいい。お前が気にしないなら」

ジェイソンはまじまじとサムを見つめた。サムは視線を合わせて、おだやかに「俺はかまわない」と言った。サムがサムである以上、それはきっと嘘ではない。

「そうですか。じゃあ、はい、是非、こっちで紹介を――」

「少し待て」とサムがジェイソンの腕に手をかけた。

ジェイソンは不思議そうに彼を見やる。

「お前にプレゼントを買う時間がなかった」

「ここに来てくれたことが何よりのプレゼントですよ」

それはまったくの本心で、サムにもそれをわかってほしい。

サムの口元が、また自嘲するような形に歪んだ。

「だが、渡したいものがある」

彼はポケットに手を入れると、金色で固い、小さなものをジェイソンに手渡した。

祖父《グランパ》ハーレイのティファニーのカフリンクスを、ジェイソンは見下ろした。サムへ顔を上げる。

「俺のだ。俺がなくしたと思った……」

「ああ」

「どこにあったんです？」

「カークの部屋から出た廊下だ。お前たちが帰った後、戻って見つけた」

「ずっと持ってたんですか？」

おかしな行動なのは知っていると言いたげに、サムが首を振った。

「わかっている。返すつもりでいた。ただ……」

ジェイソンは微笑みながらも、当惑していた。

「ただ、なんです？」

サムがためらった。静かに言った。

「これを持っていれば、返すのを口実にしていつでもお前に会えると思ったんだ」

ジェイソンの手が小さな金属のかけらを握りこむ。まだサムの肌のぬくもりが残ったそれを。

そのぬくもりが胸の奥まで沁みてくるのを感じていた。サムの青いまなざしをのぞきこむ。

「それで、今は？」

ジェイソンの腕をつかむサムの手に力がこもった。ジェイソンを引き寄せ、レストランのロビーで、堂々とキスをする。ふれあった唇は驚くほど甘やかだった。

「今は、もう口実はいらないだろう」とサムが言った。

モネ・マーダーズ

2019年12月25日　初版発行

著者　ジョシュ・ラニヨン［Josh Lanyon］

訳者　冬斗亜紀

発行　株式会社新書館

〒113-0024 東京都文京区西片2-19-18
電話：03-3811-2631
［営業］
〒174-0043 東京都板橋区坂下1-22-14
電話：03-5970-3840
FAX：03-5970-3847
https://www.shinshokan.com/comic

印刷・製本　株式会社光邦

Printed in Japan　ISBN 978-4-403-56039-2

モノクローム・ロマンス文庫

定価：本体720～1000円＋税

月吠えシリーズ

「月への吠えかた教えます」
イーライ・イーストン
〈翻訳〉冬斗亜紀　〈イラスト〉麻々原絵里依

人生に挫折したティムは。負け犬人生をやり直そうとマッドクリークの町にやってきた。ところがその町は人間に変身できる力を持った犬たち（クイック）が暮らす犬の楽園だった——。傷ついた心に寄り添う犬たちの町、マッドクリークを舞台に繰り広げられる「月吠え」シリーズ第1作。

「ヒトの世界の歩きかた」
イーライ・イーストン
〈翻訳〉冬斗亜紀　〈イラスト〉麻々原絵里依

人間に変身できる特殊能力を身につけた犬「クイック」たちが住む町・マッドクリーク。保安官助手となってはりきるローマン（ジャーマンシェパード）はセクシーなマットと再会し、恋に落ちる。しかし童貞なのでどうしていいかわからない……!?　好評シリーズ第二弾！

「ロイヤル・シークレット」
ライラ・ペース
〈翻訳〉一瀬麻利　〈イラスト〉yoco

英国の次期国王ジェームス皇太子を取材するためケニアにやってきたニュース配信社の記者、ベンジャミン。滞在先のホテルの中庭で出会ったのは、あろうことかジェームスその人だった。雨が上がるまでの時間つぶしに、チェスを始めた二人だが……!?　世界で一番秘密の恋が、始まる。

NOW ON SALE

叛獄の王子シリーズ

叛獄の王子1

「叛獄の王子」

C・S・パキャット

〈翻訳〉冬斗亜紀　〈イラスト〉倉花千夏

享楽の園、ヴェーレの宮廷で日々繰り広げられる饗宴。隣国アキエロスの世継ぎの王子デイメンは、腹違いの兄に陥れられ、ヴェーレの王子ローレントの前に奴隷として差し出された。宮廷内で蠢く陰謀と愛憎。ふたりの王子の戦いが、幕を開ける。

叛獄の王子2

「高貴なる賭け」

C・S・パキャット

〈翻訳〉冬斗亜紀　〈イラスト〉倉花千夏

国境警備へと執政の命を受けて向かうローレントの部隊は、統率を欠いた三流の塀の寄せ集めだった。だがその部隊をローレントはデイメンとともに鍛え上げる。幾重にも襲う執政の罠。そして、裏切りの影。もはや絶望的とも見える状況の中、生き延びるために力をあわせる二人の間にいつしか信頼が芽生えていく──。強く誇り高き王子たちの物語、第二弾。

叛獄の王子3

「王たちの蹶起」

C・S・パキャット

〈翻訳〉冬斗亜紀　〈イラスト〉倉花千夏

約束の場所、シャルシーにローレントは現れなかった。その頃ローレントはグイオンの手に落ち、地下牢に囚われていたのだ。そして目の前には彼を憎むゴヴァートの姿が──。ヴェーレとアキエロスの戦力をたばね、王子たちは執政の企みから母国を守ることができるのか。そしてふたりの思いと運命の行方は──!?　叛獄の王子三部作、ついに完結！

一筋縄ではいかない。男同士の恋だから。

■ジョシュ・ラニヨン
【アドリアン・イングリッシュシリーズ】全5巻 完結
「天使の影」「死者の囁き」
「悪魔の聖餐」「海賊王の死」
「瞑き流れ」
「So This is Christmas」
〈訳〉冬斗亜紀 〈絵〉草間さかえ

【All's Fairシリーズ】
「フェア・ゲーム」「フェア・プレイ」
〈訳〉冬斗亜紀 〈絵〉草間さかえ

【殺しのアートシリーズ】
「マーメイド・マーダーズ」
「モネ・マーダーズ」
〈訳〉冬斗亜紀 〈絵〉門野葉一

「ドント・ルックバック」
〈訳〉冬斗亜紀 〈絵〉藤たまき

■J・L・ラングレー
【狼シリーズ】
「狼を狩る法則」
「狼の遠き目覚め」
「狼の見る夢は」
〈訳〉冬斗亜紀 〈絵〉麻々原絵里依

■L・B・グレッグ
「恋のしっぽをつかまえて」
〈訳〉冬斗亜紀 〈絵〉えすとえむ

■ローズ・ピアシー
「わが愛しのホームズ」
〈訳〉柿沼瑛子 〈絵〉ヤマダサクラコ

■マリー・セクストン
【codaシリーズ】
「ロング・ゲイン～君へと続く道」
「恋人までのA to Z」
〈訳〉一瀬麻利 〈絵〉RURU

■ボニー・ディー＆サマー・デヴォン
「マイ・ディア・マスター」
〈訳〉一瀬麻利 〈絵〉如月弘鷹

■S・E・ジェイクス
【ヘル・オア・ハイウォーターシリーズ】
「幽霊狩り」「不在の痕」
「夜が明けるなら」
〈訳〉冬斗亜紀 〈絵〉小山田あみ

■C・S・パキャット
【叛獄の王子シリーズ】全3巻 完結
「叛獄の王子」「高貴なる賭け」
「王たちの蹶起」
〈訳〉冬斗亜紀 〈絵〉倉花千夏

■エデン・ウィンターズ
【ドラッグ・チェイスシリーズ】
「還流」
〈訳〉冬斗亜紀 〈絵〉高山しのぶ

■イーライ・イーストン
【月吠えシリーズ】
「月への吠えかた教えます」
「ヒトの世界の歩きかた」
〈訳〉冬斗亜紀 〈絵〉麻々原絵里依

■ライラ・ペース
「ロイヤル・シークレット」
〈訳〉一瀬麻利 〈絵〉yoco

好評発売中!!

新書館／モノクローム・ロマンス文庫